# 미투
## Me Too

김영두 소설

청어

# 미 투(Me Too)

김영두 지음

발 행 처 · 도서출판 **청어**
발 행 인 · 이영철
영　　업 · 이동호
홍　　보 · 이수빈
기　　획 · 천성래
편　　집 · 방세화
디 자 인 · 김희주
제작부장 · 공병한
인　　쇄 · 두리터

등　　록 · 1999년 5월 3일
(제3213210000251001999000063호)

1판 1쇄 인쇄 · 2018년 4월 1일
1판 1쇄 발행 · 2018년 4월 10일

주소 · 서울특별시 서초구 효령로55길 45-8
대표전화 · 02-586-0477
팩시밀리 · 02-586-0478

홈페이지 · www.chungeobook.com
E-mail · ppi20@hanmail.net
ISBN · 979-11-5860-545-2 (03810)

이 도서의 국립중앙도서관 출판시도서목록(CIP)은 서지정보유통지원시스템 홈페이지
(http://seoji.nl.go.kr)와 국가자료공동목록시스템(http://www.nl.go.kr/kolisnet)
에서 이용하실 수 있습니다.(CIP제어번호: CIP2018008846)

# 미투

Me Too

길가의 민들레는 밟혀도 꽃을 피운다.


우리나라의 봄은 왔는가 하면 가버린다.

무언가를 잃은 듯 허전하다.

의기소침해진다.

아무도 내 말에 귀기울여주지도, 아무도 나를 바라봐주지도 않는다. 진실로 고뇌하고 죽을힘을 다해 소설을 써내도 아무도 읽어주지 않는다. 내 무디어진 펜날에 절망하며 신음도 내지 못하고 안으로 아픔을 삭이는데, 누군가 옆에서 순하고 착한 목소리로 어설프게 말한다.

"Me Too"


관계의 거리가 좁을수록 폭력과 억압은 무의식적으로 행해진다. 부모자식 간에도, 부부 간에도, 형제자매 간에도. 사회적 계급 간에 행해지는 폭력과 억압은 더 언급할 필요가 없다.

인간다움이 제거되고 무조건적인 희생을 강요당하며 생산수단으로 살았던 내 아바타들의 이야기이다.

분연히 일어나 깃발을 들고 양지로 나오려 해도, 음지에 남겨진 분신들의 고통을 외면하지 못해서, 자신에게 씌워진 굴레를 정직하게 감내하는 약자들의 소리 없는 비명이다.

혼자서 거대한 사회의 곪은 부분을 치유하겠다고 메스를 든다.

표출하지 못한 분노는 행간에 묻고, 한없이 나약하게 부당을 고발한다.

절 좀 바라봐 주세요. 제 말을 들어주세요.

"Me Too"

길가의 민들레는 밟혀도 꽃을 피운다.

인간을 감동시키는 마지막 무기는 소설이다. 소설은 구원이다.

나는 소설을 쓰는 작가다.

벚꽃 흩뿌려는 봄, 녀심에서

김염두 초걸

# 차
## 례

# 미 투(Me Too)

## LovE of My Life

차의 시동을 걸고 라디오를 켠다. 퀸의 'Love of my life'가 흘러 나온다. 아침에 라디오에서 좋아하는 노래를 듣게 되면 그 날 하루는 기분 좋은 일이 연속 될 것 같은 예감이 든다. 오늘은 새로운 장소에서 새로운 사람을 만나 새로운 계약을 할 예정이다.

두 달 전쯤이던가, K신문사에서 원고 청탁이 왔었다. '골프를 소재로 한 콩트'를 써달라고 했다.

작년에도, 다른 신문사로부터 같은 청탁을 받았었다. 소재를 골프로 한정한 콩트를 일주일에 한 편씩 써낼 자신이 없어서, 좋은 기회였지만 거절할 수밖에 없었다. 시간이 흐르면서 나의 능력부족에 자괴심이 들었고 쉽게 찾아오지 않는 기회를 놓쳤다는 아쉬움에 속이 켕겼다.

나는 반성했다. 내가 부끄러워해야 할 나의 성정은 능력부족이 아니라 태만임을 깨달았다. 이 각박한 세상에서 누군들 그만한 노력도 없이 살고 있겠는가. 그 태만에 대한 부끄러움을 떨치느라 이를 물고 자판을 두드리다 보니까 20편의 콩트가 만들어졌다. 더 써낼 자신이 없어 머리에 쥐가 내리긴 하지만 K신문사의 청탁을 수락했다.

내게서 떠나간 강이에게 이 소식을 전하고 싶다. 그의 격려를 받고 싶다. 그가 응원해준다면 나는 사력을 다해 뛸 것 같다.

식욕이나 성욕처럼 인간의 본능적 욕구 중에는 자기현시욕이 있다. 자기현시욕이야말로 원초적 본능이다. 공작이 꼬리깃털을 펼쳐 뽐내고, 꽃이 방향을 뿜고, 여인네가 화장을 하는 등이다.

강이에게 나를 보여주고 싶었다. 그는 팬으로써 내 앞에 서서 나를 존경한다고 했다. 그는 내 소설 속의 몇몇 문장을 암기하고 있었다. 소설 속에서 아니 현실에서도 자신을 인정해주는 사람을 위해서 목숨을 버리는 얼간이는 얼마든지 등장한다. 강이의 '존경'이라는 단어가, 한낱 수컷이 암컷에게 던지는 미끼라 해도, 당의(糖衣)를 입은 독약이라고 해도 나는 삼키고 싶다.

나는 팬을 자처하고 접근하는 남자를 경계해왔다.

첫 소설집을 출판하고 얼마 안 되었을 즈음이었다. 대전에 다녀오다가 정지 신호에 걸려 차를 세웠다. 장거리 운전으로 몹시 피곤했던 나는 그만 실수로 브레이크에서 발이 미끄러지면서 앞차를 받았다. 앞차의 남자는 운전면허증을 내놓으라고 나를 윽박질렀다. 나는 그 남자에게 신상정보를 적어주었다.

며칠 후에 그 남자가 나타났다. 자동차 수리비 청구서를 들고 올 줄 알았는데, 커다란 꽃다발과 캘리포니아 산 포도주 통을 메고 왔다.

그 남자는 국문과 교수이자 평론가인 형의 연구실에 갔다가 내 책을 봤다고 했다. 그 남자는 오퍼상이었고 그가 수입하는 품목 중에 포도주도 있었다.

나에게도 팬이 생겼다는 사실이 황홀했다. 친구를 데리고 나가서 같이 점심을 먹었고, 그가 다시 찾아왔을 때는 남들의 이목을 피해서 자리를 마련했다. 그에게선 장사꾼 냄새가 진하게 났다. 그의 지상 목표는 돈이었다. 대화의 공감대가 없었다. 점심을 먹고 커피를 한잔 마시는 데 두 시간 정도 걸렸는데 나는 그의 눈에 안 뜨이게 하품을 불어 끄며 앉아 있었다.

"아무리 독자라고 해도 남자와 단둘이 만나는 건 좋지 않다는 생각이 들어서요."

그의 세 번째 전화는 집에서 저녁 식사도중에 받았다. 나를 주시하고 있는 가족들의 눈치를 보며 냉정하게 말했다. 내 작품을 통해서만 나를 읽어달라고 덧붙이고 전화를 끊었다.

그 후로도 비슷한 일이 몇 번 더 발생했지만 나는 똑같이 대처했다.

팬은 팬의 위치에 두었다.

아아, 나는 자가당착에 빠져있다.

나는 팬이라고 자처하며 접근하는 남자를 경계하고, 팬은 팬의 위치에 둔다고 선언했었다. 강이는 팬으로서 접근했고 나는 그와 사랑에 빠졌다.

지난겨울. 읽을 만한 책을 사러 책방에 들른 그가 팬 사인회를 하는 내 책을 사서 저자서명을 받아갔다. 그가 독후감을 보내왔고 내가 답장을 보냈다.

그가 뵙고 싶다고 했고, 나는 그의 부름을 기다리기라도 했다는 듯이 달려 나갔다. 어쩌면, 내가 그에게 반했다는 말이 맞을 것이다.

봄이 막 여무는 지난 3월이었다.

"목요일 오후 4시경에 메신저로 만날 수 있어요?"

강이로부터 달랑 한 줄이 적힌 메일이 들어왔다. 오후 4시경이 그도 나도 가장 한가한 시간이다. 나는 3시 40분에 메신저를 띄웠다. 우편함을 점검하고 발길이 닿는 대로 인터넷을 서핑하며 그를 기다렸다.

"(-.-) (_ _) (-.-)"

모니터에 그의 인사가 떴다. 박하 향기가 퍼진다.

"o. *"

그의 인사에 화답하는 윙크이다.

"먼저 들어와 계셨군요."

"기다렸죠. 이곳저곳을 기웃거리면서요."

"사무실 밖의 날씨가 너무 좋아요."

"저희 집엔 강이 보이는 창이 있어요. 강물에 쏟아진 햇빛이 금가루처럼 반짝여요."

내가 지금 사는 집으로 이사를 온 까닭은 오직 강이 보이는 창 때문이다. 나는 창가에 앙증맞게 올라앉은 화분을 바라보고 있다. 아침에 물을 준 선인장은 관절을 곧게 펴고 발돋움을 하고 있다.

"땡땡이 치고 싶은 날이에요."

나는 잠깐 키보드에 손을 얹은 채 강이의 다음 전언이 날아오길 기다린다. 날 보고 싶다고 말해주면 좋을 텐데.

"지금 창밖을 보고 있나요?"

글자들이 차례로 날아와 내 모니터에 일렬로 줄을 선다.

"묶여 있는 배를 볼 때마다, 배의 밧줄을 끊고 닻을 올리고 먼 바다로 나가고 싶은 욕구가 솟아요."

나는 한숨을 쉬고 있다. 아마도 한숨은 그에게 전해지지 않으리라. 일주일을 꼼짝 않고 책상 앞에만 앉아있었다. 외출하고 싶다. 어깻죽지에서 날개라도 솟았으면 좋겠다.

"선생님과 얘기를 나누면 feel이 꽂혀요."

문자만의 의사전달은 오해의 소지가 크다. 몸짓도 표정도 목소리도 울림이 없다. feel 이 꽂힌다는 말은 느낌이 울린다는 뜻이겠지.

"강이 맞아요? 아닐지도 모른다는……"

강이의 아이디를 누군가가 빌려 입고 있는 것 같다. 아니 누군가가 우리의 밀어를 훔쳐보고 있을지도 모른다는 노파심에 잠시 불안해진다.

"선생님의 혀에 혓바늘이 돋은 걸 저 말고도 누가 또 아나요?"

그의 웃음이 모니터 안에서 공명한다. 지난번 데이트에서 강이와 키스를 했었다. 갯솜동물의 해면질 같던 그의 혀의 감촉이 꼿꼿하게 살아난다.

"전 탈출할 겁니다."

그에게서는 현실을 와해시키려는 음모의 낌새가 풍겼다. 마치 면도 후에 바른 셰이브 로션의 향처럼 바람이 불 때만 살랑살랑 끼쳐왔다.

"땡땡이요?"

"아뇨. 좀 더 멀리요."

"escape?"

"동참하시겠어요?"

그는 당돌하게 유혹하고 있다. 그와는 세 번 만났다. 우린 아직

친하다고 할 수 없다. 탈출에의 동참이라니. 머리도 마음도 복잡해진다. 그는 무모한 성격의 소유자일까. 쓸데없는 혈기를 부리는 것일까.

불현듯 관광안내 책자에서 보았던 몰디브의 해변이 파노라마처럼 펼쳐진다. 그러나 내 상상력의 범주는 컴퓨터가 허용한 시나리오에 한정된다.

"잠시의 한눈을 파는 일탈이 아니라, 떠나온 곳으로 다시 돌아오지 않는다면요."

엔터를 치자 문자들이 작은 새떼처럼 강이에게 날아간다.

"별 수 없이 다시 돌아오곤 했답니다."

순간, 유토피아는 박제가 되어 새장에 갇힌다.

"현실에 길항하는 투사의 땀 냄새가 풍겼어요. 당신에게서는."

"투사요? 그래요. 한때는 투사였었죠."

제법 씩씩하게 들린다.

"운동권이에요? 기수였나요?"

"체포되기도 했었어요. 곧 풀려 나왔지만요."

"용감했군요. 전 아버지가 공무원이셨어요. 제가 대학에 들어갔을 때, 아버지께선 제게 딱 두 가지 행동만 못하게 하셨어요."

"두 가지의 금기라······"

"맞춰 봐요."

"아버지가 대학 간 딸에게 못하게 하는 행동은 연애하지 마라,

옷차림을 너무 난하게 하지마라, 그런 거 아닌가요?"

무언가를 알아내고 싶어 할 때 강이는 양미간에 주름의 골을 판다. 오른쪽 눈이 조금 오므라지기도 한다. 그는 지금 모니터 앞에서 그런 표정을 짓고 있겠지.

"아뇨, 하나는 학생운동하지마라. 쉽게 말해서 데모하지 말라고 하셨지요. 현 체제는 공부하는 학생들 힘으로는 뒤엎어지지 않는다고 하셨어요."

"하나는요."

"다른 하나는, 마약에 접근하지마라. 마약은 자신과 국가와 인류를 망친다고요."

"착한 딸이었나요?"

"적어도 그 두 가지는 거역하지 않았죠."

"저는 지금껏 고문의 후유장애가 완치되지 않았어요."

"정신에요? 육체에요?"

"두 군데 다요. 보여 드릴 수도 있어요."

"정신과 육체, 둘 다 보여주겠다고요?"

"선생님이 원한다면요."

나는, 보고 싶어요, 라고 모니터에 글자를 채웠다가 엔터를 치기 전에 지운다. 대신 점잖은 단어들만 나열한다.

"왠지 당신에게 미안한 맘이 드는군요. 내 영혼은 고뇌한 적이 없는 것 같아서요."

"사실 선생님의 글에선 부르주아의 냄새가 나요."

"어떤 종류의 부르주아죠? 부패한 부르주아? 타락한 부르주아?"

"그건 아니고요. 온실의 화초처럼. 소도의 보호막 안에서 자란……"

"온실의 보호막 밖으로 절 불러내고 싶은 거죠?"

"맞습니다."

"비바람 치는 황야로 탈출? 다시 돌아오면 전 영영 에덴에서 쫓겨나죠."

"쫓겨남을 환영합니다."

"그런 말 함부로 하지 마세요. 거짓말인 줄 알아도 믿고 싶거든요."

"아닙니다. 진심입니다."

나는 한 손으로 가슴을 쓸어내린다. 무서운 유혹이다. 모니터의 푸른 화면에 그의 숨결이 번지고 있다. 그는 깃발처럼 펄럭이며 나를 손짓하고 있다. 나는 모니터 저편 그의 눈을 깊게 응시한다.

"전화가 와서, 먼저 나갑니다. 죄송."

사무실에서 주위사람들 몰래 내게 속삭이고 있었던 것일까. 갑자기 모니터의 화면이 텅 비어버린다. 나는 채팅창을 내리고 워드프로세서 화면으로 돌아온다. 일이 손에 잡히지 않는다. 성냥개비를 유황에 그어 불을 지피듯 몸 속 어딘가에서 불꽃이 발화

하고 있다.

나는 저만큼 던져두었던 '무라카미 하루키'의 『댄스 댄스 댄스』를 펼친다. 책갈피가 끼워진 책장의 글자들을 큰 소리로 읽는다.

"…… 이제 한번만 밀어붙이면 그녀와 잘 수 있으리라는 것을 나는 알고 있었다. 그런 것은 그저 아는 것이다. 그녀가 나와 함께 자고 싶어 하는지 어떤지 그것까지는 물론 알 수가 없다. 하지만 나와 자도 좋다고 생각하고 있다는 건 알 수 있다. 그런 건 눈매나 호흡이나 말투나 손놀림으로써 알 수 있는 것이다. 그리고 나로서도 물론 그녀와 자고 싶다."

# 너의 뿌리를 내게 심어봐

꽃샘바람도 한풀 꺾였다. 4월은 형형색색의 꽃들이 다투어 피어난다. 온 세상이 생기로 충만해진다. 살아 있는 모든 생명체에서 신앙처럼 진한 향기가 넘친다.

"토요일에 세미나 참석차 포항에 갑니다. 일요일에 돌아옵니다. 다녀와서 재미있는 얘기해 줄게요."

강이에게 문자 메시지를 타전했다. 강이는 부산 출장 중이었다. 거래처 사람들과 같이 행동을 한다고 했다.

"일요일 오전에 일이 끝나요. 제가 포항으로 갈게요."

사서함으로 그의 답신이 날아왔다.

강이는 부산에서 일을 마치고 포항으로 왔고, 나는 세미나를 끝내고 포항의 북부 해수욕장으로 왔다.

포항시 교외에 위치한 해수욕장이라기에 송림으로 둘러싸인 인적이 드문 모래밭일 줄로 짐작했는데 막상 와보니 도회의 환락가만큼 휘황찬란하다. 방파제를 따라 횟집, 카페, 편의점, 노래방, 단란주점들이 어깨를 맞대고 늘어서 있다. 횟집과 카페와 노래방과 단란주점 사이의 골목길을 머리를 노랗고 파랗게 물들인 소년 소녀들이 떼 지어 몰려다닌다.

우리는 모래사장에 앉는다. 바다는 한눈으로 다 보듬어지지 않는다. 광대무변한 바다의 가장자리에 거룻배처럼 몇 점의 섬이 떠 있다. 섬도 영원히 가까워 질 수 없는 듯이 아득히 물러난다. 바람은 파도의 흰 머리를 빗긴다. 바람에 머리채를 끄들린 파도는 몸부림을 치며 모래톱을 기어오른다. 포항제철소 용광로의 화염이 굴뚝위로 치솟는다. 검은 바다 밑에서도 불꽃의 그림자가 넘실댄다.

강이는 세 개째의 폭죽을 하늘로 쏘아 올렸다.

"유성이 떨어지는 게 안보여. 네온 불빛에 별들이 빛을 잃은 것 같아."

"그러니까 제가 선생님을 위해서 유성을 만들어 드리잖아요."

솟구치던 불꽃 송이의 목이 부러지며 불의 가시가 튀어나와 검은 하늘을 난자한다. 별가루가 바람에 흩날린다.

"거기다 소원을 빌어도 될까?"

폭죽의 도화선에 불을 붙이려던 강이가 뒤돌아본다.

"소원이 뭔데요?"

"난 이기적이야. 내 욕심만 부리지. 불후의 명작을 쓰는 거."

"그것뿐이에요?"

"한 가지 소원만으로도 벅찬데 뭘."

불구슬이 하늘에서 떨어진다. 검은 장막위로 형형색색의 불 주
렴이 드리워진다.

"전. 제 소원을 삼행시에 담아서 드릴게요."

"요즘 유행하는 삼행시?"

심지에 불이 붙은 화약덩어리가 밤하늘을 관통하여 우주로 날
아간다.

"제목은 나그네입니다. 자. 운을 떼 주세요."

그가 마지막 남은 폭죽을 쏘아 올리고 내 곁에 앉는다. 그의 어
깨 위에 하얀 재가 꽃잎처럼 내려앉는다.

"나."

"나는 그대를 사랑합니다."

"그."

"그대도 나를 사랑하나요?"

"네……"

"분명히 절 사랑한다고 했어요. 믿겠습니다."

그의 손이 내 턱을 받쳐든다. 새의 빨간 부리처럼 그의 시선이 이마를 톡 쫀다. 톡톡 쪼는 그의 시선을 맞받을 수가 없어 나는 눈을 감는다. 그의 따뜻한 입김이 볼을 감싸 안았다가 귓불을 훑고 지나간다. 소금기를 실은 바닷바람이 수초처럼 목덜미를 휘감는다. 모래톱에서 부서지는 파도의 함성이 높아진다.

"이뻐요. 남들이 이쁘다고 안 해요?"

귓바퀴에 닿은 그의 입김이 용광로의 열기처럼 뜨겁다. 거짓이라 해도 나는 강이의 말을 믿고 싶다.

폭죽이 분수처럼 터진다. 불의 비가 내린다. 불씨가 모래사장에 박힌다. 꽃씨가 꽃을 피우듯이 불씨도 불의 꽃을 피울 것 같다. 내일이면 재크의 콩나무처럼 넝쿨을 뻗은 불나무가 가지마다 활활 타오르는 불의 꽃을 달고 있을 것이다.

그가 모래를 털며 일어선다. 나도 따라 일어선다. 문득 다가선 발걸음에 그림자가 밟힌다. 나는 그의 발밑으로 너울처럼 늘어져 우쭐우쭐 춤추며 끌려가는 긴 그림자를 따라 걷는다. 모래톱도 횟집도 끝나가고 있다.

걸음을 멈춘 그가 횟집의 수족관에 이마를 붙이고 섰다. 그는 유리 상자에 갇혀 삶의 마지막 몸짓인 양 무력하게 지느러미를 움직이는 광어와 우럭, 도다리, 한쪽 집게발이 잘려 나간 게, 솜사탕 같은 내장을 길게 뽑고 다니는 해삼, 물방울이 올라오는 구석으로만 대가리를 처박고 모여 있는 아나고 떼, 죽은 듯이 바닥에 달라붙어

있는 전복들을 들여다본다.

"게끼리 서로 죽이니까 집게발 한쪽을 잘라 놓는대요."

그는 무언가를 석연하게 밝히려 한다. 그러나 왜 게의 집게발을 잘라야 하는 따위가 아닌, 정작 해야 할 말은 아끼고 있다. 그의 이마가 닿았던 유리에 입김 자국이 동그랗게 희다.

"길에서 밤을 보낼 순 없잖아요."

그가 이마로 쏟아져 내린 머리를 쓸어 올리며 말한다. 그의 말투에는 이런 식으로 우리가 함께 밤을 보내는 것은 옳지 않다는 생각이 배어있다. 그러나 생각보다 앞서가는 몸의 반응을 어쩌지 못함도 나타나 있다. 나도 역시 마찬가지다. 머리 한구석에서 사라지지 않는 죄의식 때문에도 술을 많이 마셨다. 술은 의식을 흐리게 하고 간을 부어오르게 하고 죄의식마저도 희석시키지 않던가.

"실은 친구의 아파트를 빌렸어요. 호텔보다 나을 것 같아서요. 포항에 은행지점장인 친구가 있어요. 친구는 서울로 가족과 주말을 보내러 갔죠. 월요일 첫 비행기를 타고 내려오겠죠."

그가 석연하게 밝히려 했던 게 이것이었던가.

인간도 동물이라면, 내가 암컷이라면, 본능적 후각으로 감지한다. 꽃은 저절로 피어나 나비를 유혹하고, 나비는 저절로 꽃 속의 꿀을 탐하여 날아든다. 쉬이 시들을 꽃의 헛됨을 나비가 안다고 해도 나비는 당장 붉어 타는 꽃밭을 헤맨다.

강이는 나를 안고 싶어 소름을 일으켜 전율하고 있다. 내가 그의 품에 얼마나 안기고 싶어 하는지 강이도 안다. 우리는 서로에게 눈이 멀었다. 청맹과니이다. 독충에 쏘인 벌레처럼 아무런 반항도 거역도 하지 못한다. 우리는 금단의 바리케이드를 부수기로 합심했다.

포항에서의 밀회를 약속한 순간, 애욕만이 펄펄 살아서 모든 사고를 정지시켰다. 나는 약속장소로 택시를 타고 오면서도, 아니 세미나 동안에도, 강이와 보낼 밤에 대한 상상으로 허리가 비틀리고 허벅지가 빼근하게 조였다. 저녁식사를 하면서도 입술에 묻은 술방울을 핥는 그의 혀가, 낙지의 빨판을 으깨느라 핏줄을 세우는 그의 목울대가 아프게 눈을 찔렀다.

파도와 바람은 내기를 하듯 파도가 갉아간 모래를 바람이 안간힘을 다해 다시 훑어 올린다. 하늘과 맞닿은 수평선 끝에는 덩어리진 어둠뿐이다. 젖은 모래 알갱이가 섞인 바람이 축축하게 입술에 들러붙는다.

강이가 택시를 세운다. 나는 그가 열어주는 문으로 올라타서 좌석 등받이에 몸을 깊숙이 묻는다. 강이가 하자는 대로 따라할 뿐이다.

"제가 상습범 같아요?"

아파트 계단 옆벽 소방장비 함 속에 리을(ㄹ)자로 쌓아놓은 소방호스사이에서 열쇠를 꺼내며 강이가 말한다. 열쇠를 구멍에 밀어 넣으며 나를 돌아본다. 그의 눈은 여린 풀처럼 반짝이는 머리카락이 몇 날 덮인 이마 아래 아늠살이 없어 조금 튀어나온 광대뼈 안에 담겨져 있다. 자신의 인생에 꿈이 있음을 증명하듯 푸른 빛을 발하고 있다.

"조금은요. 그리고 당신도 날 그렇게 여길지도 모른다…… 그렇지만요, 윤리나 도덕 이전에…… 나하고 이러는 건 당신이 손해에요. 그 점이 미안해요."

나는 안 해도 좋은 말을 하고 있다. 앞 뒤 가림이 없이 쏟아져 나오는 말의 홍수에 내가 질식할 것 같다.

"뭐가 손해고 뭐가 미안한 거죠?"

강이가 따지듯이 덤빈다. 내가 강이의 자존심에 생채기를 냈다.

"내 입으로 말하고 싶지 않아요."

"나이 차이 때문이에요? 제가 선생님보단 젊단 말이죠?"

사랑은 국경도 나이도 사상도 초월한다고 했다. 사랑이란, 인류의 역사 이전에 태어나 영겁을 향해 가고 있다던 성자(聖者)의 아름답고 슬픈 말씀이 떠오른다.

이건 사랑이 아닐지도 모른다, 라고 나는 신음하듯 조그맣게 중얼거린다. 굳이 사랑이라고 우긴다면 일회용 인스턴트 사랑이다. 그렇다고 해도 나는 이 순간에 성실하겠다.

"선생님이란 호칭보다는, 내 이름 부르는 걸 듣고 싶어."

"본 이름이 미래, 미래라고 했죠? 그렇게 부를게요. 미래."

나는 실에 매달린 꼭두각시이다. 강이가 조종하고 있다.

"우리는 서로에 대해 아는 것이 너무 없군요. 보이지도 만져지지도 않지만 분명 우리 곁에 존재하는 것을 우리는 서로 몰라요."

나는 단애의 끄트머리에 서있는 것 같은 아슬아슬한 기분이 든다. 내 앞에 서 있는, 내가 손잡고 있는 강이도 환영 같다. 훅 불면 꺼져버릴 비현실적인 존재 같다. 울고 싶기도 하다.

"제가 상처의 흔적을 보여 드리겠다고 했죠?"

그가 상의를 벗는다. 넥타이를 풀고 와이셔츠의 단추를 끄른다.

"거의 20년 전의 상처예요. 전기 고문은 상처가 거의 안 남지만 전선 끝을 접지한 가슴의 살은 타요. 그리고 전류가 빠져나간 발꿈치는 살이 썩어버렸어요."

그가 양말을 벗는다. 가슴에 두 군데 거무스름한 상처의 돌기가 있다. 양 발꿈치는 달군 부젓가락에 찔린 것처럼 검게 함몰되어 있다.

"훈장 같군요."

암울한 젊은 시절을 올곧게 살아온 흔적일까. 나는 그의 가슴에 입술을 댄다. 바다를 묻혀온 그의 가슴은 찝찔한 간이 배어있다. 모래인지 소금인지 작은 알맹이들이 혀끝에서 까슬까슬하게 걸린다. 삼각형의 가슴근육이 나비의 날개처럼 파르르 경련한다. 날개를 덮은 비늘 같은 솜털이 소스라쳐 일어선다. 비늘에 돌기한 미세한 흡반들이 끈끈하게 감긴다.

"체취가 사라지는 게 싫어요."

욕실로 가려는 그의 손을 붙든다.

"저도 그래요."

나는 이미 그의 팔에 들려있다. 두 척의 배가 나란히 항구에 닻을 내리듯 그와 나는 침대에 엉키어 쓰러진다. 그의 몸무게가 고스란히 내 몸에 실린다. 배의 기관실에선 통통통 풀무가 돌아가고 있다.

# 미 투(Me Too)

한글을 깨치던 초등학교 저학년 때부터 일기를 써왔다. 그 후 수십 년 동안 나는 잠을 자고 밥을 먹듯이 책을 읽어 왔으며 끊임없이 기록도 해왔다. 일기를, 편지를, 독후감을, 기행문을, 반성문을 쓰면서 자랐다.

내가 본격적으로 소설공부를 할 때, 스승님은 습작 원고지를 모아 쌓은 높이가 자기의 키만큼 자라면 저절로 작가가 된다고 하셨다. 보통 성인의 키와 원고지 2만장 정도 쌓은 높이가 맞먹는다고 한다. 인쇄된 책으로 따지자면 20권 분량이다.

무슨 짓이건 거듭하다보면 이골이 난다. 갈고 닦으면 비결이 생겨서 남보다 잘한다. 그러니까 적어도 편지질에 관한 한 나는 남보다 잘 할 수 있다.

여고 2학년 때던가 여름에 해변에 놀러갔다가 한 소년을 알았다. 펜팔을 하자면서 그가 주소를 적어 주었다. 몇 번인가 편지왕래를 하던 중에 어머니에게 들켰다. 머리에 피도 안 마른 게 연애질이라고, 나는 어머니에게 지독하게 혼났다. 집안 식구들의 감시때문에 더는 그의 편지를 받을 수 없게 되었다.

나는 그 소년에게 내게 더 이상 편지를 보내지 말라고 했다. 내가 편지를 받을 수 있는 통로가 모두 막혔다고, 편지를 수신할 수없는 안타까운 일이 일어나버렸다고 썼다. 그리고 나만 일방통행의 편지를 보냈다. 그 당시 나는 헤르만 헤세와 앙드레 지드와 크로닌 등의 지고지순한 사랑을 노래한 소설에 흠뻑 빠져있었다. 왜그런 장난기가 동했는지 모르겠다. 나는 내가 주인공이 된 소설을써버렸다. 답장을 받을 수 없는 편지를 몇 번인가 더 보내고 나니까, 편지놀이가 지겨워졌다. 내가 쓰는 소설의 끝을 맺고 싶었다. 나는 소설의 주인공이 백혈병이나 결핵에 걸려 애처로운 죽음을맞는 끝을 맺으려고 했다. 자료를 철저하게 조사하기 위해서 도서관에 가서 곰팡내가 풀풀 나는 의학 서적을 들춰봤다. 그런 희귀한병이 나를 방문할 확률은 거의 없을뿐더러, 그런 병마가 육신을 죽음으로 몰고 가기까지는 제법 긴 시간이 필요하다는 지식을 얻었다. '황순원'의 『소나기』도 독자가 논픽션이라고는 안 믿어주는 판인데, 비슷한 복사판이 먹히겠는가. 궁리끝에 '온 가족의 이민'으로소설의 피날레를 장식했다. 태평양이 가로막혀서 우리는 다시 볼 수 없으리라고, 그 소년에게 애절한 사연을 전했다. 이제 더 이상 편지도 할 수 없노라고, 안녕히…… 라고, 그에게 작별을 고했다.

마지막 편지를 보내고 일주일쯤 되었을까. 우리 집 앞 구멍가게 아줌마가 헐레벌떡 뛰어 왔다. 동네에 큰일이 났다고 했다. 어림잡아서 30여명의 청년들이 우리 집을 찾는 중이었다. 그들은 이러이러한 아가씨가 이 동네에 사는지 구멍가게마다 들러서 수소문하고 있었다.

"이 집 이민가요?"

구멍가게 아줌마는 궁금해 못 살겠다는 표정이었다.

그가 버스를 대절해서 친구들을 30여 명이나 데리고 찾아온 것이다. 그는 세상에서 가장 화려한 환송식을 해줄 작정이었다. 그가 동행한 친구들에게 내가 보낸 편지들을 회람시켰음은 자명한 사실이겠다.

나의 첫 번째 가출의 원인이 된 사건이다.

나는 어머니의 꾸지람이 무서워서 도망쳤다. 우리 집 뒤뜰의 살구나무를 타고 올라 월장했다. 담 위로 올라서면 뒷집의 감나무 가지가 손에 닿는다. 나는 감나무를 타고 뒷집의 마당으로 뛰어 내려서 쪽문을 통해 골목으로 달아났다. 친구의 자취방으로 피신했다. 바로 다음날, 나의 도피처를 고자질한 친구 덕분에 어머니에게 붙들려 집으로 끌려가긴 했지만.

아직도 이름을 기억하는 그와의 만남이란, 해변에 앉아 이야기를 나눈 두 시간뿐이었다. 이것이 그와 나의 만남의 전부였다.

돌이켜보면 나는 참 교활했다. 그를 그토록 기만하다니. 그러나 비슷한 짓을 하며 세월을 보내면서 나는 교활함에 더하여 날카로운 발톱이 돋고 창공을 비상할 수 있는 날개까지 솟았다.

전화가 발달하면서 연필에 침을 발라 흰 종이에 꼭꼭 눌러쓰는 편지질은 어느 누구도 하지 않게 되었다. 전화보다 손에 가까이 컴퓨터가 닿으면서 인터넷 메일이 일반화되었다. 나는 인터넷을 이기로써 이용할 줄도 안다.

만약 인터넷 시대에 내가 똑 같은 상황에 처했다면 그와 펜팔이 가능했을까. 스팸메일과 정크메일이 전자우편함을 넘치게 하고, 세금고지서나 백화점 바겐세일 광고전단이나 활자로만 채워진 인쇄물이 우편함 아가리가 찢어지게 꽂히는 시대에.

그 땐 그가 얼마나 상처를 입었을까, 하는 배려는 못했다. 그가 내가 꾸민 편지의 내용을 그대로 믿어버렸다면, 그리고 그렇게 요란하게 나를 찾아오지 않았더라면, 그는 가슴속에 아름다운 추억의 나무를 키웠을 텐데. 나는 그가 어리석게도 스스로 자신의 꿈을 깼다고만 여겼다.

강이에게 나를 떠나간 까닭을 묻지 못하는 이유가 바로 그것이다. 알고 싶지만 모르는 편이 훨씬 나을 지도 모르는 것, 옛 어른들의 말씀대로 모르는 게 약인 일들이 확실히 있다.

때때로 나는 강이와 같이 손잡고 오던 날들의 궤적을 반추한다.

28

내가 무엇을 잘못했던가. 무엇 때문에 강이가 내게서 등을 돌리지 않으면 안 되었나를 곰곰이 따져본다.

팬으로서 그가 접근했을 때, 그에게 나는 멀고도 귀한 존재였다. 아마 그는 진열장안의 보석을 그냥 관찰만 하려 했는지도 모른다. 어느 순간, 그의 지문이 패스워드인양 보안장치가 해제되고 보석은 너무도 쉽게 그의 손아귀에 들어왔다. 그는 손쉬운 획득에 재미가 없어졌다. 그래서 싫증난 장난감을 버리듯 나를 팽개쳤다. 아니면, 수컷의 본성이 지시하는 대로 그는 나와 부담 없이 즐기고만 싶었으리라. 그런데 어느 날부터 나는 그에게 무거운 굴레가 되었다. 그는 굴레의 속박을 끊고자 했다.

아직 한 가지가 더 남아있다. 마지막으로 귀결되는 강이가 나를 떠난 까닭은 나를 어둡고 참담한 슬픔에 몰아넣는다.

'석'은 제법 친하게 지내는 고향친구이다. 그는 같은 회사의 여자 상사인 이 차장을 오랫동안 연모했었다. 이 차장은 석보다 세 살인가 연상이고 그녀의 남편은 그녀보다 세 살이 연상이라고 한다. 석의 표현에 의하면 이 차장은 지성과 성적매력을 겸비한 여자이다. 석은 알코올의 기운으로 얼굴에 열꽃이 발갛게 피면, 날더러 그 여자에게 전화를 걸어 달라고 하기도 했다. 그러던 그가 어느 날부터인가 그녀에 대한 언급을 끊었다.

"나도 그래, 미 투(Me too), 잘 자. 내 꿈꿔."

며칠 전이던가 석이 전화기에 대고 노오란 목소리로 간지럽게 지껄이다가 문득 나와 눈이 마주쳤다. '나도 그래'라든지 '미 투' 등의 대답은 상대 쪽에서 사랑한다거나 보고 싶다고 속삭여 올 때 대응하는 연인들의 아름답고 간지러운 은어이다. 사랑의 밀어를 적나라하게 표현하다가는 주위의 열려있는 귀의 안테나에 걸리므로, 동감이라는 의사만 전달하는 한 방편이다.

"영계 비린내가 나는데, 이 차장은 어쩌고?"

나는 그를 놀려 줄 심산으로 찔러봤다.

"이 차장과는 끝냈어. 종쳤어."

"시작이나 했었어? 혼자 짝사랑으로 끙끙 앓기만 했지."

내가 아는 석과 이 차장의 관계는 거기까지였다.

"천신만고 끝에…… 같이 잤는데……"

한참을 망설인 후에 석이 입을 뗐다. 나도 짐작은 했었다. 그는 한번 점찍은 먹이를 놓치지 않는 노련한 사냥꾼이다.

"근데 왜 끝내? 연애의 순서에 의하면, 바야흐로 전망이 좋은 러브호텔의 순례가 시작되어야 하는데."

"이 차장 목소리 들어서 알겠지만, 그 여자 목소리 무지 섹시하지? 근데 섹스를 해보니까, 이 차장 아들이 왜 짱구인 줄을 알겠더라구."

내가 아무리 입이 무겁다고 해도 석은 좀 심한 말을 하고 있다.

"맛이 없었구나……"

나와 석의 대화의 안주로써, 이 차장은 미식가의 입맛에 평가되고 있었다.

"마누라하고 하는 것보다 못한데 내가 뭐 하러 다시 만나? 운동 좀 하라고 했어."

점입가경이라더니 남자들의 세계에선 이런 궁색한 변명도 통하나보다.

"정말로 그랬어? 운동하라고? 그랬더니 알아들어? 무슨 뜻인지?"

"못 알아들었을 거야."

순진한 이 차장을 농락한 석을 한 대 갈겨주고 싶다. 내가 여자의 대표로 나서서 단죄하고 싶다.

"내 생각도 그래. 못 알아들었겠지. 알아들을 수준이라면 일찌거니 신경을 썼겠지. 운동을 했든지. 외과수술, 응, 머래드라, 그래, 이쁜이 수술이라도 받았든지."

"내가 알 바 아냐."

"여보게나 친구. 내가 여자로써 딱 한마디만 충고함세."

"혀봐여."

"이 차장이 알아들었다면 지독하게 상처를 받았을 거야. 여자한텐 그보다 더 심한 모욕은 없으니까. 여보게나 친구, 당신말야, 여자가 독을 품을 일을 저질렀어. 오뉴월 서리 알지? 이차장, 죽는 날까지 잊지 않고 끝까지 복수할 거야. 몸으로 빌어 서리를 녹이든지 싫으면 물질로라도 빌어."

나는 마치 강이를 공격하듯 석에게 대든다.

"그럼, 내가 어떻게 처신해야 했는데? 데리고 살아야 했어?"

오히려 석은 내게 뻔뻔한 얼굴로 반문한다.

"애초부터 데리고 살 작정은 아니었잖아. 그러니까 더욱이 그렇게 잔인하게 굴면 안 돼. 단칼에 인연을 잘라버리면 안 돼. 벌 받는다니까."

"더 이상 만나고 싶지 않은 걸 어떡해."

석은 짜증마저 낸다.

"그래서 새 애인이 생긴 거야?"

"그렇게 됐어."

석은 남은 술을 목구멍에 털어 붓는다.

강이도 그럴까.

포항에서 하룻밤을 보내고 온 후로 강이는 나를 피했다.

"곧 제가 전화 드리겠습니다."

내가 전화를 걸면 그는 극히 사무적인 어조로 대답한다. 두 달이 지난 지금까지 어떠한 연락도 없다.

오늘도 나는 핸드폰이 꺼지지 않도록 수시로 충전을 시키면서, 음성사서함을 한 시간 간격으로 열어보면서, 혹시 내가 통화불능 지역에 있지나 않은지 핸드폰 수신감도를 나타내는 막대개수를 세어보면서, 강이를 기다린다.

# 햄버거와 파라치온

계단은 동굴처럼 지하로 뻥 뚫려 있다. 나는 안구에 힘을 모아 동굴의 끝에 시선을 집중시키고 계단을 밟는다. 마지막 계단이 끝나는 곳에 전신이 투영되는 거울이 걸려 있다. 거울 속의 얼굴은 핏기가 없다. 창백한 얼굴을 보자 갑자기 속이 메슥거린다. 속이 빈 탓만은 아니다. 가슴이 답답해지며 호흡이 가빠오는 증상은 예나 지금이나 오빠의 전화가 원인이다. 가슴을 쓸어내리며 출입문을 민다. 에어컨디셔너의 찬 기운이 끼쳐온다. 눈이 어둠에 익숙해지는 데는 제법 시간이 걸렸다.

오빠는 내가 앞자리에 엉덩이를 내려놓을 때까지 옆자리의 여자와 반말지거리로 시시덕거리다가, 어, 언제 왔어? 라며 깜짝 놀라 반기는 시늉을 했다. 옆자리의 여자가 쟁반을 들고 일어서며 내려깔은 눈으로 나를 흘겨본다.

"미리 온다는 연락도 없이, 어떻게, 아주 귀국한 거유?"

오랜만에 그것도 하도 갑작스런 출현이라 말문이 잘 터지지 않았다.

"그렇게 됐어."

내가 어떤 표정으로 무슨 말부터 꺼내면 좋을까 전화를 받던 순간부터 고민했던 것과는 달리 오빠는 지난주에 만났던 사이처럼 스스럼없이 말끝에 웃음을 매달았다.

좌석 옆에는 항공화물 표딱지가 주렁주렁 매달린 여행 가방이 두 개나 놓여 있다. 탁자 사이의 통로를 막고 있는 큼지막한 가방이 영 눈에 거슬렸다. 오빠는 옆에 풀어놓았던 작은 가방의 지퍼를 열어 비행기 표를 꺼내 보여주며 한 달 후에 다시 들어갈 작정이라고 했다.

오빠가 앉은 의자의 등받이 뒷벽에는 해외여행을 유혹하는 항공사의 광고사진이 걸려있다. 사진 속에서 수영복을 입은 여자가 모래사장에 누워 빨대로 주스를 빨고 있다. 오며가며 예사로 보아 넘겼던 여자의 각선미가 오늘따라 사진 뒤쪽에서 작열하는 태양만큼이나 눈부셨다.

"오랜만에 만난 오빠는 안보고 뭘 그런 걸 넋 놓고 보고 있니? 난 하와이도 갔다 왔어. 이 팔 그을린 것 봐. 이게 하와이 선탠이야."

눈앞으로 바싹 디밀어진 오빠의 팔이 여자 사진에 붙잡힌 내 시선을 끊었다. 그러고 보니 아직 초여름인데도 오빠의 얼굴이랑 팔은 건강한 구릿빛이다.

오빠는 한국을 떠날 때와 적어도 외모에서는 달라진 것이 없다. 목걸이 팔찌 그리고 반지와 시계까지. 형편이 나아졌는지 유행이 바뀌었는지 몰라도 옛날엔 은제품을 주로 달고 다녔는데 지금은 반짝반짝한 노란색 일색이다. 통일된 분위기를 내느라 허리띠의 버클까지 노란색이다. 아까부터 담배에 불을 붙이지도 않으면서 장난삼아 켰다 껐다 하는 라이터도 금장이다. 전혀 변함이 없는 외양이 신기해서 나는 오빠를 언제 마지막으로 보았던가 짚어보았다. 종호가 만으로 다섯 살이니까, 육년 전이다.

"근사하지? 바디빌딩으로 다듬은 이 근육."

자랑하고 뽐내는 오빠의 주특기도 변치 않았다. 미국에서의 하와이 여행은 서울에서 제주도를 다녀오는 정도일까.

나는 제주도도 못 가봤지만 오빠는 한국에 있을 때도 친구들과 어울려 곧잘 여행을 떠났다. 오빠는 돈만 보이면 그게 아무리 집에서 급하게 쓰일 용도가 있어도 가지고 나가기 일쑤였다. 오빠는 어머니가 어렵사리 마련한 목돈을 훔쳐서 가출한 적도 있다.

"오빠 좋겠어. 난 국내도 가본 데가 별로 없는데."

보름이나 소식도 없다가 지금처럼 그을린 얼굴로는 제주도 일주를 하고 왔다고 천연덕스럽게 보고를 하던 그때의 기억이 생생해서 튀어나온 말이다. 장마에 부엌이 무너지는 바람에 보수공사를 하느라고 졌던 빚을 갚으려고 높은 이자부담을 안으면서까지 앞 번호로 당겨서 탔던 곗돈이었다.

"공부만 하느라고 얼마나 갑갑했겠냐. 바람도 쐬어야지."

그때 오빠는 대학입시 삼수생이었다. 만약에 내가 그런 짓을 했더라면 아마 내 머리카락은 한 올도 남지 않고 오빠에게 뽑혀나갔으리라.

"차 안마셨지?"

오빠는 깜빡 잊었다는 듯이 지나가는 종업원을 불러 세워 내 의향은 묻지도 않고 커피 하나 추가, 라고 검지를 세웠다.

"엄마한테 오늘 온다고 연락은 했어?"

오빠는 고개를 저었다. 내가 왜, 라고 눈으로 물었다.

"오늘이라고는 안했어. 그냥 예고편 없이 나타나야 더 반갑잖아."

크림과 설탕까지를 제멋대로 타내온 커피는 탁하고 썼다.

점심을 먹고 보리차로 막 입가심을 하다가 나는 오빠의 전화를 받았다. 대뜸 건너온, 아직 그 회사 다니고 있구나, 라는 낯선 남자의 목소리에 나는 잠깐 아연했고, 이어서 여긴 공항인데 그리로 가겠다. 니네 회사 아직 안 망하고 잘도 버티고 있구나, 라고 한참이

36

나 주절대는 목소리를 새겨듣고 나서야 전화의 주인공이 오빠라고 속으림했다. 일 년에 한두 차례나 편지가 왔을까. 근간에 한 번 서울에 나가겠다는 편지를 받은 지도 아마 몇 개월은 지났을 것이다. 그러니까 오빠가 귀국하리라고는 짐작도 못했다.

"오빠?"

밖에서 점심식사를 하고 들어오던 사장이 잇새에 이쑤시개를 문 채로 나를 탐색하더니 다시 종호 아빠? 라며 눈을 동그랗게 떴다.

사장은 우리 집 사정을 누구보다 더 잘 안다. 내 얼굴이 순식간에 어두워지는 것을 놓치지 않던 사장은, 나도 한번 만나 볼까? 라고 제법 인정있게 굴었다. 엊저녁 호텔에서 팔랑팔랑한 십만 원짜리 자기앞수표 석장을 내 핸드백에 찔러 넣어주며, 이번엔 내가 보호자로서 따라가 줄까? 라고 능청을 떨던 억양과 똑같았다. 그 방면에서 지식이 쫀쫀한지 경험이 풍부한지 알 수는 없지만 내가 체했나보다며 헛구역질을 해대자 사장은 재빨리 눈치를 챘다. 이미 손자를 둘이나 두고 있는 사장은 육십을 바라보는 나이에 처녀에게 임신을 시킨 사실이 퍽이나 대견한 기색이었다.

"아예 방을 하나 얻는 게 어때?"

사장이 호기를 부리느라고 말은 자신 있게 했지만 회사의 자금사정이 어떻다는 것은 내가 더 훤했다. 그가 막내딸과 함께 살고 있는 아파트도 은행에 잡혀있을 뿐만 아니라 분납입금이 밀려 곧 경매 공고장이 날아올 판이었고 선산임이 분명한 임야 몇 정보도 똑같은 처지에 있다. 그래선지 귓바퀴 바로 위로 가르마를 타고 간신히 정수리에 널어놓은 그의 성긴 머리숱이 요즘에는 더 적어졌다.

얼마 전에도 어느 중소기업체 사장의 자살기사를 읽으면서 사장은 직원 모두에게 들으란 듯이 한마디 했다.

"요즈음은 세태가 이래. 남이 낸 부도의 유탄을 맞고 흑자파산을 하는 중소기업이 얼마나 많은 줄 알아? 죽을 용기를 가지고도 살지 못하다니. 참, 우리 하나산업에서 어음 받은 거 있던가? 하나가 납품대금으로 받은 경일어음이 부도가 났다잖아. 반품된 물건은 반값으로도 처분이 안 되지. 고전하던데. 아 참, 미스 김, 지난달에 현금 회수했지?"

장부야 내가 기입하지만 만지는 돈은 잔돈푼이다. 수표를 끊고 할인하는 일은 사장이 직접 뛴다. 하지만 미리 그렇게 능갈치는 데는 다른 꿍꿍이속이 있음이 분명하다. 아마도 사장은 나만 망하는 게 아니라 너희들도 운명공동체로서 일자리를 잃고 만다는 기본상식을 재차 인식시켜두고 싶은 것이리라. 하지만 그 정도 엄살에 겁집어먹고 지레 기는 사람은 없다. 어디 이만한 일에 이만큼밖에 월급을 안 줄라고. 단자회사로 사채업자에게로 뛰어다니는 사장의 발을 지켜보는 사무실 직원들은 여차하면 보따리를 쌀 태세였다.

나와 사장과의 사이를 희미하게나마 눈치를 채고 있는 다른 직원들은 나를 사장의 첩자로 취급했고, 사장은 사장대로 내가 다른 직원들과 한통속이려니 생각한다.

"시집도 안 간 처녀가 혈색이 왜 그 모양이야?"

무례하고 건방지게 탁자 위의 찻잔을 치우는 커피숍 종업원에게 하는 말인 줄 알았는데. 오빠는 내가 앞자리에 앉을 때부터 내 얼굴색을 살피고 있었나 보다. 나는 육년 만에 만난 누이에게 꼭 이런 말본새로 듣기 싫은 소리를 하는 오빠가 곱지 않다.

"오빠도 제법 철이 들었네. 내 혈색도 걱정해주고."

오빠도 사장처럼 그런 방면에 통달한 위인일까. 내가 현실적인 시집을 갔는지 안 갔는지 어떻게 알까마는 오빠의 여성편력을 대충은 알고 있던 나는 오빠에게 무슨 꼬투리나 잡혔나 싶어 가슴이 철렁 내려앉았다.

"그럼, 세상천지에 동생이라고는 너 하나인데."

언젠가 오빠는, 그러니까 오빠가 미국으로 떠나기 전에 내가 다니는 회사 밑의 커피숍까지 찾아와서 나를 불렀다. 그때도 물론 오빠는 내게 돈을 꾸러 왔다. 친구인 듯 같은 또래의 남자와 나란히 앉아있었는데 유유상종이라고 남자도 오빠와 똑같이 물기름을 발라 뒤로 빗어 넘긴 머리모양을 했다. 나는 그렇게 이마를 드러내고 뒤통수를 부풀린 머리가 그즈음 유행하는 헤어스타일인 줄 오빠를 보고서야 알았다. 오빠는 늘 유행에 민감했다.

"정말 친동생이니?"

그가 오빠에게 목소리를 낮추어 물었는데 그때 커피숍안의 음악소리가 갑자기 죽어버리는 바람에 내가 그 말을 들어버렸다. 나는 그게 오빠와 내가 너무 다르게 생긴 때문이려니 했었더니 그게 아니었다. 그가 화장실에 갔을 때 오빠는 미간을 찌푸리며 나를 나무랐다.

"너, 옷차림이 그게 뭐니. 유행에 대한 감각이 그렇게도 없니? 시집갈 나이의 처녀가 차림새 하고는."

"다 오빠 때문이야."

혀 밑까지 올라와 있는 그 말을 뱉으려다가 침과 함께 꿀꺽 삼켰다. 내가 설령 고급 옷을 사 입고 멋을 부린다 하더라도 별로 달라질 것은 없을 테니까. 어쩌다가 내가 새 옷이라도 한 벌 사 입고 오빠 앞에서 자랑을 할라치면 오빠는 혀를 찼다.

"옷은 괜찮은데 옷걸이가 엉망이다. 저놈의 수통다리, 자라목, 목 좀 잡아 빼봐라."

오빠가 지적하는 수통다리, 치켜 올라간 어깨, 어깨사이에 박혀 있는 짧은 목, 여드름이 돋았다 가라앉은 흉터가 분화구처럼 남아 있는 거칠고 검은 피부, 어느 하나 나는 오빠와 닮지 않았다. 어렸을 때부터 오누이가 서로 바뀌어서 태어났더라면, 하는 소리를 셀수도 없이 듣고 자랐다. 귀공자 티가 나는 흰 피부, 긴 목, 곧게 뻗은 미끈한 다리, 오빠는 아버지를 닮았고 나는 어머니를 닮았다.

오빠와 내가 친동기간이 아니라는 의심이 생길만한 이유는 그 외에도 많았다. 내가 박자도 음정도 못 맞추는 음치인데 비해 오빠는 고등학교 때 음악선생님으로부터 성악을 전공해 보는 것이 어떡하겠느냐는 권유를 받을 만큼 목청과 음악적 재능을 타고 났다. 하지만 타고난 그런 소질 때문에 오빠의 삶은 크게 어긋나 버렸다.

오빠가 하고자하는, 배우고자하는 그 모든 것에 대해 어머니는 반대하지 않았다. 반대가 아니라 만사를 젖혀놓고 우선이었다. 내가 기운 양말과 고무줄이 삭아 늘어진 팬티를 입고 학교에 내어야 할 수업료가 밀리는 한이 있더라도, 어머니는 오빠의 피아노강습료를 먼저 챙겼다. 피아노강습료라면 그래도 이해를 하겠는데, 피아노를 집어치운 오빠가 기타와 아코디언을 샀기 때문에, 수업료를 기한 내에 못낸 내가 학교에서 쫓겨 온 사건도 있었다.

그러나 나는 누구도 원망치 못하도록 세뇌되어 있었다. 이를테면 오빠의 생일날 오빠의 친구들을 불러 닭을 잡아 포식을 한 저녁에도 내 식탁은 살점하나 없이 뼈다귀를 우린 국물뿐이었다는 사실과 맥락이 닿는 이야기이다. 나는 아무 불만 없이, 그것은 맏상제인 오빠에게도 당연하고, 출가외인이 될 내게도 마땅한 대우라고 받아들였다.

오빠가 대학엘 떨어져 재수 삼수 사수를 하는 동안 나는 고등학교를 졸업했고 오빠가 사수를 하고도 대학에 떨어지던 해에 나는 대학시험에 붙었다. 그러나 오빠의 대학등록금으로 마련해 놓은 돈을 내가 차용할 수는 없었다. 입학금만 융통을 해주면 다음 학기부터는 아르바이트를 해서 스스로 융통하겠노라는 애소도 통하지 않았다. 어머니는 애초에 실업계 고등학교에 가지 않은 내 고집을 미워했고 혹 사범대학이라면 모를까 취직과는 거리가 먼 가정대학에 부모와 일언반구 상의도 없이 원서를 내고 시험을 치른 무모함을 부추길 수는 없다고 했다.

사실 나는 오빠의 등록금을 노렸다. 오빠의 빈둥거리는 꼴로 미루어볼 때 낙방은 불을 보듯 환했고, 어머니의 강력한 반대가 있을지라도 오빠가 등록금을 양보해 줄줄 믿었다. 그리고 내 성적으로 안전하게 합격할만한 가정대학을 지원했으므로 행여 장학생으로 뽑힐 수 있지 않나하는 일말의 기대도 품었다. 얼굴도 신통찮은 게 대학을 나오면 시집갈 길이 더 막힌다는 어머니의 주장이 너무 집요해서 나는 고졸의 학력으로 공부는 끝을 냈다.

"내가 며느리 밥을 먹어야지 딸년 밥을 먹겠냐."

그런 말씀하시던 어머니는 지금 딸의 밥을 먹고 계신다. 그러면서도 뭔가 내게 서운한 대우를 받으면 잊지 않는 말씀이 있다.

"니가 어미 애비 없이 하늘에서 떨어졌다냐."

딸로 태어나 고등학교까지 마친 것도 부모덕이 아니라고 할 수는 없다. 중학교만 마친 옆집의 미혜가 어머니께 하는 양을 본받으라고, 말을 덧붙이고 싶으시다.

오빠는 음악에 박자를 맞추느라 다리를 달달 떠는 버릇도 여전히 변함이 없다. 그 방정맞게 떨어대던 다리를 딱 멈춘 오빠가 바짝 다가앉으며 낮게 물어왔다.

"아버지 제삿날이 언제지?"

아버지는 이 시대의 가장 흔한 개죽음이라고 부르는 교통사고로 돌아가셨다. 자전거 양쪽에 양철가방을 매달고 만두배달을 나갔다가 화물트럭에 받혔다. 만두가게를 하기 전의 아버지의 직업은 광부였다. 우리 가족이 만두가게를 하게 된 계기는 아버지가 탄좌에서 석탄을 캐다가 엄지와 검지를 자르게 된 사고였다.

어느 날인가 아버지는 손가락에 붕대를 감고 들어오셨다. 도대체가 흰빛이라고는 찾을 수가 없는, 까만 하늘과 까만 땅의 동네였으므로 아버지의 손에 감겨있는 흰색붕대는 성스럽게 느껴졌다.

우리는 새로 사온 흰 러닝셔츠를 한 번만 입으면 재색이 되던 탄광촌에 살았다. 아버지의 머리에서는 흰 비듬대신 석탄가루가 떨어졌고, 호주머니 속에도 도시락 통에도 늘 까만 가루가 들어있었다. 심지어는 귀지도 까만색이었다. 아버지의 손톱에 끼어있는 까만색 가루도, 우리는 그것을 한 번도 때라거나 다른 더러운 오물로 생각해 보지 않았다. 그것은 당연히 우리생활에 전혀 저항 없이 더께로 앉아있는 석탄가루일 터였다.

그러나 이상한 일은 집에만 들어오면 아버지는 희고 성스런 붕대를 풀어 버리고 상처에 시궁창의 흙을 발랐다. 아버지는 이를 앙다물고도 신음을 삼키지 못할 정도로 심하게 앓으면서도 약은 먹지 않고 독한 술을 마셨다. 술이 상처를 악화시킨다는 사실은 누구라도 다 아는 상식이다. 술만 마시는 것이 아니었다. 내게 개천으로 흘러드는 시궁창에 가서 흙을 부삽에 담아오라고 시키셨다. 그리고는 온갖 오물이 뒤범벅이 된 그 흙속에 손가락을 묻고 계셨다. 병원에서는 아버지에게 매일매일 새로운 붕대를 감아주었고 항생제를 주사했지만 화농은 더욱 깊어졌다. 마침내는 엄지와 검지 두 개를 잘랐다.

"다 니들 때문이다."

아버지는 뭉툭하게 잘린 손가락을 몇 번이고 쓸어내리며 말씀하셨다. 아직은 더 돈으로 환산될 손가락이 여덟 개나 남아있음이 위안이라는 뜻일까.

계곡에서 흘러나오는 물조차도 검었고 까만 석탄가루 바람이 부는 날이면 밥도 물에 말아 설렁설렁 조리질해서 건져먹어야 했던 동네를, 우리 가족은 산재보상금을 쥐고 떴다.

서울로 나와 만두가게를 차렸지만 아버지의 건강은 회복되지 않았다. 아버지의 고통의 심연은 손가락이 잘려진 손이 아니라 석탄가루가 끼어버린 폐였다. 아버지는 교통사고를 당하기 전까지 진폐증을 앓았다. 꺼져가는 잿불처럼 시름시름 앓았다.

자동차회사의 실적 없는 영업사원이었던 오빠는 아버지의 죽음을 기다렸다는 듯이 사망보상금을 타서 카페를 차렸다.

"아버지가 진폐증을 앓고 있었다는 사실을 차주 쪽에서 알았다면 보상금이 반으로 줄 뻔했단다."

오빠는 수표의 동그라미를 또박또박 짚어보며 히죽거렸다.

"그래, 죽은 사람은 죽은 사람이고 살아있는 자식들이라도 먹고 살길을 마련해야지."

어머니도 오빠의 말에 동조했다. 자기사업을 하는 것이 소원인 오빠였다. 오빠가 꿈꾸는 자기사업이란 커피숍이거나 술집이나 나이트클럽이었다. 어머니는, 여자란 어려서는 아버지에게, 시집을 가서는 남편에게, 남편이 죽은 뒤에는 아들에게 복종해야 한다는 유교적 관습에 젖어있는 분이다. 어머니는 만두가게를 정리하여 오빠의 카페에 보탰다.

오빠는 자신의 카페에서 기타를 치며 노래를 부르기도 했다. 처음엔 그럴듯하게 장사가 잘 되었다.

"니 학비가 문제겠니?"

나는 오빠의 호언장담을 처음 들었다. 하지만 카페운영도 그렇게 호락호락 오빠의 나약한 손에 들지 않았다. 카페는 겨우 일 년을 넘기고 거덜이 났다. 빚쟁이가 탁자며 집기들을 들어내는 와중에서 오빠는 재주도 좋게 미국으로 도망을 갔다. 나중에야 알았지만 흑인여자와 위장결혼을 해서 건너갔다.

오빠가 미국으로 떠난 뒤 얼마 안 있어 젖먹이를 등에 업은 여자가 찾아왔다. 오빠가 미국에서 불러들이겠다는 약속을 철석같이 믿은 여자는 아이를 낳아 기르며 초청장이 날아올 날만 학수고대를 했는데, 초청장은커녕 연락마저 두절되었다고 했다.

"애를 낳았다고 했더니 연락을 끊었어요. 자기새끼가 아니래요.

나쁜 사람이에요."

스물을 갓 넘겼을까. 여자는 목덜미에 보송보송한 솜털이 가시지 않을 만큼 앳되었다. 친구들과 카페엘 갔다가 오빠의 노래에 반했다고 했다.

"그이는 스타였어요. 저만이 아니라 제 친구들 모두가 그이한테 홀딱 빠졌어요. 친구들이 얼마나 부러워했는데요."

오빠가 기타를 치며 노래를 부르는 시간이면 어린 소녀들이 무대 앞에 진을 쳤다. 여자도 그중 하나였다.

"저희 집에서 알면 맞아 죽어요. 집에는 못 들어가요."

아이의 엄마라기보다는 누나라는 쪽이 훨씬 믿기 편할 정도로 어린 소녀였다. 고생 모르고 자란 티가 역력한. 마디가 없는 매끈한 하얀 손에 얼굴을 묻고 여자는 가끔씩 울었다.

씨도둑은 못한다는 옛말처럼 누가 보아도 아이는 오빠를 빼다 박았다. 오빠의 이목구비 중에서 제일 못생긴 곳이 귀였는데 아이는 그 못생긴 귀까지도 도습을 해서 어머니를 즐겁게 해주었다.

"부전자전이라고, 니 오래비도 니 애비를 닮아 계집 후리는 솜씨는 타고났구나. 그래서 씨손을 받았다만."

어머니는 아이의 사타구니를 들여다보고 귀도 만져보고 흐뭇함을 감추지 않았다. 여자는 아이가 젖을 떼자 온다간다 말도 없이 사라졌다. 어머니도 나도 여자가 오빠도 없는 집에 눌러앉으리라는 기대를 하지 않았기에 그녀의 증발을 예약처럼 받아들였다. 아마 오빠가 곁에 있었다고 한들 결과는 마찬가지 아니었을까.

"오빠는 장손이면서 아버지의 제삿날도 기억 못해?"

"미국에선 너무 바빴어."

오히려 나를 나무라는 투였지만 그래도 켕기는 구석은 있는 모양이다. 아까부터 손아귀에서 장난삼아 만지작거리던 금장라이터가 금색불꽃을 밀어 올린다. 금장라이터와 어울리는 귀족적인 손이다.

오빠가 재수인가 삼수인가 할 때였는데 오빠는 거울을 보면서 담배를 피우고 있다가 내가 거울 속에 나타나자, 고독해 뵈지 않니? 라고 물었다. 고독이라니, 오빠가 지금 고독 운운할 때유? 라고 되받으려다가 나는 그냥 고개만 저었다. 오빠는, 담배 피우는 모습이 고독해 보여야 여자가 많이 따른단다. 라며 피식 웃었다.

그런데 지금 오빠의 모습은 고독해 보인다. 정말 고독한 것인지 연출된 표정인지는 알 수 없지만 담배연기 뒤의 희미한 실루엣은 쓸쓸하고 우울해보이기까지 한다. 아마 종호 엄마도 오빠의 저런 연기에 넘어갔겠지. 차라리 오빠는 배우가 되었더라면 빛을 보았을지도 모르겠다.

가수지망생이었고 자동차회사 영업사원이었고 카페의 주인이었던 오빠의 지금의 직업은 알 길이 없다. 나이는 서른다섯 살, 위장결혼을 한 번 했고 정식으로 결혼은 안했지만 아들은 하나 딸려있다.

사장이 "종호 아빠?"라고 물은 것은 그 때문이다. 오빠의 주민 등록은 말소되었고 종호는 시집도 안 간 내 앞으로 입적되어 있다. 병치레가 잦은 종호의 의료보험카드가 필요해서 하는 수가 없었다. 그래도 사장은 그 사실을 매우 의아해 한다. 종호가 오빠의 아이가 아니라 내 아이라는 의심을 버리지 못한다. 대머리가 벗겨진, 손자까지 둔 오십대의 남자가 처녀장가를 가려니 설마 그 정도 약점도 없는 내가 자기에게 오겠냐는 억지다.

"짐도 있는데 택시를 타지."

버스정류장까지 못이긴 척 따라오다가 오빠가 손을 들어 택시를 세웠다. 오빠는 미국에서 무엇을 했을까. 궂은일을 했다면 손이 고울 까닭이 없다. 오빠는 차의 트렁크에 짐을 넣으면서 비지땀을 흘리고 있다. 허약한 체력이 한심하다.

"미국에선 택시 드라이버가 짐을 실어주고 팁을 받는데……"

오빠는 옷에 묻은 먼지를 털고 땀을 닦으면서 택시운전사의 불친절을 꼬집었다.

"택시도 종점까지 밖에 안가. 혹시 웃돈을 얹어준다면 모를까."

"웃돈을 얹어줘도 꼭대기 꺼정은 못갑니다."

우리의 말을 다 듣고 있던 운전사가 오금을 박자 오빠의 불평이 수그러들었다.

"이사는 안 갈 꺼니?"

아까부터 무슨 말인가를 입속에서 굴리고 있었던 오빠였다.

"돈이 있어야지."

"생기잖아."

그러면 그렇지. 돈 냄새를 맡는 데는 오빠의 후각을 당할 사람이 없다. 우리의 마지막 재산이랄 수 있는 지금 살고 있는 무허가 건물이 헐리면서 이주보상금이 나오게 된다는 사실을 오빠는 이역만리에서 어찌 알았을까. 내가 오빠에게 편지를 하면서 어쩌면 이사를 갈지도 모르니 직장으로 연락을 하라고 알려두기는 했어도 우리 동네가 재개발 되리라는 사실은 낌새도 비치지 않았는데.

버스종점에서 내려 천엽 속 같은 골목을 돌아 등산을 하듯 올라오면서도 오빠는 내내 투덜거렸다. 산을 넘어가기 직전의 지는 해가 산기슭을 붉게 적시고 있었다. 만약 이 동네를 떠나면서 아쉬운 점이 있다면 저 노을을 잃는 것 하나 밖에 없다. 대부분은 해가 꼴깍 넘어간 시각에 동네 길을 오르지만 어쩌다 퇴근이 일러 피빛으로 타는 저녁노을을 만나면 왠지 하루의 피로가 풀리는 기분이었다. 재개발 아파트가 들어설 때까지 옮겨가 있을 곳도 건축비를 부담할 능력도 없는 원주민들은 어차피 딱지를 팔아야 하리라. 우리라고 뾰족한 수가 없다. 늦게 팔수록 프리미엄이 높아진다고 해도 길가에 나앉지 않으려면 서둘러야 한다.

짐 가방 중 무거운 가방을 내가 들었지만. 힘은 오빠가 더 달린 듯 끙끙댄다. 어렸을 때도 힘든 일은 늘 내 몫이었다. 오빠는 밥상 한번 나른 적이 없다. 오빠는 숭늉도 받쳐 올려야만 마셔주었다.

"오빠 미국에서 뭘 했수?"

오빠는 자신이 무슨 일로 먹고 사는지 편지에도 밝히지 않았다.

"일하고 돈 벌었지."

물은 내가 어리석다. 미국이 뭐 그리 만만한 나라인가.

"무슨 일을 했냐니까."

"카페에서 노래를 불렀어."

영 자신이 없는 대답이다. 언젠가 길에서 오빠의 친구를 만났는
데 그는 오빠의 소식을 들려주었다. 그는 동생인 내가 다 알고 있
는 줄 알고 입을 열었다가 낯설게 눈을 굴리는 내 표정을 읽고 말
꼬리를 감추었다. 한국보다는 먹고 살만한 동네이니 건너오라고
했다는 것이다.

"마사지 팔러라는데 있답니다."

그는 자세한 설명을 줄이고 가던 길을 가버렸다.

"마사지 팔러에서도 노래를 하나?"

라고 묻고 싶었지만 나는 목젖을 치받고 올라오는 그 말을 눌렀다.

미국으로 건너간 한국교포들의 생활을 소개하는 책자에 나와 있
던 마사지 팔러라는 데는 한국의 사우나목욕탕 같은 곳이었다. 검
은 선으로 눈을 지워버린 벌거벗은 여자가 한 면을 다 채운 사진
밑에 몇 줄의 설명이 첨부되어 있었다. 설마 서양여자의 몸을 주
무르면서 노래를 불렀다는 뜻은 아니겠지.

"고기라도 몇 근 사야 하지 않아? 상주가."

50

나는 오빠를 강제로 슈퍼 안으로 밀어 넣었다.

"달러밖에 없는데."

문을 밀고 들어서려던 오빠가 돌아서며 지갑을 펼쳐보였다. 모조품인지 진품인지 분별할 수는 없지만 오빠의 손지갑은 사장이 가지고 있는 것과 같은 상표였다.

"아무리 달동네지만 달러도 받아."

하는 수 없다는 듯 오빠는 민적거리며 수입쇠고기 한 개를 골랐다.

"손해 봤어. 은행에서보다 싸게 쳐주잖아."

오빠는 커피숍을 나오면서도 달러를 내고 거스름돈도 챙기지 않았다. 거스름돈을 잊은 줄 알고 커피숍으로 되돌아 들어가려는 내게 오빠는 눈을 흘겼다.

"너 아직도 햄버거에 감자튀김을 좋아하니?"

슈퍼 옆의 햄버거 가게에서 풍기는 기름 냄새에 코를 벌렁거리며 오빠가 내게 물었다. 철없이 돈 통에서 동전을 빼내어 햄버거 집으로 달려가던 그때를 오빠는 아직도 잊지 않았나 보다. 햄버거 좋아하기로 든다면 오빠가 앞선다. 그때의 햄버거 맛을 잊을 수가 있겠는가.

"오빠는?"

지금은 아침저녁으로 햄버거가게 앞을 지나면서 얼마나 구역질을 해대는지 오빠는 모른다.

"별 수 없어서 먹게 되는 햄버거는 싫지."

얼핏 올려다 본 오빠의 웃음에는 자조가 섞여있다.

"수입 감자튀김을 먹는 사람에게는 공짜로 더 주는 게 있는데 뭔지 알아?"

언젠가 신문에 난 기사가 얼핏 머릿속을 지나갔다.

"글쎄 미국에선 자기가 먹던 잔으로라면 커피는 얼마든지 더 따라 먹어도 되지만."

"정답은 파라치온, 바트라카라빈, 엘드린이야."

"글세 처음 들어보는 말이야."

"그럼 쉬운 걸로 할게. 비에치시. 다이아지논."

"그걸 덤으로 얹어준다는 말이니? 음료야? 소스야?"

"이건 모른다고는 안하겠지? 디디티. 파라치온."

"아아, 디디티, 그건 몸에 이가 끓으면 뿌리던 허연 가루약이고, 파라치온은……"

오빠가 파라치온을 모를 리가 있겠는가. 어머니가 마셨던 농약인데. 오빠의 말대로라면 별 대수롭지도 않은 일에 어머니는 목숨을 끊으려고 했었다. 아버지는 그 헌칠한 인물 하나로 어머니를 얻었던 것처럼 또 다른 여자를 얻었다. 또 다른 여자는 하나가 아니었다. 한 여자가 떠나면 다음 여자가 나타났고 그리고 또 다른 여자가 새로이 나타났다. 어머니는 매번 파라치온을 마시지는 않았다.

"농약 말고 또 있대. 운송 도중에 싹트지 말라고 방사선도 쪼인다던데."

"넌, 그런 유식한 말을 어디서 주워 오니? 미국산 감자는 농약을 안 써. 그리고 싹트지 말라고 쪼이는 방사선은 인체에 무해한 거야. 나 봐라 맨 날 먹다시피 했어도 이렇게 얼굴만 좋아졌잖니."

하긴 오빠는 내 앞에서 잠적할 당시보다 얼굴이 훤하다.

"오빠, 난 그래도 수입 감자를 먹어. 싸니까. 명절날 국도 수입 쇠고기로 끓여. 그것도 싸니까. 아버지 제사상엔 한우를 올리고 싶지만 한우를 달라고 해도 수입고기를 한우라고 속이는데 뭘."

"싸고 좋으면 먹는 거 아냐?"

오빠의 말이 틀림이 없다. 싸고 좋으면 먹는 거지 머. 중국산 참기름보다 서너 배나 비싼 우리나라 가짜 참기름을 먹어줄 애국심이 내게는 없다. 돈도 없다.

사장과 그렇고 그런 관계가 된 이유도 따져보자면 오빠 때문이다.

어느 날인가 칭얼거리는 종호를 업어 재우고 출근을 했는데 아이가 넘긴 젖이 블라우스의 등판에 얼룩져 있었나보다. 가끔 손자를 업어준다는 사장은 책상 주위를 뱅뱅 돌며 코를 벌름거리더니 기어이 참지 못하고 호기심을 드러냈다.

"미스 김, 혹시 갓난아이 있는 거 아냐? 젖내가 나거든."

그가 발명하듯 말했지만 그의 어조에는 궁금증이 덕지덕지 달라붙어 있었다.

"오빠네 애기에요. 조카."

어이가 없어 볼펜을 내려놓고 그를 돌아보았다.

"결혼한 오라버니가 계셨어?"

공장의 공원까지 합해야 열서너 명밖에 안 되는 인원인지라 사장은 직원들의 신상명세를 좌르르 꿰었다. 더구나 구멍가게 수준을 못 벗어나는 매장에서 비서 겸 경리로 근무하는 나와는 지겹도록 얼굴을 맞댈 수밖에 없었다.

"오빠는 공부하러 미국에 갔어요."

"오빠가 언제 결혼했지?"

내처 사생활을 캐는 것이 걸렸던지 사장은 잠시 뜸을 들였다.

"미국에서 했대요. 전 올케를 사진으로만 봤어요. 올케도 유학생이라. 애를 기르면서 둘이 공부하기는 힘이 들대나 봐요. 박사학위 따서 나올 때까지만 제가 맡아가지고 있는 거라구요."

사장은 믿기지 않는다는 듯 고개를 갸우뚱했다. 아니 사장은 누가 뭐래도 종호가 내 아이라고 믿는 눈치였다.

지난겨울 연탄불을 갈다가 어머니가 연탄가스를 마시고 화덕위로 쓰러지는 바람에 내가 출근을 못했는데 사장이 병문안이랍시고 찾아왔다.

"우리 직원은 한 가족이 아닙니까?"

황송해 하는 어머니에게 사장은 엉너리를 쳤다. 그러면서도 사장의 눈은 종호를 살피는데 게으르지 않았다.

"누굴 닮았지?"

나는 속이 뻔히 들여다보이는 사장의 눈길을 피하며 그냥 웃어넘겼다. 그때 사장의 흑심을 읽었어야 했다. 약값이라며 내미는 돈의 액수에 대해서도 재고를 했어야 했다. 사장이 어떤 사람이라고. 화장실의 휴지와 비누도 점검하는 자린고비인 사장이 그만한 투자를 할 때에는 무슨 흑막이 쳐져있다고 짐작을 해야 했건만 어머니와 나는 그저 단순한 온정인 줄 알고 몸 둘 바를 몰랐다.

그 뒤 일주일쯤 지나서 사장은

"미스 김 같은 효녀를 돕는 데야 돈 아깝지 않지."

라며 또 두툼한 돈 봉투를 내밀었다. 노동의 대가도 아닌 돈을 챙긴다는 사실이 곤혹스러웠다. 하지만 나는 왠지 그의 말을 믿고 싶었다. 진심일지도 모르는데, 거절하는 것도 예의가 아닌 성 싶었다. 어머니 얼굴의 거의 반을 차지하는 화상흉터와 살점이 엉겨붙은 손이 어른거려 나는 냉큼 봉투를 핸드백에 넣었다.

그 답례로 저녁을 한 끼 대접한다는 자리가 그리되어 버렸다. 사장은 자기가 홀아비이며 막내딸까지 시집을 보내면 노후를 어찌보내야 하느냐며 내게 외로움을 하소연했다. 사장과의 나이차를 어림해본 밤이었고 제대로 거동도 못하시는 어머니와 종호의 장래를 염려해본 밤이었다.

"조금 쉴래? 바퀴달린 가방을 굴릴 수도 없이 들어야 하니."

드디어 오빠가 주저앉았다.

"샌프란시스코는 도시 전체가 산이라서 기어가 오토매틱이 아니면 도시를 돌아다닐 수 없다면서?"

"한국의 산동네와 비교하는 거니?"

나는 산등성이를 올려다본다. 궁색한 티가 더덕더덕 붙어있는 집들이 어깨를 맞대고 이어지고 있다. 두 사람이 간신히 비켜갈 수 있는 비좁은 골목은 함부로 버린 오물찌꺼기의 악취가 진동한다. 익숙한 냄새이다. 사람이 사는 동네, 사람이 사는 냄새였다. 나는 물에 젖은 종이상자와 미끈거리는 사과껍질을 피해 연탄재를 골라 밟으며 걷는다. 쓰레기를 태우고 난 자리에는 타다만 신발 한 짝이 흉한 모습으로 바람을 맞고 있다.

"맨 꼭대기에서 세 번째 집, 맞지?"

오빠가 손가락으로 가리킨, 하늘에서 세 번째로 가까운 우리 집 지붕위에는 덩두렷한 보름달이 걸려있다. 여기까지 올라오느라 숨이 차서일까 덜 탄 나무토막에서 피어오르는 흰 연기 뒤에서 뒤처진 오빠의 헉헉거리는 모습이 아른거린다. 한숨이 옮아붙은 나도 덩달아 큰 숨을 내뿜는다.

공터가 보이는 골목에 이르렀을 때 심하게 다투는 소리가 들렸다. 다리쉼임도 할 겸 우리는 잠자코 서서 세간들이 창문 밖으로 날아오는 양을 바라본다. 동년배끼리 주고받을 법한 상스런 욕설을 아버지는 아들에게 아들은 아버지에게 거침없이 던진다. 이어서 육탄공세가 벌어지는지 담벼락이 흔들리며 작은 돌들이 떨어져 내렸다.

"여전하지? 가난에 절망한 사람들은 저렇게 부자간에도 사생결단을 낼 듯이 싸워."

싸움소리를 들으면 남의 일인데도 왜 마음이 산란해지는지 모르겠다. 탄광촌에 살 때도 그랬다. 하루의 일과인양 싸움질을 해대는 옆집아줌마와 아저씨의 고함소리를 들으며 나는 콜타르를 칠한 까만 나무울타리 밑에 쪼그리고 앉아서 마른침을 뱉고는 했다. 어린 우리에게는 별다른 걱정거리가 없었지만 막대기로 땅바닥을 후벼 파서 죄 없는 지렁이 몸을 동강내기도 했다.

"어머닌 어떠셔?"

오빠가 궁금한 건 어머니의 건강이 아니라 이주보상금이다. 보상금을 어머니가 어디에다 쓰실 작정인지가 궁금한 것이다.

"직접 봐."

어머니의 손과 얼굴이 그리 된 후로 종호도 제 할머니 곁에 가기를 꺼린다고 말하기는 싫었다. 어머니 얼굴에는 흉측한 흉터가 남고 손은 조막손이 되어버렸다고 오빠에게는 알리지 못했다. 아무리 연로하시다고 해도 얼굴의 흉터를 그냥 둘 수는 없다. 수술비용이 하도 엄청나서 엄두를 못 냈는데, 보상금의 일부는 어머니 치료비에 할애하고 나머지는 셋방이라도 얻어가야 한다.

낮에 오빠의 전화를 받는 순간 나는 어리석게도 오빠의 금의환향을 떠올렸다. 노다지라도 캐어 오는, 그래서 이 구질구질한 산동네에서 어머니와 나를 끌어내 줄 한줄기 빛을 기대했다.

이주보상금에 군침을 흘리는 사람은 또 있다. 다름 아닌 사장이다. 사업하는 사람 특유의 돈에 대해 발달된 후각이겠지만 사장도 내게 그런 얘기를 비쳤다.

"미스 김이 사는 동네가 재개발 된다지? 어머니랑 우리 집으로 옮겨오는 게 어때?"

그렇게 말할 때만 해도 나는 사장의 마음 씀씀이가 고마워서 눈물이 났는데, 일주일쯤 지나서 지난번과 같은 모텔의 같은 방에서 그는 바지를 꿰어 입으며 조심스럽게 내 의중을 타진했다.

"보상금이 나올 텐데 내가 융통 좀 하면 안 될까? 회사 자금사정이 급한 거야 미스 김도 잘 알잖아. 우린 이제 남이 아니잖아."

나는 그동안 어머니 몰래 붓던 적금을 해약해서 사장에게 꾸어준 상태였다. 사장에게 돈을 맡긴 사람이 나 혼자인줄 알았는데 나중에 알고 보니 몇이 더 걸려 있었다. 사장은 직장경력이 몇 년이면 모아둔 돈이 얼마, 하는 계산은 빤한 위인이었다. 사장은 내게 그랬듯이 다른 직원들도 은밀하게 불러 이자가 박한 은행에 맡겨두느니보다는 몸담고 있는 회사에 투자를 한다면 훨씬 일할 의욕도 나고 잘하면 사채보다 더 높은 배당금이 할당될지도 모른다고 꼬드겼을 것이다.

오빠의 전화를 받고 사무실 문을 나서는데 반석실업의 이사장으로부터 전화가 왔다. 송수화기 밖으로 왕왕 울리는 이사장의 목소리는 최후의 통첩을 전하고 있었다. 부도까지는 초읽기에 들어간 듯싶었다. 다음 주까지 오천만 원을 막지 못한다면. 전에도 몇 번인가 크고 작은 이런 위기가 있었지만 사장은 솜씨도 좋게 돈을 융통해왔다. 사장의 이런 재주를 보아온 다른 직원들은 어떻게 잘 되겠거니 기대를 하지만 나는 아니다. 이번에는 어떻게 솟아날 구멍이 없다. 얼굴이 노래졌다 하얘지면서 연신 대머리에서 솟아나는 진땀을 닦아내는 사장을 남겨두고 나는 사장실을 나왔다.

질척거리는 골목을 지나 야산의 공터로 들어갔다. 쓰레기가 산적해있는 웅덩이에서 동네아이들이 놀이에 열중해있다. 여자아이들은 고무줄놀이에 사내아이들은 땅따먹기에 정신을 빼앗기고 있다. 대부분의 아이들은 입 근처와 손가락에 종기 비슷한 상처가 있다. 종호도 그랬다. 약국에서 사온 항생 연고로도 낫지 않아 병원엘 데려갔더니 의사는 사는 동네부터 물었다. 핸드 앤 풋 앤 마우스, 어쩌고 하면서 더러운 흙을 가지고 노는 아이들이 걸리는 병이라고 했다. 하류사회 사람들이 걸리는 병이라고 덧붙였다. 지속적인 치료를 받으면서 불결한 흙이나 오물을 만지지 않으면 낫는다고 했다.

나는 멈춰 서서 아이들 무리에서 종호를 찾아보았다. 어둠이 무더기로 몰려있는 나무 아래에 종호가 쪼그리고 앉아있다. 종호는 너무 어려서 다른 아이들 틈에 끼지 못하고 구경만 한다. 늘 이 시간이면 아이는 공터에서 나를 기다린다. 땅따먹기를 하던 돌멩이가 그어놓은 선 밖으로 튀어나가자 누군가 종호를 떠밀었다. 응원

군이 나타나지 않았더라면 종호는 혼자서 흙을 털고 일어나 앉아 계속 놀이를 참관했을 것이다. 종호는 참으려던 울음을 힘차게 터트리며 내게 뛰어왔다. 내 치마를 붙들고 저를 밀친 아이를 가리키며 한참을 더 울먹였다.

"쟬 좀 혼내줘 봐. 그동안 애비없는 자식이라고 얼마나 설움을 받았는데."

딸꾹질을 매단 아이는 내 등 뒤로 숨으며 오빠를 흘끔거렸다. 후원자가 없는 아이는 늘 주눅이 들어있다. 애비도 형제도 없이 자라는 아이들의 특성을 종호는 골고루 갖추고 있다.

"애들 노는데 어른이 어떻게 나서니?"

오빠는 편지에서도 종호의 얘기는 묻지 않았다. 아니 아이가 있다는 사실이 믿기지 않는다고 했다. 아이의 생일을 짚어보면 무언가 계산이 어긋난다고 했다. 나는 답장을 보내면서 아이가 오빠를 틀에 찍어낸 듯이 닮았다고 썼고 잘 자라고 있다고 추신을 달았다.

"기분이 어때?"

"그을세."

부자간의 첫 대면인데 아무런 감흥이 없다는 것이 이상하다.

"조카라고 생각하고 한 번 안아봐."

아이는 심하게 낯가림을 하는 편이다. 내 등 뒤에서 나오려고 하지 않는다. 머쓱해진 오빠는 아이에게 벌렸던 손을 거두어들인다. 오빠는 아이에게 더 이상 관심을 두지 않았다. 아이는 언덕바지를 뛰어올라갔다.

"잠깐. 어머니를 만나기 전에 네게 할 말이 있어."

오빠가 머뭇거리며 말을 꺼냈다. 선택의 여지가 남았다는 뜻이다. 우격다짐으로 장남인 자신의 몫을 주장하지는 않겠다는. 떠나기 전의 오빠에게는 권리만 있고 의무나 책임 따위는 없었다. 미국 물을 먹더니 달라진 것일까.

"안 들어도 알아."

내가 말허리를 잘랐다.

"사실은 미국에서 세탁소에서 일하고 있어."

"그래서."

"미국에 세탁소를 차릴 거야."

"그렇게 급해? 아직 엄마도 안 만나봤잖아."

"내가 다 알아보고 나온 거야. 한국은 보증금에 월세에 권리금까지 있어야하고 드라이클리닝 비용도 형편없거든. 미국은 세탁요금이 아주 비싸. 화학약품을 쓰는 공해산업이라 백인들이 안 하려는 업종이기도 하고."

오빠가 말을 재빨리 주워 삼켰다.

"종호는 어떡허구."

언성을 높여 악을 쓰고 싶었는데도 나오는 목청은 애원조였다.

"미안하다. 어떡하니. 자리를 잡으면 데려갈게."

"오빠는 신문도 안보나? 요즈음엔 미국으로 이민을 갔던 사람이 다시 역이민으로 고국으로 돌아온다잖아. 한국에서 세탁소를 차리면 안 돼?"

"그래도 난 미국이 좋아. 맨땅에 헤딩할 수밖에 없는 사람에겐 미국이 천국이야. 자유롭고 간섭도 없고 일한만큼 정직하게 벌어. 미국에선 남자보다 여자가 더 수월하게 돈을 벌어. 직업에 귀천도 없어. 너도 안 갈래?"

이주보상금을 챙기는데 내가 걸림돌이 된다고 여겼겠지.

"마사지 팔러에서 일하란 말이지?"

"넌. 내가 떠나기 전이나 지금이나 별로 달라진 게 없구나. 정말 미국은 꿈의 나라야. 영화에서처럼 부자나라이며 선진국이란 말이야."

오빠는 나를 측은한 눈빛으로 내려다보고 나도 같은 의미의 눈빛으로 올려다본다.

오빠는 어머니를 설득하는 것쯤이야 여반장이라고 믿고 있다. 이미 나모르게 어머니를 구슬려 놓았는지도 모르겠다. 꿈의 나라로 모시고 가겠노라고, 비행기로 모시고 가서 호강을 시켜 드리겠노라고, 못 다한 효도를 하겠노라고. 아마도 어머니는 오빠의 꼬임에 넘어가리라. 당장에 오빠를 따라가겠다고 짐을 꾸리지나 않을지 궁금하다.

"그래도 어머닌 장남인 내가 모셔야지. 넌 곧 시집갈 거잖아. 회사를 그만큼 오래 다녔으면 퇴직금도 만만치 않을 거 아냐."

내 퇴직금은 탐하지 않겠다는 오빠에게 고마워해야 한단 말인가. 퇴직금은커녕 사장에게 빌려준 돈도 못 건지게 생겼는데. 갑자기 아랫배가 추를 달아 놓은 듯이 묵직하게 당겨왔다.

집까지는 백 여 미터 남았다. 오빠는 점점 씩씩하게 걷고, 나는 뒤처지는 걸음걸이를 추스른다.

오빠가 무어라고 계속 미국예찬론을 늘어놓고 있었지만 나는 달무리에 둘러싸인 보름달만 바라본다. 달무리가 지면 비가 온다던데. 후덥지근한 공기가 역하게 밀려오고 있다.

마당으로 한 발짝 디밀던 오빠가 주춤했다.

"세상에 이런 법이 어디 있다냐. 종호야. 우리처럼 사글세로 사는 사람은 보상금이 없단다. 어쩌그나. 어쩌그나."

어머니의 혼잣말. 아니 무슨 말인지도 알아듣지 못하는 종호를 앞에 앉혀놓고 중얼거리는 어머니의 탄식이 귀가 잘 맞지 않는 문틈으로 흘러나오고 있었다. 오빠와 나는 누가 먼저랄 것도 없이 마주보았다.

놋대야 같은 보름달이 구름사이를 비껴 나와 푸른 달빛을 쏟아냈다.

"왕복 비행기 삯이 천 딸라가 넘는데······."

달빛에 젖어 점점 창백해지는 오빠의 낯빛을 바라보자니 괜히 웃음이 치솟았다. 나는 풍선처럼 터지는 웃음을 참지 않았다.

# 호텔 리치몬드

　그 순간. 정체불명의 시선을 인지했다. 시종일관 창날 같은 햇살이 따갑게 정수리에 내리 꽂히고 있었다. 햇살과는 다른 빛의 알맹이가 분명 어디서인가 날아왔다. 미지의 존재가 내쏘는 빛이 전신을 콕콕 찔렀다. 피사체가 되고 있다는 느낌을 떨칠 수가 없었다. 거미줄처럼 보이지 않는 그물에 포획 당한 듯 했다. 임의로 만들어 놓은 세트 안에 무심코 들어와 버렸고 어디 멀고 높은 곳에서 부감 촬영하는 카메라가 돌아가는 것 같았다.

　주위를 둘러보았다. 손으로 차양을 만들어 햇빛을 치우며 목덜미에 끈적끈적하게 달라붙는 시선의 임자를 찾았다. 고개를 돌려 지나온 길을 훑었다. 아무도 나를 주시하는 사람은 없었다. 전혀 무관한 표정들이었다. 발아래 펼쳐진 흰 대리석 위로 햇빛만이 무참하게 부서지고 있었다.

지금 내가 발을 딛고 있는 곳은 터키(Turkey) 에베소(Ephesus)이다. 나는 관광객의 시선을 붙잡아 매는, 2세기에 세워져서 하드리아누스 황제에게 헌납했다는 하드리아누스 사원의 유적지에 들어와 있다. 사원에는 아치로 이어진 두 기둥을 포함하여 네 개의 대리석기둥이 남아있고, 아치중앙에는 이 도시의 여신 티체(Tyche)의 머리가, 현관 안쪽에는 다양한 신들의 모습이 부조되어 있다.

지극히 인간적인 모습으로 구체화된 신상(神像)을 보는 순간 호기심이 발동했다. 하드리아누스 사원 아무 곳에도 무엄한 손의 접근을 막는 'keep out' 따위의 경고팻말은 없었다. 나는 대리석에 양각된 남성의 상징을 선뜻 만졌다. 놀랍게도 햇볕에 달구어진 대리석은 끓는 기름에서 건져낸 과자처럼 뜨거웠다. 저절로 손이 움츠려졌다. 실물의 남성기를 손에 쥔 것 같은 감촉이었다. 손바닥에 땀이 솟았다.

돌이란 돌은 대리석뿐인지 공중변소 바닥도 대리석, 기둥도 대리석, 지나쳐온 모든 도시의 길들도 대리석 일색이다. 셀수스(Celsus) 도서관 역시 아름답게 장식된 대리석 기둥이 웅장한 위엄을 과시하고 있다.

도서관 앞이 공창(公娼)이었다는 사실은 아이러니이다. 셀수스 도서관 정면 벽 쪽에는 현명, 지식, 운명, 미덕이라는 셀수스의 가치관이 음각되어 있다. 도서관 앞의 구라테스거리를 따라 수백걸음만 옮기면 대리석 길바닥에 한껏 꾸민 여자의 얼굴과, 사랑을 표시하는 하트모양과, 25㎝가 조금 넘을 남자의 발자국이 새겨진 공창의 입구가 나타난다. 사랑을 나누어주는 여자가 기다리는 천국 같은 곳, 바닥에 찍힌 발자국보다 작은 발을 가진 남자는 아직 미성년이므로 통과할 수 없는 성역이다.

매음은 모두 여자가 하지만 매매는 쌍방적이므로, 음(淫)을 사는 남자가 없으면 음을 파는 창부는 있을 수 없으리라. 그녀들이 원하는 바가 성이었을까, 돈이었을까. 처음 보는 사내를 제 서방처럼 업고 가는 난만한 꽃들의 모습이 눈에 선하다.

서쪽으로 난 원형극장 문을 나서니 지진 때문에 지중해 쪽으로 해안선이 20㎞나 물러나 버렸다는 에게(Aegean)해가 펼쳐져 있다. 아고라시장의 대리석도로인 아르카디아거리가 끝나는 소실점에 등대가 서있다. 그 너머로는 바다와 하늘과 땅이 경계가 모호하게 맞닿아 있다.

누군가 내 어깨를 스치며 지나갔다. 그는 내게 무어라고 말했다. '익스 큐즈 미'인 것도 같고 아닌 것도 같다. 계단을 내려가던 깔끔한 뒤통수 하나가 뒤를 돌아본다. 그는 무연한 시선으로 나를 잠시 응시하다가 눈길을 던져 구름 한 점 없는 하늘을 잠시 올려다보고는 홀연히 증발했다. 그는 자신에게 주어진 대사가 그뿐인 단역배우처럼 관광객 속에 섞여버렸다. 타는 듯 갈증이 일었다. 혀가 바짝 마르면서 안으로 말려들었다.

에베소 시의 관광을 마치고 파묵깔레(Pamukkale)의 리치몬드호텔에 도착한 시각은 오후 다섯 시쯤이었다. 저녁식사 시각은 일곱시, 두 시간 동안은 휴식시간이다.

침대에 누웠다. 천장에서 에어컨디셔너의 냉기가 싸락눈처럼 내려왔다. 나른하게 몸이 풀렸다. 잠의 너울이 감겨왔다. 눈꺼풀이 닫히자 저절로 귀가 열렸다. 열린 귓속으로 공중에 떠다니는 소리들이 들어왔다. 소리들은 귓바퀴와 세반고리관을 지나 뇌수를 뒤흔들었다.

성악을 전공했다는 여행가이드는 2만 5천 명을 수용할 수 있다는 원형극장에서 우리 가곡 '이별의 노래'를 불렀다. 기원전에 지어졌다는 원형극장의 공명 상태는 감탄할 만했다. 그녀의 노래는 맨 뒷자리까지 울려 퍼졌다. 이국에서 듣는 이별의 노래이기 때문일까. 압지에 물이 스미듯 온몸을 적시는 음률에 가슴 한 쪽이 찡했다. 그 가락이 아직도 골수 위를 부유하고 있다.

이유를 알 수 없는 눈물이 흘러내려 베개를 적셨다. 눈물을 닦다가 무심코 시계를 본다. 바늘을 돌려놓지 않아서 아직 한국시각을 가리키는 시계는 12자에서 두 바늘이 포개지고 있다. 오늘에서 내일로 넘어가고 있다. 아니 나는 오늘에 머물고 있는데 한국은 이미 내일로 가버렸다.

　며칠 전에 떠나온 한국이 그리워졌다. 지금쯤 한국을 떠났을 그 아이가 불현듯 그리웠다. 시계의 문자판이 흐릿해진다.

　어룽어룽 흔들리는 문자판에 그 아이가 내 삶 속으로 스며오던 그 축축한 날이 떠올랐다.

　그 아이는 막 수습딱지를 뗀 문화부 기자였다. 나는 그 즈음 신간 소설을 출간했는데, 신간을 낸 작가의 인터뷰는 문화부 신출내기 기자의 몫이었다. 집으로 오겠다는 걸 간신히 따돌려서 집 근처의 찻집으로 만날 장소를 정했다.

　달아오른 얼굴로 계단을 뛰어올라온 그 아이는 대뜸 수첩부터 꺼내들고 질문공세를 폈다. 상기된 목소리와 함께 싱싱한 땀 냄새가 건너왔다.

　"사진이 필요하단 말씀을 미처 못 드렸어요. 포즈를 취해주시면 제가 찍을게요."

　수첩에 붓방아를 찍던 그 아이가 목에 걸려있는 사진기를 어설프게 들이댔다. 기자로서 첫걸음을 내딛는 의욕적인 접근태도가 청량했다.

　"이 중에 쓸 만한 사진이 있을지, 직접 찾아봐요."

　나는 사진뭉치를 탁자에 내려놓았다. 지난달 딸아이와 교외에 나가 사진을 찍었는데 기자와 인터뷰하려면 사진이 필요할지도 모른다는 짐작으로 디피점에 먼저 들러서 사진을 찾아왔다.

"누가 찍었어요? 아주 친한 사람이나 사랑하는 사람이 찍은 사진이에요. 카메라 렌즈를 바라보는 눈빛에 나타나 있어요."

나는 신문이나 잡지에도 딸아이가 찍어준 사진을 실었다. 사진관에서 찍거나 사진작가가 찍은 사진은 내 맘에 들지 않았다. 딸아이만이 내가 원하는 분위기를 찍었다. 소나무 아래에서 오른쪽 눈에 카메라를 붙이고 왼쪽 눈은 찡긋 감으며, '김치이이'를 선창하는 딸아이가 사랑스러워 나는 딸을 향해 웃었다.

"딸이에요. 예쁘죠? 고슴도치도 자기새끼보곤 함함하다 한다지만, 남들도 눈부시게 예쁘다고 해요."

내가 찍은 딸아이의 사진을 그 아이의 앞으로 밀었다. 인화지에 박힌 딸아이는 제법 처녀티가 났다.

"너무 닮았어요."

사진을 뚫을 듯이 노려보던 그 아이가 신음처럼 내뱉었다.

"딸아인 저보다 아빨 많이 닮았어요."

"그게 아니라."

그 아이가 지갑의 갈피에서 사진을 한 장 끄집어냈다. 스무 살을 갓 넘겼을 여자였다. 놀랍게도 사진 속의 여자는 딸아이와 찍어낸 듯 닮았다. 딸아이의 몇 년 후의 모습을 유추하여 그려낸 초상화라면 맞을까. 뒤쪽에서 불어온 바람에 머리카락 몇 올이 뺨을 가로질러 입술에 얹혀있었고, 사라진 바람자락을 쫓아 눈은 먼 곳을 응시하고 있었다. 젖살이 빠지지 않은 어린아이처럼 볼이 오동

통했고 눈빛이 무구하게 맑았다. 사탕을 문 것 같은 볼과 흑요석처럼 빛나는 눈동자가 더 딸아이를 연상시켰다.

"누구?"

"결혼 약속한 여자 친구예요. 죽었어요. 암이었어요."

독백하듯 중얼거리는 그 아이의 눈은 어느새 젖어있다.

"똑같아. 내 딸의 미래 모습 같아."

나는 나란히 펼쳐진 두 장의 사진을 연해 번갈아본다.

"술 하시겠어요?"

단정하게 잠겨있던 셔츠의 맨 위 단추를 풀며 그 아이가 말한다. 눈물을 삼키는지 목울대의 연골이 꿈틀거린다. 내 동의도 구하지 않고 그 아이는 술을 주문했다. 비워지는 술병의 수와 비례해서 인터뷰는 그만큼의 거리로 물러났다.

그 아이는 이따금 전화를 걸어왔다. 날씨가 독하게 맑으니 교외로 바람을 쏘이러 가자고도 했고, 비가 와서 술이 고프다며 전화기 저편에서 우울하게 속삭이기도 했다. 노래방에서는 내가 제목도 가락도 처음 들어보는 노래를 불렀고 탬버린으로 박자도 잘 맞추었다. 그 아이는 닭갈비를 좋아했고 순대도 좋아했지만 보신탕은 먹을 줄 몰랐다. 버지니아 슬림을 피웠고 레몬소주를 즐겼다.

"눈가의 잔주름이 고와요. 연세가, 몇이세요?"

레몬소주의 신맛 때문에 한쪽 눈을 감는 나를 재미있다는 듯이 바라보던 그 아이가 물었다. 탁자 위에 두 팔을 얹어 턱을 괴고 있는 그 아이의 시선은 내 얼굴을 훑고 있었다. 그 아이는 그 날에서야 내 눈가에 부챗살처럼 퍼지는 잔주름을 발견했나보다. 잔주름이라니. 나는 그 아이가 언제까지나 내 나이를 묻지 않기를 바랐는데.

"기자와 정치가의 다른 점이 뭔지 내가 알려줄게. 기자란 여자에게도 언제 어디서 어떻게 태어났느냐고 육하원칙에 의해 묻는 사람이고, 정치가란 여자에게 나이는 묻지 않고 생일만 묻는 사람이야. 그래서 십 년 전이나 십 년 후나 똑같이 스물아홉 송이의 장미를 생일날 보내는 남자야. 알았어? 누가 기자 아니랄까봐."

술이 취했기에 그렇게 얼버무리면서 나는 그 아이의 나이를 묻고자 했다. 군복무도 마치고 수습딱지도 뗐다니 서른이야 넘었으리라고 어림하고 있었다.

"미안해요. 언제나 스물아홉 살로 기억할게요."

그때 턱을 괴고 있던 손이 무너졌고 그 아이의 얼굴이 내 앞으로 닿을 듯이 다가왔다. 그 순간 파란 수염자국이 돋보기 뒤의 물체처럼 확대되었다. 갑자기 다가온 수염자국 밑의 투명한 피부. 나는 그 투명함에 질려서 그 아이의 나이를 묻지 못하고 말았다.

"온천욕 안하실래요? 저 먼저 내려갈게요. 열쇠는 프런트에 맡기고 내려오세요."

누군가 귓가에서 속삭이는 소리에 퍼뜩 정신이 들었다. 룸메이트였다. 탁 닫히는 문소리가 시차 때문에 찾아온 낮잠 속의 짧은 꿈에서 나를 깨웠다. 그러나 그 아이의 파란 수염자국과 투명한 피부는 아직 내 의식의 그물에 걸려있었다. 도리질을 쳤다. 머릿속의 상념을 헹구어 내려고 냉수를 벌컥벌컥 들이켰다.

발코니로 나왔다. 손을 뻗으면 물에 담글 수 있을 지척에 수영장이 있었다. 수영장 너머는 바다였다. 아니 아스라이 물러나 있는 수평선이 내 아름으로는 다 보듬어지지 않을 만큼 길어서 바다인 줄 알았는데, 엘디르라는 호수였다. 난간에 기대어서 흰 포말이 부서지는 호수를 내려다보았다. 호텔은 휴가를 즐기러온 각종 인종으로 들끓었다. 수영장에도 온천욕장에도 이방인들이 가득했다. 마호메트의 칼처럼 흰 모래톱을 거니는 연인들의 웃음이 물새를 따라 높이 날았다.

로마시대의 유적이 남아있고, 고대시대에는 히에로폴리스라고 불렸다는 터키 파묵깔레는 천혜의 휴양지이다. 파묵깔레는 '목화의 성(城)'이라는 뜻으로, 칼슘퇴적물이 오랜 세월동안 쌓여 흡사 만발한 목화송이로 뒤덮인 성과 같아 보이기 때문에 붙여진 이름이라고 한다. 온천물은 섭씨 35도로 심장병, 소화기장애, 신경통 등에 특수 효과가 있다고 해서 로마시대에는 황제들도 이 온천을 찾았다고 한다.

수영복을 입을 염을 냈던 까닭은 수영보다도 온천욕이었다. 수영장 옆의 자연석 사이에서 흘러나오는 온천물을 이용하여 만든 노천온천이 있었다. 석회암 온천수는 은은한 파스텔 톤의 물빛을 띄었다.

몇 년 만이었을까. 내가 수영장의 물속에 몸을 담가 본지가. 나는 내가 물을 잊었다고, 헤엄치는 법을 잊었다고 체념하고 있었다. 그래서 수영은 거의 포기한 상태였다.

나는 수영을 제대로 배우지 않았다. 여고에 다닐 때였다. 부모님을 따라 해수욕장엘 갔는데, 내가 탄 튜브가 뒤집어져 물속에 처박혔다. 당황했지만 손발을 마구 휘저었다. 몸이 솟구쳤다. 팔이 마법사의 마술봉 같았다. 신기했다. 물속에서 눈을 뜨고 위를 올려다보았다. 도넛 구멍만한 하늘이 보였다. 타이어튜브 한가운데로 머리를 들이밀고 물 밖으로 나왔다. 튜브를 버리고 발로는 물을 차고 손으로는 물을 헤쳤다. 바다가 열리며 몸이 앞으로 나갔다. 그때 타이어 튜브의 바람을 넣는 꼭지에 눈두덩을 찔려 여름 내 고생을 했지만 나는 스스로 헤엄을 치게 되었다.

매해 휴가를 계획하면서 매번 새로운 수영복을 마련했다. 그러나 해마다 혼자 거울 앞에서 펼치는 안방 수영복 패션쇼로 끝나고 말았다. 거울은 정직하게도, 굵어진 허리와 늘어진 아랫배도 투영시켜주었으므로 나는 도저히 수영복을 입을 자신이 없었다. 그래서 물을 잊은 지가 십여 년이 넘었다.

온천에 먼저 몸을 담갔다가 수영장 쪽으로 건너갔다. 찬물에 체온이 내려가서 한기가 들면 온천에서 몸을 데웠다. 얕은 물에서 발을 딛고 서보기도 하고 개헤엄을 치며 부력을 시험했다. 점차로 깊은 곳을 향하여 저어갔다. 놀랍게도 몸의 근육은 헤엄치는 법을 기억했다. 나는 부기처럼 떴고 손을 휘저어보니 물살은 빠르게 갈라졌다. 오랜만에 느끼는 물의 감촉은 더할 나위 없이 매끄럽고 상쾌했다.

수영장 가의 의자에 앉아 맥주를 마시며 숨을 골랐다. 아무데로 시선을 던져도 가슴에 털이 난 이국 사내들이 시선에 걸렸다. 연인인지 혹은 아내인지 벽안의 여인들이 그들의 곁에서 행복한 웃음을 흩뿌리고 있었다.

거칠 것 없는 수평선위에 불덩이가 선혈을 토해놓은 듯 태양은 모래톱의 포말까지 선홍색으로 물들이며 바다 밑으로 사위어가고 있었다.

저녁을 먹고 방으로 돌아와 샤워를 하고 누워도 온몸을 훑어 내려가던 물의 손길이 잊히지 않았다. 다시 뜨거워지는 몸을 주체하기 어려웠다. 시트를 머리까지 뒤집어쓰고 수를 헤아려도 잠의 꼬리는 잡혀주지 않았다. 저녁식사 때 곁들인 와인이 심장의 박동을 올린 듯했다. 미열 같은 취기가 걷잡을 수 없이 충동질을 했다.

냉장고에서 위스키를 꺼내 들고 발코니로 나왔다. 수영장엔 아무도 없었다. 어느새 사위는 어두워졌고 수영장 가에서 플라멩코를 추던 무희도 삼바를 연주하던 밴드도 그들의 춤과 연주에 환호하던 관광객들도 보이지 않았다. 객실에서 흘러나오는 불빛이 잔잔하게 흔들리는 물위에서 묘한 음영으로 부유하고 있었다. 나는 물의 유혹을 뿌리치지 못하고 수영장으로 나갔다.

수영장을 둘러싸고 있는 호텔건물의 구석진 곳은 덩어리진 어둠이 뭉쳐있다. 인기척은 느껴지지 않는다. 정액냄새 같은 비릿한 물비린내와 달착지근한 꽃냄새가 풍겨왔다. 수영장 가에 밝힌 수은등 불빛이 고스란히 물속으로 스미어 물풀처럼 유영했다.

양손을 허리에 짚고 몇 차례 목을 돌렸다. 긴장감이 잦아들며 온몸이 풀렸다. 별이 총총한 밤하늘이 시야로 밀려들었다. 가슴이 저리도록 아름다웠다. 별의 부스러기들이 동공 속으로 쏟아졌다.

가운을 벗고 알몸으로 힘차게 뛰어 들었다. 물은 기대를 배반하지 않고 나를 안아주었다. 인어가 된 기분이었다. 물살을 헤쳐 나갈 때마다 올이 섬세한 비단처럼 부드럽게 스치는 물의 애무가 황홀했다. 나는 자맥질하여 물의 품에 깊이깊이 안기었다.

자맥질하던 물에서 숨이 가빠 솟아올랐다. 물 묻은 얼굴을 훔쳤다. 머리를 흔들어 머리카락에 남아있는 물방울을 털었다. 콧잔등에서 목덜미에서 앞가슴에서 싱싱한 진주가 쏟아졌다. 바닥에 떨어진 진주는 선연한 가루로 부서졌다. 눈꺼풀을 깜빡여서 속눈썹의 물방울까지 털어냈다. 긴 의자에 누웠다. 밤바람이 속눈썹에 얹혀있던 안개의 입자 같은 물의 가루를 쓸어갔다. 눈을 감았다. 닫힌 눈꺼풀 뒤로 그 아이와 처음으로 정사를 나누던 여름밤이 접합되었다.

어느 날인가 만취한 채로 그 아이가 내 오피스텔의 초인종을 눌렀다. 셀로판지에 싼 목이 꺾인 장미 한 송이를 들고 있었다. 문을 열어주자 무언가 알아들을 수 없는 말을 지껄이더니 소파에 꼬꾸라졌다. 혼절한 것 같았다. 나는 그 아이의 혼절한 듯 자는 모습을 바라보다가 깜박 졸음에 빠졌나보다. 얼마나 시간이 흘렀을까. 익숙하지 않은 느낌에 눈을 떠보니 나는 번쩍 들려 그 아이의 팔에 안겨있었다.

"편히 주무시라구요. 저 갈게요."

그 아이는 의자에서 새우처럼 등을 말고 잠들어 있는 나를 소파로 옮기는 중이었다. 내가 너무 무게가 나갔나. 아니면 술이 덜 깼나. 소파에 나를 내려놓으려던 그 아이가 몸의 중심을 잡지 못하고 내 위로 쓰러졌다. 엉겁결에 그 아이의 입술이 내 볼에 닿았다. 딱딱하게 발기한 그의 남성이 느껴졌다. 순간 우리의 시선이 허공에서 세차게 부딪쳤다. 시선이 매듭처럼 묶였다. 그 아이의 시선은 우리 앞에 펼쳐질 운명에 순응하자는 암시를 보내고 있었다. 나는 공감했고 받아들였다. 나는 그 아이의 목을 끌어안았고 그 아이는 내 품으로 파고들었다. 그 아이는 사납게 내 가슴을 헤집고 들어와 젖꼭지를 물었다. 밤새 웃자란 수염이 젖무덤을 할퀴었다. 그 아이가 바지의 혁대를 푸는, 버클이 절렁거리는 금속음이 정적을 깼다.

아무리 윤활유가 충분해도 오랫동안 완고하게 닫혀있던 문이 그리 쉽사리 열리지 않았다. 그 아이는 땀을 뻘뻘 흘리며 허둥댔다.

"어디에요? 도와줘요. 찾을 수가 없어요."

나는 다리를 벌리고 엉덩이를 들었다. 뜨겁게 달구어진 그 아이의 물건이 내 몸 안으로 깊숙이 들어왔다. 헉, 밤하늘에 총총히 떠 있던 별들이 우수수 가슴으로 떨어졌다. 검은 장막 같은 하늘이 끝자락을 펄럭일 때마다 별들이 요동을 치며 낙하했다. 별을 다 쏟아낸 하늘은 적막하게 가라앉았다.

"내 여자 친구와 전혀 다르지 않아요."

담배를 재떨이에 비벼 끈 그 아이가 내 쪽으로 돌아 누우며 말했다. 목이 잠겨 목소리 끝이 갈라져있었다. 좁은 오피스텔 안은 담배연기로 자욱했다.

절정의 순간에 그 아이는 희숙인지 혜숙인지 확실치 않은 여자이름을 불렀다. 기억의 검열이 끝나 내가 희숙이도, 혜숙이도 아님을 확인한 그 아이가 나를 바라보는 눈빛은 생경했다.

남편과 헤어지게 된 동기도 절정의 순간에 남편의 입에서 나온 여자이름 때문이었다. 남편은 마치 누구냐고 물어봐 주기를 기다렸다는 듯이 그 여자의 존재를 순순히 긍정했다. 그 여자는 집에도 찾아온 적이 있는 남편의 부하 여직원이었다. 남편은 나와 그 여자 둘 중에서 어느 하나를 버리지 못했다. 또한 어느 하나를 택하지도 못했다. 그녀의 존재를 내가 알게 되어서 차라리 편하고 후련하다고 했다. 눈물을 떨구면서 내게 미안하다고 빌었다. 남편은 남자 하나에 여자 둘의 평화로운 공존을 원했다. 나는 그런 관계를 견딜 수 없었다. 붙잡는 남편을 뿌리치고 오피스텔로 거처를 옮겼다. 그 후 나는 남자를 잊고 살았다.

"정말 다르지 않아? 최상의 찬사. 간직할게."

검푸른 풀숲 사이에서 이슬을 머금은 채 다소곳이 고개를 떨어뜨린 주름진 꽃봉오리를 만지며 내가 말했다. 풀죽어 있는 그의 물건이 손아귀 안에 고스란히 들어왔다. 휴식하는 그 아이의 물건은 참으로 얌전했다.

다시 내 가슴에 얼굴을 묻는 그 아이의 머리를 끌어안았다. 땀이 덜 마른 머리카락은 시큼하고 향긋했다. 그 아이의 입에서 빠져 나온 젖꼭지가 성이 나서 곤두서 있었다. 성이 난 것은 내 젖꼭지뿐만이 아니었다. 어느새 그 아이의 남성은 정맥이 울퉁불퉁하게 불거지도록 성이 나서 내 허벅지 어름을 꾹꾹 찔러댔다.

그 아이는 오래 갈급했던 것 같았다. 내 배꼽에 고였던 땀방울까지 남김없이 핥고도 양이 차지 않는 모양이었다. 샘을 파듯이 다시 비집고 들어왔고 동이 터올 때까지 샘의 물이 마를 때까지 쉬지 않고 두레박질을 계속했다.


깊고 진한 밤이다. 초승달이 하늘 가장자리에 위태롭게 걸려있다. 한국의 하늘에 걸려있던 눈썹 같은 초승달과 똑같다. 터키 하늘에 걸려있는 초승달이 한국의 하늘에서도 차갑게 빛나고 있을 것이다. 나는 두 눈을 활짝 뜬 채 아득히 먼 하늘을 노려본다. 검은 깃발처럼 펄럭이는 밤하늘 위에서 그 아이의 얼굴이 소용돌이

친다.

은은한 취기 속에서 또 다시 낮과 같은 나를 찔러오는 시선이 느껴졌다. 환영일까. 내가 예감하기 어려운 존재가 지척에 있다. 누군가 물비린내가 스민 푸르스름한 달빛을 헤치고 다가오고 있다. 고압전류에 감전이 된 듯 온몸의 세포들이 낱낱이 살아났다. 나는 반사적으로 벌떡 일어났다. 칼날 같은 긴장감으로 온몸의 터럭이 곤두섰다. 어둠 저편으로 눈과 귀의 안테나를 뽑았다.

분명 낮부터 나를 엿보고 있던 존재였다. 모호한 어둠 속에서 나는 불현듯 미지의 시선을 낚았다. 망각된 과거에서 돌출되듯이 그는 천천히 어둠밖으로 모습을 드러냈다. 첨예한 화살촉 같은 물체가 밤의 중심에서부터 날아와 나에게 꽂혔다. 번쩍, 번개가 치며 어둠이 산산조각으로 흩어졌다. 카메라에서 터지는 섬광이었다. 섬광 뒤의 존재는 보이지 않는다. 나는 무방비로 노출된 사냥감이다. 나는 식성이 좋은 카메라에 냉큼 먹혔다. 순간 그 존재는 자취를 감추었다. 사냥을 끝낸 맹수는 저 갈 길로 갔다. 나는 영혼을 빼앗긴 채 망연히 서 있었다.

내가 터키로 떠나기 직전에 그 아이가 나를 불쑥 찾아왔다. 그 아이는 들어오자마자 다짜고짜로 나를 소파에 쓰러뜨렸고, 다짜고짜로 침입을 해시는 3분도 못 참고 사정을 해버렸다.

"이런 섹스는 내가 쓰레기통이 된 것 같은 비참한 기분이 든다구."

더 이상의 투정은 말라는 듯 그 아이는 내 입을 제 입으로 막아 버렸다. 그리고 바닥에 아무렇게나 던져져있던 손가방에서 작은 선물상자를 꺼냈다. 벗겨진 포장지 안에서 나타난 물건은 내가 상용하는 향수였다.

"지금 막 대만에서 오는 길이에요. 면세점에서 양주나 살까 했는데, 어디선가 당신 냄새가 났어요. 향수 파는 아가씨가 향수를 내게 스프레이 해줬어요. 못 견디게 당신이 그리워졌어요."

"한 달 동안이나 전화도 없었으면서. 언제 갔었지, 대만엔?"

나는 천장의 사방연속 무늬 칸칸에 달력을 만들었다. 우리의 마지막 정사가 언제였든가 짚어보았다. 바빠요, 오늘은 힘들어요. 애석함이 뚝뚝 듣는 억양이라 할지라도 분명한 거절이었다. 그 아이의 거절에 내 심장은 서늘하게 식고는 했다. 다시 전화를 걸면 내 손가락을 자르리라. 나는 수없이 다짐했었다.

"겨우 일주일 있었어요."

"마중 나올 여자 친구도 없어? 연락 없어서 결혼했나 했는데."

"다음 주엔 모스크바로 떠나요."

"결혼해?"

장난삼아 던져본 말에 그 아이는 고개를 끄덕였다.

"네. 결혼해서 함께 떠나요. 빨라야 2년 후에나 돌아와요."

결혼, 결혼, 결혼. 그 아이의 입술사이에서 빠져나온 결혼이라는 단어가 한없이 방안에서 공명했다. 그리고 산꼭대기에서 굴린 눈

뭉치처럼 점점 부피가 커지면서 가속이 붙어 내게로 굴러 내려왔다. 나는 그 단어에 깔려 압사했다.

연거푸 두 번의 정사를 나눈 우리는 소파에서 서로의 다리에 다리를 얹고 한 몸처럼 엉겨있던 중이었다. 나는 탁자 위의 담배를 집어 불을 붙였다. 라이터의 불이 심하게 흔들렸기에 내가 떨고 있음을 들키지 않고자 얼른 담배를 껐다. 그러다가 나도 모르게 다시 담배에 불을 붙였다. 목이 막혀 아무 말도 할 수 없었다.

"축하해."

나는 가까스로 입을 열었다. 똬리처럼 한데 엉겨있던 다리가 풀어졌다.

"오피스텔 열쇠를 돌려주려고 왔어요. 당신에게 좋은 사람이 생기길 바랄게요."

그 아이는 욕실로 가고 있었다. 물소리가 들려왔다. 그 아이의 벗은 몸을 감상하는 것도 내게는 낙이었다. 그 아이의 샤워하는 모습을 바라보는 것은 더 즐거웠다.

지금 그 아이는 몸에 비누질을 하고, 샴푸거품을 고깔모자처럼 머리에 뒤집어쓰고, 치약거품을 입에 가득 물고 있겠지. 샤워꼭지를 튼다. 거칠게 쏟아지는 물줄기로 한꺼번에 머리카락과 몸과 입안의 거품들을 헹구어낸다. 재잘재잘 튀어 오르는 물방울들. 그리고 그 아이의 콧노래. 그 아이의 흥겨운 콧노래는 정사의 만족 표현이다.

그 아이의 거웃은 올이 굵고 촘촘하다. 치산치수가 잘 된 산처럼 물이 잘 빠지지 않는다. 홍수가 안 나는 대신 물을 오래 품고 있어서 배수도 더뎠다. 나는 그 아이의 벗은 몸을 바라보며 인간도 역시 수컷이 잘 생겼다는 생각을 한다. 닭의 벼슬, 공작의 꼬리 깃털, 말의 갈기는 얼마나 아름다운가. 나는 그 아이의 구레나룻과 가슴 털을 사랑했다.

어느새 그 아이는 팬티를 입고 있다. 바지와 와이셔츠를 입고 양말을 신고 구두를 신는다. 찰칵, 라이터의 불이 켜졌고 담배연기가 공기와 희석된다. 그 아이를 바라볼 수가 없다.

기다릴게.

입속에서 굴리던 말을 차마 꺼내지 못하고 소파의 등받이 쪽으로 돌아 눕는다. 탁자에 열쇠를 내려놓는 음향이 들려왔고 조금 있다가 문의 잠금장치가 풀리고 문이 닫히는 소리가 고막을 흔들었다.

두 손에 얼굴을 묻자 손바닥으로 눈물이 쏟아졌다. 손바닥의 눈물을 털고 일어나서 창백한 햇빛이 흘러내리는 창문을 열었다. 눈 아래 길게 펼쳐진 길을 내려다본다. 곧 신호등 앞에 나타나 빨강불이 파란불로 바뀔 동안 나를 향해 손을 흔들어줄 그 아이를 기다린다. 허벅다리 안쪽으로 미지근한 정액이 흘러내린다. 횡단보도의 신호등이 스무 번 바뀌었다.

한길 건너 주차장에 세 대의 차가 서있다. 신호등이 스물한 번째로 바뀔 때 주차장에 회색 차가 들어왔다. 회색 차는 가운데 서 있는 빨강색 차의 앞 범퍼에 닿을 듯이 마주선다. 빨강색 차의 운전석 문이 열리고 카멜색 정장을 한 여자가 나온다. 주위를 잠깐 둘러본 여자가 회색 차의 조수석으로 빨려 들어간다. 차체의 오른쪽이 조금 내려앉는다.

차안의 광경이 내게 전달된다. 남자가 짧은 순간 고개를 돌려 여자를 본다. 새가 부리로 벌레를 톡 쪼는 따끔한 시선이다. 부리에 쪼인 벌레는 내장이 터져 붉은 피가 흐른다. 차 안에 가득 퍼지는 피의 냄새를 나도 맡는다. 피의 냄새와 남자의 체취가 섞이면서 달착지근하고 시큼한 불륜의 냄새로 변한다. 기어 레버를 건너온 손과 손이 격렬하게 깍지 끼어진다. 손은 이미 땀이 솟아 미끄럽다. 그 아이가 내게 말했듯이, 둘 중 누군가 참지 못하고 성급하게 말한다.

"어젯밤엔 설렘으로 잠을 못 이뤘어요."

가늘게 경련하던 입술이 환희로 활짝 펴진다.

"나도 보고 싶었어. 오늘을 기다리는 게 고통이었어."

드디어 경직된 얼굴로부터 풍선처럼 웃음이 부풀어 터진다.

차는 후진했다가 오른쪽 방향등을 켜고 한길로 접어든다. 차는 가속력 자체가 되어 새처럼 하늘로 날아간다. 남녀를 태운 차는 영사막에 투영된 환영처럼 사라진다.

신호등이 서른세 번째 바뀌었다. 나는 벌거벗은 채로 주저앉는다. 두 무릎을 모아 고개를 박는다. 눈물샘에 가득 차있었던 눈물이 고개를 기울이자 주르르 넘쳐흘렀다.

엊저녁에 내가 어떻게 방으로 돌아왔는지 알 길이 없다. 모닝콜에 의해 겨우 눈을 떴고 오늘의 새로운 일정을 위해 풀어놓았던 짐을 챙겨 방을 나왔다. 로비로 연결된 복도를 지나는데 제복을 입은 웨이터가 앞을 막아섰다. 그는 내게 봉투를 건네었다. 봉투를 열자 낙엽처럼 사진 한 장이 떨어졌다. 사진을 집으려고 몸을 구부리는데, 옆방에서 나온 외국인이 내 어깨를 치며 급히 앞질러갔다. '익스 큐즈 미'라고 그가 말했던가. 그가 끌고 가던 트렁크의 바퀴가 떨어진 사진을 깔아뭉겠다. 그는 자신의 트렁크 바퀴가 사진을 짓밟고 간 줄을 모르는 모양이었다.

사진을 주웠다. 되감긴 비디오테이프가 화면을 재생하듯이 어젯밤의 한순간이 인화되어있었다. 믿어지지가 않는다. 사진 속에는 알몸의 여자와 남자가 서있고, 두 남녀를 트렁크의 바퀴자국이 갈랐다. 바퀴는 여자의 손목을 서늘하게 자르며 지나갔다. 자세히 살펴보니 남자는 어제 낮에 에베소의 신전에서 보았던 대리석에 부조된 신(神)이었고, 손목이 잘려나가는데도 벌거벗은 채로 남자의 성기를 움켜쥐고 있는 여자는 바로 '나'였다.

"서둘러요. 오늘은 콘야(Konya)로 이동한대요. 버스가 대기하고 있어요."

누군가, 멍하게 사진만 들여다보고 있는 내 등을 밀었다.

# 자크프레베르의 아침식사

내 경대 속에는 갖가지 화장도구가 들어있다. 눈썹을 뽑는 족집
게, 손톱을 깎고 다듬는 손톱깎이, 줄칼, 볼연지나 입술연지를 바
를 때 사용하는 붓, 분첩, 눈썹 그리고 연필을 깎는 연필깎이, 손톱
의 거스러미를 잘라내는 끝이 굽는 작은 가위, 속눈썹을 말아 올
리는 뷰러, 화장품을 덜어 쓰는 작은 주걱과 깔때기 등등. 그런 잡
동사니 속에 근래에는 한 번도 주인의 손길이 닿은 적이 없이 잠
자고 있는 물건이 있다. 핀셋이다. 그 핀셋은 처녀 적부터 내 곁에
있었다. 그러니까 이십년이 다 된 골동품이다.

나는 그 핀셋을 그 애로부터 선물 받았다.

핀셋이 내게 건너오던 해, 나는 재수생이었다. 여고를 졸업했으므로 어디에서든지 어른으로 대우 받고 싶었지만 아직 주민등록증이 발급되지 않은 술집 문전에서 쫓겨나는 미성년자였다. 어른 축에 끼고 싶어서 성인의 전유물인 담배를 배웠고 외국 영화에서 멋지게 담배피우는 여배우를 본 이후로 함부로 다리를 꼬고 앉아 여배우의 흉내를 냈다.

그 애도 동갑내기였다. 우리는 컴컴하고, 소음이랄 수밖에 없는 헤비메탈 음악이 귀를 두드리는 찻집에 앉아 불난 집의 굴뚝처럼 연기를 뿜어댔다.

"의대 다니는 친구를 따라 의료기 상점에 갔었는데, 이게 너에게 아주 유용할 것 같아서 샀어. 너 손가락이 그게 뭐냐, 여자가."

어느 날 그 애가 부스럭거리며 내놓은 물건이 바로 핀셋이다. 그 애는 내가 담배꽁초를 피우느라 왼쪽 검지에 누렇게 담뱃진이 배어있다는 아름답지 못한 사실과 그걸 감추느라 가끔은 잉크나 옥도정기를 바르고 다닌다는 단정치 못한 사실을 알고 있었다.

"담배는 죽어도 못 끊을, 아니 안 끊을 것 같고, 그러면 꽁초도 안 피울 수 없을 텐데. 손에 잉크 안 바르도록 이걸로 필터를 잡고 피라고."

그 애는 생색을 내며 은빛으로 반짝이는 핀셋을 내게 건네주었다.

"염려는 고맙지만 핀셋보다는 파이프를 떠올렸더라면 낫지 않

86

았겠어?"

그런 배려에 감사해야 하는지 나는 어이가 없을 뿐이었다.

"넌, 나의 깊은 배려를 모르는구나. 집에선 분명 도둑 담배를 피울 텐데, 책상 서랍에 파이프를 넣어둘 배짱이 있니?"

그런 연유로 나와 동고동락하게 된 물건인데 나는 그 애의 말대로 그 물건을 아주 유용하게 썼다.

그 물건이 본래 핀셋의 용도대로 쓰이게 된 것은 자정이 넘어서도 수월하게 담배를 살 수 있게 되면서부터였다. 그러나 마땅히 찾아가야 할 자리인 의료구급상자 안으로 돌아가지 않고 경대 서랍 속을 굴러다니며 지금까지 내 곁을 떠나지 않고 있었다.

그래, 그 기발한 선물과 그 애 이야기를 하자.

핀셋은 분명 내 경대 서랍 속에서 다른 잡동사니들과 섞여있었지만 내 눈에 거의 띄지는 않았다.

나는 그날 거울을 들여다보다가 이마에 돋아난 새치인지 흰머리인지를 발견했고 그걸 뽑아내고자 족집게를 찾았는데 족집게와 모양이 비슷한 핀셋이 손끝에 매달려 나왔다. 까마득하게 잊혔던 핀셋을 만나는 순간 먼 과거로부터 그 애와의 사건이 시간을 역류해 성큼 건너왔다.

문득 그 애를 만나보고 싶다는 생각이 일어났다. 전화를 해볼까. 나는 그 애가 어디서 무엇을 하고 있는지 알고 있었다. 그 애는 내 친구의 남편과 동기동창생이었으므로 나는 그 애의 소식을 간간히 듣고 있었다. 그렇지만 그 애와 연락이 끊긴 지는 십 수 년이나 되었다. 어느덧.

너의 엉뚱한 선물이었던 핀셋이 네게 전화하게끔 만들었다고 할까. 그러나 전화를 걸지 않았다. 십년도 더 뒤로 시계 바늘을 돌려 돌아간 과거의 밑바닥에 가라 앉아있던 여자가 어느 날 예고도 없이 불쑥 전화선 저편에서 홀연히 부상해온다면, 누구라도 당황할 것이다. 더구나 중요한 회의 중이거나 고객과의 상담이 진행되고 있거나 또는 상사에게 질책을 당하는 순간에 무례하게 쳐들어오는 전화는 더 난처하겠지.

그의 삶이 궁금해질 때마다 불현 듯 전화를 걸고 싶었지만 그 욕구를 누른 까닭은, 자신이 없었기 때문이다. 세월이 흐르는 동안 그 애가 나를 잊을 수도 있고, 설령 잊지 않았다 하더라도 나를 냉대 할 가능성에 겁이 났다.

"누구시더라…… 글쎄요…… 기억에 없는데요……"

전화기를 통해서 들려올 그런 말은 상상만으로도 나를 충분히 질리게 했고 뒤따를 모멸을 감당할 자신이 없었다.

머릿속에서 제 길을 찾지 못하는 상념들을 털어내려고 핀셋을 다시 서랍에 넣어두고 소파에 누웠다. 소파에 누우면 달력에 시선이 닿는다.

나는 오늘이 몇 월 며칠인지 셈하다가 추석이 다음 주로 다가왔음을 알았다. 시골에 내려가려고 기차표를 예매했는데 승합차를 가지고 있는 친구가 한자리를 내어 줄 테니 동행하자고 어제 전화를 해왔음도 기억해 냈다. 나는 외출준비를 했다.

그런데 정말로 그 애를 만나게 되었다.

고향으로 가려는 표를 구하려는 사람들로 서울역은 아수라장이었다. 환불 수수료를 떼는 반환창구까지 갈 필요가 없었다. 길게 띠를 이룬 줄의 가운데쯤에서 차례를 기다리는 노인에게 표 두 장이 있다며 접근했다. 불행히도 노인은 목적지가 달랐다. 표가 있다는 소리에 귀가 열린 몇 사람이 나를 에워쌌다.

"제가 사겠습니다."

만 원권 지폐를 내밀며 낚아채듯 표를 앗아가려는 손의 주인을 올려다보았는데 그 얼굴이 바로 그 애의 것이었다. 숨이 끊긴 짧은 침묵, 그리고 기억을 재정비한 그 애가 후우, 하고 막힌 숨을 풀어냈다. 그 애가 허공에서 얽힌 시선을 먼저 거두었다. 이런 상황에서 그 애를 만나다니, 나는 졸지에 암표 장사가 되어 그 애와 조우했다.

"민지 맞지?"

뒤로 주춤주춤 물러서려는 내게 날아온 말이었다. 주위에 울타리를 치고 있던 사람들이 흩어지고도 나는 한동안 어쩔 줄 몰라 하다가 차나 한 잔 어때, 라는 소리에 정신이 들었다.

길게 드리누운 햇살을 헤치며 앞서가는 그 애를 따라 서울역 광장을 벗어나 어두컴컴한 찻집에 마주 앉을 때까지도 나는 할 말을 찾지 못했다. 손이 떨려서 커피 잔과 설탕 그릇 사이에 설탕으로 길을 내고 그 길을 지우느라 애꿎은 탁자만 두드리는데, 식은 커피를 한 모금 삼킨 그 애가 먼저 말문의 빗장을 벗겼다.

"우리가 어떻게 서로를 알아봤지?"

어쩌면 우리는 서로를 알아보지 못했어야 당연할 지도 모른다. 강산이 변한다는 세월이 벌써 두 바퀴째 돌고 있는데 나 또한 그 애를 어떻게 알아봤는지 모르겠다. 그 애의 얼굴에는 세월의 나이테가 덮여있었고 체중도 나이에 어울리게 불었고. 그 애에게 비친 내 모습 또한 다르지 않을 텐데.

우리가 다시 만난 이후로, 나는 그 애를 부를 때 그의 이름에 '씨'자를 붙여서 '진영 씨'라고 부른다. 내 친구에게 그 애를 호칭할 때는 '내 남자 친구 제임스 본드'라고 한다.

서울역 앞 찻집에서 나와 우리는 느린 걸음으로 지하도를 통과했다. 그는 내게 지하철 승차표를 끊어주었고 나는 지체할 대로 지체하다가 뒷사람에게 떠밀려서 승강장을 향해 돌아섰다. 그때 그가 작은 목소리로 나를 불렀다.

"이거, 우리 회사근처에 나오면 전화해. 같이 커피 마시는 거야 괜찮지?"

명함이었다. 그의 한글이름 아래로 'James Park' 그리고 인터넷주소가 박혀있었다. 오늘의 우연한 만남을 거듭 반복하고 싶은 마음은 그 애만이 아니었나보다.

"제임스? 007의 제임스 본드?"

그와 같이 본 영화가 떠올랐다. 제임스 본드와 여주인공이 수영복마저 벗어던지고 알몸으로 뛰어드는, 영화의 마지막 장면인 푸른 바다가 눈앞에서 파노라마처럼 펼쳐졌다.

"우리 회사 직원들은 다 미국식 이름이 있어."

그가 기어드는 목소리로 발명하듯 말했다. 나는 지난날 나의 우상이 제임스 본드였다는 걸 잠깐 상기했다.

그 애가 정말로 내 남자사람 친구, 그러니까 이성의 친구였던가, 나는 가끔 자문하고는 한다. 아니다. 그 애는 어느 순간에도 그저 우정만의 남자 친구는 아니었다. 내가 열아홉 살이었을 그 옛날에도, 그로부터 이십여 년이 흐른 지금에도 우리가 품는 감정은 결코 우정은 아니다.

우리는 고향이 같다. 같은 고장에서 서로 다른 초등학교와 중학교와 고등학교를 다녔다. 내가 언제부터 그의 존재를 의식하게 되었는지 또한 내가 언제 그의 기억 안에 자리를 잡게 되었는지 알 수 없다. 인구 십만의 소도시에서 우리는 무수히 부딪치며 자랐으리라. 우리는 그 도시의 제일 크다는 극장에서 불이 났을 때 불구경을 했고, 초등학교 5학년 가을에는 도내 미술 대회에 참가했었으며, 전국체전이 열리던 해 그 애는 보이스카우트로 나는 걸스카우트로 체육관에서 장내정리를 도왔던 똑같은 추억을 각기 가지고 있으니까. 중학교 2학년 추석날 아침 첫 번째 상영했던 영화를 같은 영화관에서 보았다. 그 애도 여름이면 개울로 피라미를 잡으러 가기도 했다니까 아마 벌거벗은 채로 서로를 훔쳐보았을 수도 있다. 하지만 우리는 서로를 모른 채 자랐다.

나는 그 애의 이름을 '내 남자 친구'라고 소개했던 내 친구로부터 처음 들었다. 고등학교에 다닐 때였다. 그 애도 '내 여자 친구'라고 나를 호칭하던 그 애의 친구로부터 내 이름을 처음 들었다고 했다. 그러니까 그 애는 내 친구의 남자 친구였고, 나는 그 애 친구의 여자 친구였다. 그 애와 나는 아직도 어린 시절부터 내게 남자 친구가 있었음에 대해, 그에게 여자 친구가 있었음에 대해 서로를 비난한다.

"쬐끄만 게 일찍 까져가지고……"

그는 적나라한 질투의 감정을 드러내며 원색적인 힐난을 서슴지 않는다.

"사둔 남말 하셔. 진영씬 반장이었대면서. 부뚜막이야? 호박씨야?"

나도 지지 않는다. 그렇지만 그와 나는 그런 인연으로 첫 대면했다. 친구의 이성 친구로서 얼굴을 익히게 되었다.

그가 그의 여자 친구와 소원해졌을 때 나와 내 남자 친구가 나서서 오해를 풀어주었고 내가 내 남자 친구와 절교하고자 했을 때 화해의 편지를 전해 준 전령이 그와 그의 여자 친구였다. 내 남자 친구가 나에게 스쳐지나가는 친구였듯이 그와 여자 친구도 그 나이에 걸 맞는 풋정을 나누고 돌아섰으리라.

그렇게 익힌 얼굴을 다시 만난 곳은 서울의 재수 학원 창구였다. 뜻밖의 조우에 놀랐고, 그 놀람이 사라지기도 전에 창피함으로 얼굴이 확 달아올랐는데 그도 당황하는 기색이 역력했다.

'수험생이 공부는 안하고 연애할 때 알아봤다.'

구체화되는 그의 눈빛에서 읽은 전언이었고 그도 같은 의미를 담은 내 눈빛을 따가워했다.

서울시내에 재수 학원은 얼마든지 있다. 한번으로도 곤혹스런 마주침을 매일 자초해야 할 이유는 없었다. 나는 앞뒤 가릴 필요가 없었다. 얼른 원서를 회수하여 다른 학원에 접수시켰다. 그런데 학원이 개강하고 한 달이 채 못 되어서 다시 그 애를 만나게 되었다. 학원 계단에서였다. 내가 그를 피한 것처럼 그도 내게서 도망친 곳이 또한 같은 학원이었다.

계단을 올라오는 그를 발견한 순간 놀라움에 벌어진 입을 다물지 못하는데 그도 똑같은 표정으로 나를 올려다보며 걸음을 멈추는 중이었다. 등록금은 이미 납입을 했고, 그나마 같은 반이 아님을 다행으로 받아들여야 할 판이었다.

"물귀신이군."

그가 어깨를 스치며 잇새로 낮게 내뱉었다. 내가 먼저 하려던 말이었다.

시골 출신이 서울에서 대학을 다니는 일은 고달프다. 소속도 없이 떠도는 재수생은 더 고달프다. 자취집 아줌마의 냉대에는 눈시울에 눈물이 맺힌다. 그래서 자취방에 일찍 들어가고 싶지 않다. 자연히 거리를 배회하거나 컴컴한 찻집에서 저물도록 시간을 퍼내다가 마지막 버스를 타고는 했다. 그 애와 나는 그런 이유로 아침에는 학원 계단에서 점심때는 중국집에서 저녁에는 버스정류장이나 찻집에서 무수히 마주쳤다.

도서관에서는 떨어진 볼펜을 주워주었고, 아마 내가 아닌 다른 사람을 향했는지는 모르지만 그는 내가 타고 가는 버스를 향해 손을 흔들어 주었다. 찻집에서는 빈자리가 없어 합석을 하기도 했다. 커피도 같이 마셨다. 그러다가 점심을 함께 먹기도 했다. 영화 구경을 가기도 했다.

"너 이거 해석해봐. 니가 맞추면 내가 이 영화를 보여주고 못 맞추면 니가 영화값 내는 걸로……"

어느 날 도서관에서 영어 사전을 뒤적이며 영어공부 삼매경에 빠져있는데 그 애가 쪽지를 보내왔다.

"For your eyes, only…… 사람 무시하네…… 오직 너의 눈을 위하여…… 이런 말 아냐?"

"낄낄 틀렸습니다. 영어는 그렇게 직역하는 게 아냐. 오직 당신에게만 보여드릴게요. 여자가 남자 앞에서 옷 벗으면서 하는 말이야. 너 영화값 내야 해. 대신에 내가 저녁은 사줄게."

그래서 어두침침한 영화관에 들어서면서 발을 헛디뎌 넘어질까

봐 손을 잡고, 영화가 끝날 때까지 잡은 손을 풀지 않고 보았던 영화가 007시리즈 중의 하나인 'For your eyes, only' 이다. 나는 그런 황당무계한 영화의 주인공을 좋아했다. 로저 무어나 티모시 달튼이 아니라 허상으로 존재하는 제임스 본드를 좋아했다.

또, 우리가 좋아하는 음식 중의 하나가 칼국수였다. 우리는 국물 속에서 퉁퉁 불어서 엄지보다도 더 굵어져버린 멸치 몇 마리가 들어있는 칼국수를 즐겨 먹었다. 멸치를 우린 국물에 명석처럼 만 밀가루 반죽을 무쇠칼로 뚝뚝 썰어 넣고 동글납작한 감자를 곁들인 칼국수의 맛은 일품이었다.

서울역에서 재회 이후 그는 몇 번인가 전화를 해왔다. 추석 잘 보냈어? 오고가며 고생하지 않았니? 지금 조금 한가해, 막 회의를 마쳤거든, 너 잘 있나 궁금해서, 시내출장 나왔는데, 여기 너네 동네야, 그냥 한번 눌러봤어, 따위로 안부나 묻고 마는 싱겁고 짧은 통화를 했다.

아침부터 겨울을 재촉하는 비가 내리던 날이었다.

"나야, 뭐하니?"

읽던 책을 내려놓고 수화기를 들었는데 그의 음성이 건너왔다.

"책보고 있었어."

"오늘 저녁 시간 낼 수 있니?"

내가 망설이는 사이 그는 지레짐작을 하고 전화를 끊으려 했다.

"아, 참, 남편이 일찍 들어오겠구나."

"아니, 나갈 수 있어."

말끝을 잡아채며 탁자 위에 엎디어 있는 책을 바라보았다. 그의 전화가 연결되는 순간 내가 읽고 있던 책의 제목은 '여자의 남자' 였다. 나는 그 책 속에서 그 애를 건져 올리고 있던 중이었다. '여자의 남자' 속에는 프랑스의 대중적 시인이며 샹송작가였던 '자크 프레베르'의 시가 자주 등장한다. 아마도 저자인 '김한길'이 '자크 크레베르'의 시를 좋아하는 탓이리라. 나도 '자크 프레베르'를 좋아한다. 그 시인을 좋아하게 된 연유는 간단하다. 그 애가 내게 '자크 프레베르'의 시를 자주 암송해 주었기 때문이다.

그 애가 암송해주던 시 중에서 가장 또렷하게 기억되는 시의 제목은 '아침식사'였다.


그는 잔에 커피를 따르고
잔에 우유를 넣었다.
그는 우유가 든 커피에 설탕을 타고
작은 스푼으로 커피를 저었다.
커피를 마시고 잔을 내려놓더니
내겐 말 한마디 없이 담배에 불을 붙였다
담배 연기로 동그라미를 만들고
재떨이에 재를 떨었고
내겐 말 한마디 없이
눈길 한번 주지 않고 일어섰다.


96

그는 머리에 모자를 쓰고 몸에 비옷을 걸쳤다.

비가 내리고 있었기에……

그리고 그는 빗속으로 떠나 버렸다.

말 한마디 없이 날 쳐다보지도 않고……

난 두 손에 얼굴을 파묻었다.

그리고 울어버렸다.

얼굴을 파묻고 울어버렸다는 마지막 구절을 음미하듯 낮고 느리게 읊으면서 그 애는 마치 자기 일이라도 되는 양 두 손에 얼굴을 묻는 연출을 했었다. 나는 '자크 크레베르'의 '아침식사'를 읽으며 그 애와 같이했던 그 시절의 기억을 더듬고 있었다.

"칼국수가 생각나서."

'자크 프레베르'의 시 구절의 여운이 남아있어서인지 그의 목소리에서 보슬비 냄새가 났다.

"여태껏 칼국수 좋아해? 어디 맛있게 하는데 알아?"

"그때 거기."

누가 먼저랄 것도 없이 우리는 그 옛날 비가 오면 칼국수를 먹으러 다녔다는 추억을 찾아냈다. 바람벽으로 빗물이 스며들고 옹이가 빠진 판자 구멍으로 비닐우산을 파는 소년들의 외침이 소란스럽게 달려들던 청진동 골목의 판잣집이 칼국수라는 단어로 인해 머릿속에서 반짝 꼬마전구처럼 불을 밝히며 손짓했다.

"여태도 있을까?"

"가 보는 거지 머."

창밖의 나무 가지에서 바들바들 떨다가 기어이 떨어진 은행잎
이 속절없이 비를 맞고 있다. 몇 낱 남지 않은 나뭇잎을 마저 털어
버리겠다고 거칠게 내려치는 빗줄기를 바라보다가 집을 나섰다.

그는 제과점 앞에서 기다리고 있었다. 옛날에 집으로 가는 버스
를 기다리던 그 자리. 가끔은 그가 내게 손을 흔들어주던 자리였
다. 나는 우산을 접고 그의 우산 속으로 들어갔다. 그의 키는 내
키보다 두 뼘 가량 크다. 그가 아무리 내 쪽으로 우산을 기울여도
나는 비를 맞는다. 그가 보폭을 좁혀주어도 나는 종종걸음을 쳐
야만 한다.

"남들 다 클 때 넌 뭐했니? 가까이 붙어봐. 그래야 비를 덜 맞지."

간신히 그의 팔에 매달리는 나를 내려다보며 그가 약을 올린다.

"젖꼭지만 크느라고……"

짓궂게도 팔꿈치로 내 가슴을 지그시 누르는 그의 말을 되받아
쳤다. 널빤지 도마 위에서 방석 만하게 늘어나던 밀가루 반죽을
상상하면서 그때의 그 집을 찾아갔다. 하지만 멜라민 수지에 담겨
나온 칼국수는 옛날의 그 맛이 아니었다. 화학조미료가 섞여있는
멸치 가루를 푼 국물에, 공장에서 뽑아낸 칼국수를 말아낸 앞집 뒷
집 옆집과 똑같은 맛의 칼국수였다. 우리는 칼국수 사이에서 불어
터진 멸치를 찾는 맥 빠지는 짓은 그만두었다.

"전혀 아니다? 그치?"

그가 젓가락을 내려놓고 손수건으로 입을 닦았다.

"아깝지 않아? 그냥 먹어둬. 옛날 집이 그대로 있어준 것만으로도 얼마나 기특해. 주인은 바뀌었지만."

"넌 옛날에 맛없는 음식을 아까워서 먹지는 않았는데."

"변한 건 칼국수 맛이 아니라 우리의 입맛이지."

그가 벗어두었던 코트를 챙겼다. 그는 칼국수를 버리고 나를 이태리 식당으로 이끌었다. 풀코스 정식에 포도주를 곁들였고 서울의 휘황한 야경을 바라보며 그는 위스키를 나는 꼬냑을 마셨다.

"근데 칼국수말야."

취기가 돌자 그는 참지 않고 칼국수 타령을 했다. 그가 붙들고 싶은 화제가 칼국수가 아님을 나는 알고 있었다. 그는 오늘의 칼국수가 옛날의 그것이 아니듯이 내가 옛날과 달라졌음을 간접적으로라도 밝히려는 의도이다.

"칼국수 말고 딴 얘기하자구. 혹시 핀셋 생각나?"

그러나 나도 역시 과거에서 빠져 나오지 못한다.

"알지. 너 골초잖아."

그가 코트를 벗어 내게 걸쳐준다. 목도리까지 풀어 내 목에 감아준다. 밤이 깊어 갈수록 도심의 거리는 화려해 진다. 어둠에 반비례해서 네온사인은 더 휘황하게 빛을 뿜고 골목마다 퇴폐의 냄새가 넘친다. 비가 멈추어 씻은 듯이 갠 하늘에는 별들이 명멸하고 있다. 길 위의 고인 물위로 자동차의 불빛이 흐르고 있다. 그가 손을 들어 택시를 세운다.

"난 진영 씨가 그런 건 기억 못할 줄 알았어. 그게 너무 엉뚱한 선물이라 기억하는 거지?"

"난, 너에 관한 건 다 기억해. 제임스 본드도."

"그렇담 자크 프레베르는?"

갑자기 차 안 라디오의 볼륨이 높아졌기 때문일까. 그가 내 입에 귀를 바짝 갖다 댄다.

"왜 있잖아, 불란서 시인, 자크 프레베르라고."

나는 또박또박 음절을 잘라서 천천히 말한다. 그러나 그는 청각의 기능은 잃고 내 무릎에 건너와 있는 손가락 끝의 촉각만 살아 있는 듯 내 말을 못 듣고 있다.

"진영 씨 때매 난, 자크 프레베르를 좋아했고……"

스타킹 올 사이로 전해오는 그의 체온은 뜨겁다. 그의 감각기관 중에서 지금 제 구실을 하는 기관은 촉각 하나뿐이다. 나는 입을 다물고 등받이에 몸을 묻는다.

택시는 아침이면 물통을 맨 산책객들이 이슬을 털며 지나다니는 공터에 우리를 부려놓고 사라진다. 나는 불을 밝힌 하모니카 구멍 같은 아파트 건물을 바라본다. 내 방은 불이 꺼져있다. 우리는 호젓한 길섶 사이로 길게 목을 뺀 가로등 밑에 서있다.

"동네잖아."

눈이 부신지 미간에 고랑을 만들며 불빛을 올려다보는 그의 얼굴은 아쉬움으로 덮여있다.

"그래 가아, 누가 잡냐?"

주위가 너무 밝아 그는 망설이는 걸까. 저만큼 떨어진 숲 쪽에만 음침한 어둠이 모여 있다. 오히려 내가 그에게 안기고 싶어 온몸이 비틀릴 지경이다. 그가 손을 내민다. 악수가 헤어짐의 인사라는 뜻이다. 빈 술잔에 술을 채워주면서 내 어깨를 감싸 안았던. 택시 안에서 무릎 위에 올라와 있던 그의 손은 아직껏 축축하다. 사위는 깊은 물속처럼 고요해서 하루살이 벌레들의 날갯짓 소리가 귓전에서 요란한데, 그는 그냥 가겠다고 악수로 엉긴 손을 풀려 한다. 알코올은 간을 부풀게 한다든가. 나는 술기운을 빌어 손을 풀어 그의 목에 감는다. 예기치 못했던 공격에 그는 멈칫거렸지만 무너져 오는 내 몸을 받아 안는다. 밤 기온에 식은 그의 입술이 덥혀지기도 전에 그가 나를 밀어낸다. 깍지 낀 채로 그의 목을 감고 있던 내 팔을 떼어낸다.

"누가 오잖아. 길에서 이러면. 이 나이에."

그가 머뭇거리며 이어가는 '이 나이'란. 뭇사람의 시선이 차단되지 않은 장소에서 부둥켜안고 농도 짙은 애정행각을 벌리기에는 민망한 나이라는 말이다.

사람의 기척은 느낄 수 없는데도 그는 넥타이를 바로 매며 누가 보지 않나 주위를 살핀다. 길게 그림자를 드리우며 멀어지는 그의 뒷모습에서 나는 한없는 적막을 읽는다. 수염발에 흠집이 난

아린 볼을 쓸어본다. 셰이브 로션의 잔향이 불면의 예감처럼 볼에 남아있다.

사람이 태어날 때는 남녀가 다 같이 여성호르몬과 남성호르몬의 비율이 같다고 했던가. 성장의 과정에서 남성호르몬의 분비가, 여성은 여성호르몬의 분비가 활발해 진다. 그래서 육체와 감정에서 남녀의 구별이 나타나고 사춘기를 지나 청년기에 이르면서 극대화한다. 청년기를 지나 점차로 여성호르몬의 분비가 감소한 여성은 여성다움을 잃는 반면 상대적으로 비율을 많이 차지한 남성호르몬에 의해 남성적 징후가 표출된다. 남자는 본능적인 공격성은 쇠퇴하고 소극적이며 수동적이 되는 반면 여성은 그 반대가 된다. 그러니까 젊었을 적에는 수줍음을 타느라 상대의 눈도 제대로 올려다보지 못하던 여자가 눈가에 잔주름이 퍼지는 나이가 되어서는 먼저 손을 뻗어 남자를 더듬는 뻔뻔한 짓도 하게 된다. 내가 그의 목을 휘어 감고 그의 입술을 찾는 용기는 더 설명할 필요도 없이 이미 젊음이 쇠퇴하는 나이가 원인이라는 뜻이다.

요즘 나는 가끔 이마 가장자리에 돋아난 흰머리를 솎아낸다. 내몸에서 떼어내었지만 절대로 내 것은 아닌, 마치 몸에 붙은 파리를 잡은 듯이 쓰레기통 속에 버리며 한숨을 쉰다. 내가, 진영씬 하나도 안 늙었어, 하면, 넌 더 여전해, 라고 나를 위로한다. 그러면서도 그는 내 이마에 솜털처럼 돋아난 흰머리며 입 주위에 파이는 팔자주름을 들여다본다. 알코올의 힘을 빌려 내가 그런 만용이라도 부

102

리지 않았다면 우리 관계는 다시 십 수 년이 지난다 하더라도 어제와 같은 오늘, 오늘과 같은 내일에서 진전이 없을 지도 모른다. 그런 충동적인 객기에 휘둘려 일부러 사건을 저지르지 않는다면.

같은 재수생이던 시절에도 그런 예기치 않았던 일이 일어났다. 어느 날 그 애는 같이 고향에서 올라온 친구의 하숙집에 함께 가 줄 수 있느냐고 했다. 하숙집의 전화도 불통이고 학원에 안 나온 지도 일주일이 넘었다고 했다. 그 애는 친구가 연탄가스를 마시지나 않았는지, 혹시 자살하지 않았는지, 걱정했다. 동행할 수밖에 없었다.

버스를 타고 정릉의 버스 종점에서 내렸다. 천엽 속 같은 정릉 산골짜기 골목을 뒤졌는데 결국은 친구의 집을 찾지 못했다. 돌아오는 길을 잃고 미로를 헤매다가 가까스로 버스 정류장으로 내려왔을 때는 막차도 끊긴 시각이었다. 둘이서 주머니를 터니 버스표 몇 장과 동전 몇 닢이 나왔다. 결국 손목시계를 맡기고 여관에 들었다.

빛이 바랜 벽지와 커튼을, 방구석에 포개어져 있는 퀴퀴한 냄새가 풍기는 때에 전 이부자리 한 채와 베개 두 개를, 생경하게 휘둘러보는 내게 그 애는 말했다.

"미안해."

무엇이 미안한지 그 애는 그 밤에 미안하다는 말을 여러 번 했다. 우리의 미래에 대한 자기의 계획도 주섬주섬 늘어놓았다.

"우리가 대학엘 들어가면 말야. 도서관도 같이 가고, 연극 구경도 같이 가고, 그러려면 니가 우리학교 근처로 와야 할 거야. 그럼 나는 일부러 늑장을 좀 부려야지. 니가 날 기다리다 지쳐서 눈물을 쏟을 때 쯤, 짠, 하고 나타나주겠어."

그런 치기어린 희망을 피력했다. 우리의 미래는 단지 대학이었다. 더 먼 미래는 아직 우리의 몫이 아니었다. 대학. 그 견고한 벽을 멋지게 뚫어야만 밝은 세상이 열린다고 모든 재수생이 믿듯이 그 애와 나의 당면과제도 대학이었다.

책가방 크기의 창이 뿌옇게 밝아올 때까지 냉기가 스미는 벽에 기대어 앉은 채로 무슨 이야기인가를 끊임없이 나누었다.

"자니?"

미명 속에서 부유하는 먼지 알맹이를 바라보다가 가물가물 잠의 너울자락에 감길 즈음이었다. 입김으로 전해진 그의 목소리는 젖어있었다. 볼이 그의 입김으로 따뜻해진다 싶었는데 입술이 귓불에 닿았다. 나는 잠든 척 했다.

"그래, 잠시라도 눈을 붙여봐."

묽은 액체 같은 어둠 속에 잠겨있던 그림자가 이불을 폈다. 속이 비어 헛헛하고 추웠지만 벌레 떼처럼 졸음이 몰려왔다.

"난, 너와 결혼하고 싶어."

내가 잠든 줄 알고 혼자서 하는 말이었을까. 결혼이라니. 우리는 똑같이 열아홉 살이었다. 그저 같이 있고 싶다는 바람만으로 청혼하는 순진한 나이였다.

"너와 저녁에 헤어졌다 다음날 다시 만나는 게 아니라 같이 아침을 맞고 싶어. 조간신문을 읽으며 네가 끓여주는 커피를 마시고 싶어 그리고……"

말소리가 잠깐 끊겼다.

"너의 제임스 본드가 되고 싶어."

뺨에 닿은 그의 입술이 내 입술을 찾아 헤매고 있었다.

남자와 단둘이 밀실에서 보낸 첫 밤의 기억은 자별하다. 그의 입술이 마른 나뭇잎처럼 버석거렸고 입술의 거스러미가 스치면서 정전기가 일어났다는 것조차 나는 다 생생하게 기억한다. 그리고 도무지 서툴렀던 애무.

그러나 그렇게 어설프게 지나가 버렸지만 지금에 이르러서 나는 내 생애에 그만큼 감미롭고 향기로운 순간이 다시는 없었다고 회상한다.

내가 결혼을 했던가. 물론 했었다. 그러나 나는 내가 결혼을 했던 사실을 잊었다. 지금 혼자이므로.

남편은 암으로 유명을 달리했다. 어린 시절 디스토마에 감염되었는데 디스토마를 치료하기 위해 오랫동안 약을 먹었다. 그 약이 위를 상하게 했고 종내는 위암으로 발전했다. 8년의 결혼 생활 중 반은 병마와의 전쟁이었다. 소화불량이었고 감기였고 만성 피로로 인해 늘 무기력했었다.

"결혼 생활은 행복해?"

그가 물었을 때 나는 그냥 웃음으로 넘겼다. 나는 그에게 내가 혼자임을 알리기 싫다. 그는 분명 동정할 것이고 내 존재를 부담스러워 할지도 모른다. 어쩌면 겉으로 드러내지는 않아도 고소해 할지도 모른다. 어떤 경우이건 다 싫다.

만약에 내가 진영과 결혼을 했더라면, 이런 상상을 가끔 했다. 그러나 그런 상상은 뒷맛이 개운치가 않다.

그는 대학에 들어가서 변해갔다. 내 인생의 반려가 되기에는 적합하지 않은 남자가 되어갔다. 나는 나에게서 떠나가는 그를 발견했고 그 또한 멀어지는 나를 발견했으리라. 그에게 여자가 필요했다면 그의 사상과 이념에 행동으로 동참할 여자였다. 나는 그를 사랑했고 그의 이념에 동조는 했지만 행동으로 그를 좇지는 않았다.

학업에 성실했고 매사에 신중했던 그는 당연하게 과대표로 뽑혔다. 하지만 학교 내외에서 시위가 일어날 때마다 그는 잠적했고 그의 거듭되는 잠적이 내 인내의 한계에 도달했을 때 나는 그에게 결별을 선언했다.

"넌, 날 사랑한다고도, 결혼하자고도 했어 남자란 가족을 부양해야하고 아름다운 가정을 이루기 위해 노력해야 해. 넌, 아니잖아. 난 그런 남자에게 내 미래를 맡기고 싶지 않아. 남루하고 고통스런 삶을 자초하고 싶지 않아."

그의 가슴을 치며 비난하던 나를 바라보던 그의 눈을 잊을 수가 없다. 그리고 내게 퍼부었던 비난이 잊히지 않는다. 그는, 인간은 정의를 위해 살아야 한다고, 자기를 사랑한다면 자기의 뜻을 따르는 것이 사랑의 실천이라고, 눈물을 흘리면서 설득했었다.

"반대로 네가 나를 위해 네 이념과 동지를 버릴 수도 있어. 네 것은 아무 것도 버릴 수가 없고, 내 것은 다 버리고 너를 위해 희생하라고? 사랑이라는 이름으로 날 기만하는 마."

나는 그를 설득할 수 없었으므로 우리는 멀어졌다. 삶의 목표와 방향이 달랐다. 가로놓인 벽을 둘 중 아무도 허물지 않았다. 실천이 뒷받침되지 않는 공허한 사랑의 맹서였다고 서로 맹렬하게 비난했다.

결국 그는 자원인지 거부하지 못해서 끌려갔는지 모르지만, 군대에 입대했다. 그가 입대한 뒤 나는 그를 잊으려 노력했다. 그와의 추억이 서려있는 모든 물건도 치웠다. 같이 차를 마셨던 찻집이나 공원도 가지 않았고 그의 친구들과의 만남도 피했다.

친구의 오빠였던 남편은 대학 사년 동안 줄곧 내 곁에서 맴돌던 사람이었다. 내가 진영과 어울려 다닐 때도 멀지 않은 곳에 있었고 진영과 헤어지는 과정도 지켜보았던 사람이었다. 그가 남편이 되고 나서도 나는 한동안 오빠라는 호칭을 버리지 못했으리 만치 남편이라기보다는 편안한 보호막이 되어주는 큰 오라버니 같은 남자였다.

진영이 제대했을 때, 나에게는 남편이 있었다. 과거의 남자 따위는 추억의 갈피에서 빛이 바래가고 있을 뿐이었다. 남편이 그렇게 일찍 가버리지만 않았다면 나는 잘 포장된 선물 꾸러미 같은 삶을 영위하고 있었을 것이다. 겉보기에 예쁘고 화려한, 내가 원했던 대로 포근하고 따뜻한 가정에 안주했을 것이다. 하지만 인생이 그렇게 순리대로 풀린다면 이 세상에 불행이란 단어조차 존재하지 않으리라.

진영은 내 남편에 대해 궁금해 한다. 서울역에서 다시 만났을 때, 그는 호구조사 나온 구청 직원처럼 아이가 몇이냐고 물었고 부모님 안부도 묻고 형제들의 근황도 묻더니 표적을 남편 쪽으로 돌렸었다. 나는 그 때, 사업…… 으응…… 건축업…… 집 같은 거 지어……, 라고 대충 얼버무리며 넘어갔다. 나는 거짓말을 하면서 그가 풍문으로 내 소식을 들었다고 짐작했는데 내 말을 전적으로 믿는 표정이었다.

"부인은 어떤 여자야?"

그 애가 더 깊게 내 사생활에 침입하기 전에 내가 공격했다. 사실 나도 그의 여자가 궁금했다. 말을 돌리려고 엉겁결에 그렇게 묻고 나자 바보 같은 질문을 했다는 생각이 들어 고쳐 물었다.

"아니, 성격 같은 거라든지…… 음식을 잘 만든다든지…… 으응…… 몇 남 몇 녀 중에 몇 번째라던가, 머, 그런 거 말이야."

날아오는 공을 막듯이 되받아 치는 물음에 그도 어물어물 넘어가고 말았다. 그 뒤로 그나 나나 서로의 배우자에 대한 질문은 금기이다. 허나 그는 아이의 피아노 치는 재주라던가 학급에서 부반장으로 뽑혔다는 따위를 자랑하며 뽐낸다. 그렇게 노출되는 가족의 일상사에서 나는 그의 아내에 대한 사랑도 읽는다. 그가 언뜻 언뜻 내비치는 말의 편린들을 짜맞추어보면 그는 대단히 모범적인 아버지이고 아내를 사랑하는 남편이다.

우리는 가끔 만나 저녁을 먹고 노래방에도 간다. 그는 우리 둘이 여행을 할 수 있었으면 좋겠다고 제안한다. 나는 그런 날이 오기를 희망한다고 그의 말에 웃음으로 동의한다.

나는 지금 그와 회원제 클럽에 앉아 프랑스 요리를 먹고 있다. 육류 요리가 나올 때는 붉은 포도주를, 생선 요리가 나올 때는 백포도주를 번갈아가며 잔에 부어주는 그의 귀티가 나는 흰 손과 호주머니에 이니셜이 수놓아진 수제품 와이셔츠가 이루는 멋진 조화를 관조하고 있다.

"만일 국제재판소에서 독도가 일본 땅으로 판결이 난다면 그땐 일본 입국 비자를 받아야만 가니까 이번 여름엔 거기나 다녀올까 봐."

연말에 있을 승진 심사에서 지난달에 다녀온 발리섬으로 화제가 넘어가고 있었는데, 옆 자리에 앉은 남녀가 한일 간의 독도 영유권 문제로 분기충천하여 토론하는 목소리를 듣더니, 그가 불쑥 말했다.

나는 입안을 가득 채우고 있는 바다가재의 살코기 때문에라도 그를 향해 웃음을 띄워줄 수가 없다.

나는 잠시 그의 열아홉 살 적을 떠올리고, 그가 제자리로 돌아온 것인지 궤도를 이탈한 것인지 곰곰이 따져본다. 그리고 변한 건 그가 아니고 나 일지도 모른다고, 아니 우리는 잘려나간 세월만큼 서로 다른 방향으로 삶의 길을 걸어왔으므로 당연히 멀어져 있는 것이라고 나 자신을 위로하며, 바다가재의 흰 살을 잇새에서 으스러뜨린다.

# 회항 (回航)

진실로, 형민(亨民)의 전화가 걸려와, 단절되었던 십여 년 세월의 양쪽 끝을 접목 시켜 놓던 날까지 나는 지극히 평화로운 일상에 안주해 있었다.

출근과 퇴근이 정확한 남편과 아직 한글도 깨우치지 못했지만 밝고 건강하게 자라는 일곱 살짜리 아들을 둔 나는 행복하고 안락한 삶을 영위하는 평범한 주부였다. 그리 비만한 편은 아니지만 불어나는 체중을 조절하려고 수영강습도 기웃거려보고, 지적인 허영심을 채워보려고 꽃꽂이나 영어회화를 배우다 집어치우다 하면서 지난 몇 년을 보냈다.

전화가 걸려온 날은 마침 일요일이어서 온 가족이 쇼핑을 겸한 나들이를 했었다. 아이는 새로 사온 옷과 구두를 신은 채로 텔레비전을 보다가 발치에서 잠이 들어버렸으므로, 이미 내가 안아 올리기에는 힘이 부치도록 무거워진 아이를 침대로 데려가기 위해 초저녁잠이 들어있는 남편을 깨울지, 아이를 깨울 지를 궁리하며 설거지를 하고 있었다.

밤 열한 시가 넘은 시각의 전화였지만 이상한 일은 아니었다. 남편의 친구들은 더 늦은 시각에도 술집에서 남편을 불러내려고 형수님 어쩌구 해가며 전화질을 했고, 내 친구들도 연속극이나 심야 뉴스를 보다가 너 봤지? 우리가 산 주식이 저렇게 폭락해서 깡통을 차지 않겠니? 하는 등의 한심한 문제를 상의하려 전화를 걸어오는 경우가 다반사였기 때문이다.

세상에는 감격이나 감동을 줄만한 특별한 일이 별로 없음을 나는 익히 알고 있었다. 중국의 여객기가 추락했다거나 아프리카의 어느 독재자가 반란군에게 처형당했다는 사실이 나와 무슨 상관이 있는가. 그 따위 일상사보다는 옆집 아이가 미술대회에서 최고상을 탔다거나 아파트 분양가를 자율화 시킨다는 기사가 내게는 훨씬 기쁨이나 슬픔을 주었다.

전화벨이 자지러질 듯이 울었다. 천천히 수화기를 들었다. 늦은 밤거리의 소음이 한꺼번에 달려들었다. 높은 진동수의 경적, 급정거를 하느라 타이어가 노면에서 미끄러지는 마찰음, 누군가의 비명이 평화로운 거실의 공기를 휘저었다. 비가 내리는지 전화기 저편에서 고스란히 전해지는 빗방울이 튀는 반동 소음으로 가늠하건데 분명 송신상태는 이상이 없는데 사람의 기척은 느껴지지 않았다. 잘못 걸려온 전화야. 술김에 용기를 내어 여자 친구의 전화번호를 누른다는 게 헛짚었나 보지. 아참, 내일 유치원에서 아이들을 데리고 고구마를 캐러 간다고 했는데 비가 오면 어떡하지. 내가 여보세요, 여보세요, 를 몇 번 외쳐 봐도 전화 저쪽에서는 아무런 반응이 없었다. 수화기를 내려놓았다. 공해야. 밤이면 전화 코드를 뽑아 놓던지 해야지. 남편이 출타 중인 밤만을 용케도 골라 걸려오던 괴전화가 아닐까.

"외롭지 않아? 내가 즐겁게 해줄까?"

전화를 받는 쪽이 여자임을 확인하고 낄낄거리는 웃음을 섞어 음탕한 소리를 지껄이는 전화를 가끔 받았다. 전화 뒤편에 숨은 남자는 거대하게 팽창했거나 도저히 소생할 가망이 없는 자신의 성기를 붙들고 있음이 분명한, 헐떡거리는 거친 숨소리를 전해주고는 했다.

협박 전화를 받은 적도 있었다. 시한폭탄을 장치했다는 어느 주정뱅이의 전화였는데 며칠 후 폭탄이 아닌 압력 밥솥이 터지는 사건이 우리 집이 아닌 옆집에서 일어났다. 벽이며 천장까지 밥솥이 터지면서 튀어나간 밥알로 도배된 옆집으로 몰려간, 같은 아파트에 사는 여자들이 배를 잡고 웃었던, 무료한 오후에 커피의 안주감이 되어주었던 폭발사건이었다.

근래에 와서 남편은 회사에 시끄러운 잡음이 있다며 집까지 짜증을 달고 퇴근을 하기도 하지만 해마다 치러내는 그런 종류의 파업이야 대수롭지도 않을 터였다.

다시 앙살궂게 전화벨이 울었다. 남편은 일어날 낌새가 없었다. 나는 물을 좀 더 세게 틀고 요란하게 그릇들을 부딪치며 설거지를 계속했다. 자기가 받겠지. 남편은 소파에 길게 누워있었다. 비몽사몽의 상태인 것 같다. 조금 전까지는 현악기의 가는 떨림이 거실을 채우다가, 뉴스를 진행하는 아나운서의 목소리로 바뀌었다가, 지금은 유행가 가락이 낭자하게 울려 퍼지고 있다. 남편은 눈은 감고 있으나 귀는 열어놓고 리모컨으로 채널을 조작하고 있다. 돌아 눕는 기척이 있더니 텔레비전의 볼륨이 뚝 떨어졌다. 남편은 수화기를 들고 잠꼬대하듯 무어라고 알아들을 수 없는 말로 신경질을 부렸다. 아이를 안아 올리려던 참에 또 다시 전화벨이 울렸다. 습기가 차 잘 벗겨지지 않는 고무장갑을 뒤집어 뜯어내고 전화코드를 뽑아버릴까 망설이다가 나도 모르게 수화기를 들어버렸다. 아까와 똑같은 상황이 펼쳐지는 밤거리였다.

"도연이, 아니 도연씨 맞지요?"

아이가 칭얼대고 주전자에서 찻물이 끓어 넘치는 소란 속에서 자칫 잡아내지 못할 만큼 한없이 잦아드는 목소리였다.

"마지막으로 목소리라도 듣고 싶어서."

그는 쫓기듯이 재빨리 단어들을 주워 삼키고 있었다. 휘파람처럼 바람이 지나갔고 개포동 따블따블, 엄마 여기 친구네 집인데 애네 집에서 숙제하고 자고 가면 안 돼?, 아이 싫어 싫다는데 왜 붙잡고 난리야. 다시 자동차의 경적이 고막을 찢으며 기습해왔다. 그리고 마치 폭력영화의 대사와도 같은 험악한 말들. 두껍고 커다란 유리가 깨지는 파열음, 단단한 물체에 수화기가 부딪치는 둔탁한 음향, 끝으로 벽에 못을 박듯 수화기를 고리에 얹는 전화가 끊기는 소리.

누구일까. 잠시 머릿속이 혼란스러워졌다. 뒤통수가 멍멍했다.

형민을 떠올린 것은 꽤나 시간이 지난 다음이었다. 그는 형민이 분명했다. 그만큼 그는 나와 무관한 먼 세계에 있었다.

필름이 되돌아 감기듯 빠르게 세월이 역류했다. 그를 마지막으로 만난 게 언제였던가. 십 년 전이었던가. 아니 그의 자취방으로 찾아갔을 때도 그를 만나지는 못했었다. 아무도 그의 정확한 소재지를 몰랐다. 그 후로 그가 일본을 거쳐 제3국으로 밀항했다는 소문도 떠돌았다.

여자와 결혼하여 숨어 산다는 소식을 전해준 사람은 어머니였다.

"찾지도 기다리지도 말아라."

어머니의 말씀을 믿을 수 없었지만 그에 대한 모든 희망을 포기했다. 나는 아버지와 동업 관계에 있는 상혁과 약혼했다.

그 즈음의 봄이었나, 아니 초여름이었다. 봄은 늘 왔는가 하면 머물지 않고 가버리고는 했으니까 나에게는 봄에 대한 기억이 없다.

"좀 쉬는 게 좋겠어. 의사를 한번 만나보는 것도 도움이 될 거야. 여행이 기분을 바꿔줄 수도 있지 않겠어."

직장의 동료뿐만 아니라 주위의 친구들은 그 즈음 나를 보면 지나가는 말로라도 한마디씩 염려를 해주었다. 언제부터인지는 확실치 않지만 나는 줄곧 원인 모를 두통과 불면에 시달려 오고 있었다. 한치 앞을 분간하기 어려운 짙은 농무에 갇힌 듯 가사상태를 헤매었고, 신열이 오를 때면 가끔씩 영(靈)은 육신을 떠나기도 했다. 그렇게 영이 빠져 나가버린 육신은 차라리 편안했다. 나는 영과 육이 분리되기를 바랐다. 고통은 육신의 몫이었으므로 숙주가 없는 고통은 찾아들 곳이 없으리라.

가사상태에서 헤매다가 깨어나서 단절된 시간을 이어 맞추자면 머리맡에 놓아둔 시계로는 역부족이었다. 시간도 신용할 수가 없었다. 하물며 인간이 만든 달력이나 시계는 더욱 그랬다. 아침에 잠이 들었다가 다음날 혹은 그 다음날 깨어나기도 했고 밤에 잠이 들었다가 밤에 깨어나는 날도 있었다. 꿈과 현실 사이의 경계가 불투명했다.

쉬다니, 의사를 만나보라니, 여행을 떠나보라니.

내게 있어서 여행이란 동행이 있는 출장 이외에는 없었다. 목적과 명령에 내몰려서 떠나는 여정은 고달프고 힘들었다.

어서 가라고, 고향이든 휴양지든 어디든 가서 기분을 바꾸고 오라고 약혼자인 상혁도 여행을 권했다. 상혁의 집에서는 결혼을 서두르고 있었다. 나는 그의 아내가 될 자신이 없었다. 내가 과연 지어미의 역할을 충실히 해낼 수 있을까.

홀가분하게 떠나는 여행에는 의무가 없다. 그러나 자유를 누려보지 못한 사람은 막상 자유가 주어졌을 때 어찌할 바를 모른다. 나는 어디로 가야할 지를 몰랐다. 집 밖으로 나서는 외출은 불안했다. 혼자라는 게 무섭고 싫었다.

주위의 권유대로 휴가원을 제출했다.

"도연씨로부터 받고 싶은 것은 휴가원이 아니라 사표인데. 청첩장을 끼운."

상혁의 존재를 알고 있는 과장의 말속엔 뼈가 있었다.

"여기에 도장이 빠졌잖아. 도장도 찍지 않고 휴가원을 내다니. 정신을 어디다 빼먹고."

과장이 한심한 듯 혀를 찼다. 내게서 빠져나간 정신을 찾으려고 책상 서랍을 열었다. 잘린 손가락 한 토막이 거기에 있었다. 나는 손가락을 꺼내 인주를 묻혀 꾹 눌렀다. 지혈이 안 된 손가락 끝에서는 계속 피가 흘렀다.

여행 중에 조우하는 현상들은 길 떠난 사람의 마음에 어떤 변화를 줄 것이다 아마 나는 다시 소설을 쓸 수 있을지도 모르겠다. 몇 편의 소설을 완성하는 것쯤이야 약간의 재능과 노력만 있다면 누구라도 해낼 수 있다. 하지만 붓을 잡은 채로 임종을 맞는 사람이야 말로 진정한 작가가 아니겠는가.

소설을 쓰려면 코카인이 함유된 약물의 힘을 빌리지 않으면 안 되었다. 박카스, 노바킹, 판피린, 나는 약국을 순회하며 한 달 분의 약을 사 모았다. 약은 보름 만에 혹은 일주일 만에 바닥이 나고는 했다. 나는 점점 집에서 멀리 떨어진 약국으로 원정을 나갔다. 그러나 원고지는 칸칸이 아득한 공백으로 남아있었다.

"네 소설엔 분노도, 신산한 고통도 없더구나. 네 안이한 삶에 고통이나 분노가 끼어 들 틈서리가 있겠니. 넌 볕 잘 드는 온실 속에서 난초처럼 자랐어. 보호자 없이는 기차를 타본 적도 없다면서. 내가 손과 발과 몸뚱이로 각박한 세상을 헤쳐 나가고자 몸부림치는 동안 너는 취미삼아 원고지에 낙서를 했어. 사치와 허영으로 선택한 문학이 얼마나 버텨질 수 있을까. 내 손가락이 잘려나가던 날 넌 기껏 감기라는 병명으로 입원을 했었다지."

내 소설의 독후감을 형민은 그런 식으로 보내왔었다.

내 소설은 정말 사치이고 허영일까. 나는 한때 소설이야말로 인간을 감동하게 하는 마지막 무기라고 믿었다. 나는 순수한 인간애를 그리기 위해 진실로 고뇌하였고 정직하게 아파하였다. 그래서 그의 비난에 맹렬하게 분노하였다. 그러나 내 분노의 목소리는 가냘프고 연약했다.

서울역에 도착해서 목포까지 가는 기차표를 끊었다.

기차에 오르자마자 잠이 들었다. 항생제와 항히스타민제, 신경 안정제, 비타민과 소화제를 골고루 삼켰으므로 나는 몽혼 같은 잠에 취해버렸다.

　나는 관 속에 누워있었다. 내 시신을 화장하려고 나뭇단이 관을 받치고 있었다. 다비(茶毘)식 같아. 나는 아주 편안했다. 누군가 나뭇단에 기름을 붓고 불을 댕겼다. 불길이 치솟았다. 황금빛으로 너울대는 불꽃이 아름다웠다. 나는 관 안에 누워있기도 했고 구경꾼 사이에 섞여있기도 했다. 나는 두개의 분리된 개체였다. 관 안에서 나는 나뭇단에서 관으로 옮겨 붙은 불꽃을, 구경꾼인 나는 내 시신이 타는 양을 남의 일처럼 바라보고 있었다. 전나무 가지에 걸린 달이 콸콸 달빛을 쏟아냈다. 달빛은 나뭇가지에도 땅위에도 흥건하게 고였다. 전혀 뜨겁지 않은 아니 얼음처럼 차가운 불길이 나를 태웠고 나는 흰 뼈만 남았다. 또 다른 내가 내 뼈를 창호지에 쌌다. 나는 혼백이 되어 무주공간으로 두둥실 떠올라 뼈뿐인 나를 물끄러미 내려다보았다. 멀리서 지나가던 바람에 흔들리던 풍경이 내 죽음을 애도하듯 청승스레 울었다. 쇠절구공이 아래서 뼈가 바스러지는 소리에 나는 소스라쳐 깨어났다.

　꿈은 몽상으로 이어졌다. 약가루인지 뼛가루인지 모를 흰 분말 속에 잘린 손가락이 숨어있었다. 어둠과 그 어둠 안에서 부유하는 흰 분말과 토막 난 손가락이 무서워 무릎에 고개를 파묻고 숨죽여 울었다. 한참을 울다가 잠이 들었다. 깨어났을 때 꿈과 현실이 얽혀 어디까지가 꿈이었는지 알 수 없었다. 몸 어디엔가 불에 덴 상처가 남아 있을 것 같아 이리저리 살펴보았다. 볼에 말라붙은 눈물의 소금기 때문에 피부가 몹시 땅기었다.

잠의 긴 터널을 빠져 나왔을 때 기차가 종착역에 닿았다.

한결 맑아진 공기가 호흡기를 따라 뱃속까지 밀려들어왔다. 으스스한 냉기가 온몸으로 퍼져나갔다. 기차 안의 혼탁함에 시달리다가 갯내가 섞인 찝찔한 바람을 맞으니 삭아 늘어진 고무줄 같던 정신은 조금 응축되었지만 여전히 뇌수가 흔들리듯 관자놀이가 지끈거렸다. 사시사철 곁을 떠나지 않는 감기 정도야 이젠 친숙할 때도 되었으련만 약을 먹었음에도 불구하고 감기의 바이러스는 맹렬한 기세로 세포분열을 하고 있었다. 약국에서 파는 감기약으로는 어찌해 볼 도리가 없었다. 감기약은 약효만큼 부작용을 동반했다. 캡슐이 녹아 서서히 약효가 발효될 즈음이면 어김없이 부작용의 증세가 뒤따랐다. 흰 분말이 몸에 퍼져서 바이러스를 잠식하는 동안 창자를 쥐어짜는 위통과 귓속까지 발진이 돋는 두드러기에 시달렸다. 그러나 감기는 다른 병균이 몸으로 들어오는 다리 역할을 했으므로 그대로 방치할 수만도 없었다. 면역도 생기지 않았다. 어디 면역이 생기지 않는 병이 감기 만이랴. 편도선염, 폐렴, 중이염 등의 감기 합병증은 단위가 높아지는 항생제 앞에서 움츠리는 시늉만 했지 굴복하지 않았다. 약은 아무 소용이 없었다. 면역은 스스로 길러야 한다. 만남과 헤어짐. 그리고 망각까지도 충

120

분한 면역을 길러야 한다. 이러다가는 내 몸에는 면역을 위한 흰 분말의 버캐가 두껍게 앉을 것이다.

나는 어깨에 걸려있는 여행가방의 무게만큼의 피곤을 끌며 걸었다. 여행자를 유혹하는 여관들이 줄지어 늘어서 있었다. 걸음의 속도가 자꾸만 늦어졌다. 떠나온 집이 새삼 그리웠다. 창문마다 아치형의 차양이 달린 불란서 풍으로 지어진 분홍색 건물로 들어갔다.

"주무실 건가요?"

여행가방을 받아 계단을 오르는 웨이터의 눈초리에는 탐색의 빛이 가득했다. 가출한 여자, 자살, 그의 머릿속을 스치고 지나가는 단편적 상상을 나는 빠르게 읽었다.

"낼 아침에 첫배를 탈 거예요."

우정 배를 타야겠다고 말을 한 까닭은 웨이터의 부정적인 상념이 기우임을 알려주기 위해서였다.

방은 기대보다 넓고 좋았다. 방의 반은 욕실이었고 나머지의 대부분은 침대가 차지하고 있었다. 젊은 연인들을 위해서인지 침대 면적만한 거울이 외설적이었지만 넓은 창으로 부드럽게 스며드는 황혼의 햇살이 그런 느낌을 다소나마 지워주었다. 얇은 벽을 통해 소란한 옆방의 분위기가 전해졌다. 여행가방도 풀지 않고 밖으로 나왔다. 지나온 길을 잃어버리지 않도록 머릿속에 새겨두며 거리를 구경하였다. 약국과 레코드 상점과 제과점과 구두 가게를 기웃거리며 걸었다. 여자 옷을 파는 가게의 쇼윈도 앞에서는 마네킹과 한참을 마주보고 서 있었다.

　그 옆이 책방이었다. 나는 젊은 여자를 표지로 내세운 잡지들을 찬찬히 들여다보았다. 비키니 수영복을 입고 입을 반쯤 벌린 육감적인 포즈를 취한 여자가 눈에 밟혔다. 저 여자는 침대에서 저런 표정을 지을 거야.

　"눈을 감아. 이런 때는 눈을 감는 거야."

　상혁은 매번 침대에서 내게 그런 말을 했었다. 눈을 감으면 당신이 아닌 형민씨가 눈앞에 나타나요. 그러나 나는 아무 말도 하지 않았다. 천장의 사방연속 무늬를 더듬으며 무겁게 눌러오는 그의 체중을 못 이겨내고 쿨룩쿨룩 기침을 했다.

　나는 『강아지를 잘 기르는 법』이라는 책을 샀다. 정수리에 리본을 맨 강아지의 사진이 맘에 들어서였다.

　선물 파는 가게에 들러 아기자기하고 신기한 물건들을 만져보았다. 이것저것 만져보기가 미안하여 뚜껑을 열면 결혼행진곡이 흘러나오는 작은 보석함을 샀다. 문득 왼손 약지에 끼워져 있는 반지가 거추장스러웠다. 상혁과의 약혼반지였다. 반지를 빼서 보석함에 넣었다.

　또 패스트푸드를 파는 가게에 들러 샌드위치와 감자튀김을 시켰다. 옆자리에 앉아서 서로 눈길을 얽으며 속삭이던 소년소녀가 내가 저희들 얘기를 엿들을 까봐 더욱 목소리를 낮추는 게 비위에 거슬렸다. 턱을 고이는 척 손으로 귀를 막고 음식이 나오기를 기다렸다. 막상 음식이 나왔을 때는 눈길을 어디다 두어야 할지를 몰라 앞자리에 앉았던 사람이 두고 간 신문을 주워서 읽으며 먹었다. 그러나 옆자리 아이들의 귀찮은 방해자 역할을 떨치고자 음식을 남기고 서둘러 나왔다. 밖으로 나오자 거리는 한층 휘황하고 소란했다. 건물들 틈으로 보이는 하늘에는 별이 떴다. 네온사인은 네온사인대로 뒤엉겨서 무슨 글자인지 읽을 수가 없다. 별들은 별들대로 섞여서 하늘은 온통 반짝이는 것투성이였다. 이젠 집으로 가야지, 라고 중얼거리다가 내가 집으로부터 멀리 떠나왔다는 생각이 그제야 들었다.

어디서나 나는 똑같았다. 남겨둔 존재도 지닌 존재도 없었다. 여관으로 돌아가는 길이 쉽게 떠올라주질 않았다. 골목길을 여러 번 돌아 겨우 숙소로 돌아왔다.

샤워를 하고 누워 『강아지를 잘 기르는 법』을 읽었다. 마지막 장을 덮을 때까지도 잠은 오지 않았다. 뒷장부터 다시 강아지의 그림을 감상했다.

소멸된 과거와 불투명한 미래 사이에 내가 있었다. 잠을 자지 않았으므로 어제는 오늘과 같았다. 잠은 시간을 가르는 경계이던가.

희미하게 날이 밝아질 무렵에 여관을 나왔다.

나는 뱃삯이 제일 많은, 가장 멀리 가는 표를 끊었다. 부쩍 짧아진 밤은 새벽 여섯시가 못되었는데도 시뻘건 햇덩이를 산 능선 위로 밀어 올렸다. 여객선이 출항을 알리는 뱃고동을 길게 불었다. 서서히 잿빛 바다를 잠식해오는 붉은 기운을 바라보다가 이물 쪽으로 나왔다. 새벽안개에 가려진 섬들이 드문드문 먼 바다에 떠 있었다.

배는 출항 시각보다 십 분 늦게 부두를 떠났다. 낡은 엔진이 요란하게 요동을 칠 때마다 바다는 검푸르게 갈라지고 뒤집어졌다. 안개의 덩어리가 수면에서 물감처럼 풀려나갔다. 배는 바다의 속살을 헤집듯 물살을 가르며 바다 한가운데로 나아갔다. 안개와 뒤엉킨 바람이 제법 시원했다.

"역시 바다는 로맨틱하지 않아요?"

귓전을 스쳐가는 바람에 여자의 목소리가 묻어왔다. 목소리에는 비음이 깔려있었다. 여자는 기름의 막처럼 현란하게 수면 위에서 흩어지는 햇빛의 파편을 바라보고 있었다. 긴 머리가 바람에 날리면 내비치는 여자의 귓바퀴가 상아로 빚은 조각품인 듯 섬세했다. 소매가 없는 블라우스에서 빠져나온 여자의 팔도 사뭇 귀족적이다. 여자의 허리를 감고 있는 남자의 손. 허리띠를 매지 않도록 고리를 달지 않은 바지를 입은 남자. 부부일까. 나는 잠시 그런 생각을 하며 그들을 훔쳐보았다. 투신하고 싶어. 바다가 너무 아름다워서. 남자의 목소리, 다시 여자의 높은 소프라노의 웃음. 낭만의 감동이 지나친 것일까. 나는 바다를 향해 냉소를 날렸다.

햇빛은 떠다니는 안개덩어리 틈으로 침략군의 창처럼 쳐들어왔다. 수평으로 진군해오는 햇살의 뾰족한 끝이 한 순간 내 눈을 찔렀다. 움찔 놀라 눈을 감았다. 여객선을 따라오던 갈매기의 울음이 한껏 가까이 들렸다. 눈꺼풀을 쪼아대는 햇살의 벼려진 날에 정체불명의 오한이 엄습했다.

아득한 현기증에 의식이 바짝 졸 때마다 나타나는 환영이 있다. 나는 자정이 가까운 시각에 약국엘 다녀오다가 우연히 그 광경을 목도했다. 달무리가 진 하늘을 뒤로하고 누군가 옥상의 난간 위에 발끝으로 서 있었다. 비상하려는 새처럼 날갯짓을 하고 있었다. 날아오르려나. 그러나 그 물체는 뿌연 수은등 불빛이 쏟아지는 아파트 광장으로 꽃잎이 지듯이 낙하했다. 곡예사처럼 공중돌기를 하다가 흰 옷자락을 하늘하늘 공중에서 나부끼며 내려왔다. 아아, 아름다워. 저절로 탄성이 나왔다.

땅이 찢기는 날카로운 비명. 나는 그 물체가 떨어진 잔디밭으로 뛰어갔다. 조종하는 실이 끊어진 꼭두각시인형처럼 관절마디가 제멋대로 흩어진 마네킹이었다. 아니 소녀였다. 몸체에서 분리된 소녀의 머리. 소녀는 끝 간 데 없이 투명한 눈동자로 나를 올려다보았다. 눈물 한 점이 흘러내렸다. 천천히 닫히는 소녀의 눈동자를 나는 오래오래 들여다보았다. 조용히 삶의 문을 걸어 잠그는 소녀는 지치고 피곤해 보였다. 죽음이라는 끔찍한 단어를 떠올린 것은 한참 뒤의 일이었고 나는 그녀가 이 세상에서 마지막 본 영상이었을 내 모습이 그녀에게 어떻게 각인될 것인가를 잠깐 상상했다.

"입시가 없어지는 날 다시 태어날래요."

겨우 고등학교 2학년이던 소녀는 그런 어이없는 유서를 남겼다.

소녀의 시체가 치워진 후로도 한동안 검붉은 핏자국이 잔디밭에 남아있었다. 주민들은 아파트 값이 떨어질 새라 쉬쉬하며 입을 닫았다. 여름이 되자 소녀가 떨어졌던 자리의 잔디는 더욱 짙푸르렀다.

갈릴레이는 지동설이라는 진리에 목숨을 걸었다. 갈릴레이 이전에도 지구는 돌고 있었다. 그가 이 시대에 태어났더라면 투사가 되었을까. 혼자서 거대한 사회의 곪은 부분을 치료하겠다고 메스를 들었을까. 여전히 죽음이라는 무기로. 입시에 맞서는 죽음이라는 무기.

나는 한동안 눈을 뜨지 않고 있었다. 불현듯 눈을 떴을 때 내 앞에는 아무도 없었다. 번들번들한 몸뚱이를 뒤채며 돌아 눕는 바다뿐이었다. 잘게 쪼개진 햇살의 무수한 알맹이들이 싱싱하게 수면에서 튀어 올랐다.

이상한 일이야. 나는 주위를 둘러보았다. 환상이었나. 한층 높아진 엔진 소리가 위잉 이명처럼 귓전에서 메아리쳤다. 어찌 환각이나 환청이 이번만이던가. 나는 간헐적으로 고막을 치는 엔진 돌아가는 소리를 들으며, 내가 또 환청에 시달리는구나, 했다.

파도는 쉬지 않고 뱃머리에 달려와 부딪치고 부서졌다. 사면을 병풍처럼 두르고 있는 망망대해에 고깃배 몇 척이 섬처럼 떠있었다. 여객선의 엔진소리가 얌전하게 가라앉고 있었다.

철제 난간을 잡고 있는 내손을 무르춤하게 내려다보았다. 푸른 정맥이 흰 피부 밑에서 물에 잠긴 수초처럼 가지를 뻗고 있었다.

"밥을 지어본 적이 있니? 빨래를 해본적은. 노동이라곤 전혀 겪어보지 않았을 네 손. 투명하게 실핏줄이 들여다보이는 네 흰 손만 보면 난 적의가 일어."

형민의 목소리였다. 그러나 내 손의 가운데 손가락 근처는 굳은살이 박혀있었다. 펜을 쥔 자국이었다. 나는 붕대로 손가락을 감고 원고지를 메웠으며 그러다가 꼬꾸라져 잠들고 했다. 이건 노동의 흔적이 아닌가. 나는 이빨로 굳은살을 물어뜯었다. 기다렸다는 듯이 새빨간 핏방울이 솟았다. 나는 배어나오는 피를 혀로 핥았다.

"좌로 삼십."

기관실에서 우렁찬 외침이 날아왔다. 마스트 꼭대기에서 졸던 갈매기가 기우뚱 균형을 잃더니 솟구쳐 올랐다. 배에 오르던 순간부터 끈끈하게 귓불을 핥던 시선의 임자였던가. 시선이 끌어당기는 쪽으로 고개를 돌렸다. 파충류 같은 눈빛을 가진 사내가 웃고 있었다. 구리 빛으로 그은 팔과 가슴의 근육을 보자 갑자기 갈증이 일었다.

배가 진저리를 치며 선체를 좌로 틀었다. 배는 섬의 산기슭을 끼고 돌고 있었다. 선창에는 머리에 해산물을 한 함지박씩인 아낙들이 옹기종기 모여앉아 있었다.

확 트인 바다에 대고 목청껏 소리를 지르고 싶었다. 때마침 뚜우 뱃고동이 울었다. 나는 손나팔을 만들어 바다에 대고 외쳤다.

"형민 씨이…"

누군가 곁에서 끼득끼득 웃었다.

배가 선창으로 들어가고 있었다. 작은 어선들이 일렬로 그물을 늘인 채 지나갔다. 황금빛 깃털을 가진 물새들이 후루루 흩어져 날았다.

우리의 젊음이 막 폭발하는 스물 하나. 형민은 이미 학교에서 제적을 당했다. 형민은 내게 여행을 제의했다. 그는 몹시 우울하고 쓸쓸해보였다. 나 역시 그의 기분이 전염되었는지 허탈감에 빠져 있었다. 우리는 기차를 탔고 배를 탔으며 섬의 이름도 묻지 않고 내렸다. 파도의 흰 어금니에 인광을 뿜으며 처절하게 부서지던 달빛과 만조의 바다를 바라보며 바닷가 횟집에 앉아 소주를 마셨다. 닿을 듯 가까이 있는데도 혼자 있는 시간보다 더 진한 외로움이 엄습하는 이유는 무얼까. 소주잔을 비우는 그도 아픔을 삭이려는 듯 손이 떨고 있었다. 그의 손이 내 손을 찾았다. 가운데 손가락의 한 마디가 잘려나간 까칠한 손. 그러나 그의 체온은 따뜻했다. 문을 닫을 시간이에요. 주방 쪽에서 서성이던 아줌마가 눈으로 재촉했다. 우리는 바닷가로 나와 모래톱에 앉았다. 바다는 먹빛이었다. 사리의 바닷물이 발밑에서 넘실댔다.

어색한 침묵을 견디지 못한 그가 한 움큼 모래를 집어 바다를 향해 던졌다. 모래밭에서 돌아다니던 게들이 제 구멍을 찾아 숨었다.

"우린 너무나 다른 길을 걷고 있어. 난, 네가 바라는 행복을 줄 수가 없어. 네가 갈 길은 따로 있어."

그가 바지를 털며 일어섰다. 잔모래가 날아왔다. 눈에 모래가 들어간 것이겠지. 눈물은 이물질을 씻어내려는 자연스런 생리현상이야. 나는 손등으로 볼을 타고 흘러내리는 눈물을 닦아내며 달빛을 등지고 서있는 그를 올려다보았다. 그의 긴 그림자가 거대했다. 그가 거인 같았다.

술에 취해 허물어진 나는 그의 어깨에 기대어 걷다가 여관의 문을 밀었다. 우리가 오늘 밤 무슨 일을 치른다고 하더라도 그게 형민씨나 내 인생에 무슨 변화를 줄 수 있겠어. 나는 남루한 이부자리에 쓰러져 잠이 들었다. 이제 날 찾지 마. 꿈속에서 그가 말했다. 아침에 눈을 떠보니 그는 없었다. 머리맡 재떨이에 담배꽁초만 수북이 쌓여 있었다. 담뱃갑은 비어있었다. 나는 재떨이 속의 담배꽁초 중에서 하나를 골라 불을 붙였다.

그 후로 나는 형민이 어디서 무엇을 하고 있는지 알 수 없었다. 어느 날 우표가 붙지 않은 군사우편이 날아왔다. 나는 그제야 그가 입대했음을 알았다. 가을비에 편지가 젖어 글씨가 흐물흐물 풀어지고 있었다.

— 네 소설은 잘 되어가고 있니? 얼마 전엔 부근 동네로 벼 베기 지원을 나갔었단다. 가을이 주춤주춤 물러가고 있었지. 군화를 벗고 한적한 시골길을 맨발로 행군하는 맛은 참 상쾌하더구나. 나

는 고참병의 식기도 닦고 내무반의 마룻장도 걸레로 닦으면서 건강하게 잘 지내고 있단다. 몸도 마음도 너무 편안해서 살이 올랐어. 완벽한 지배와 복종 사이에서 이렇게 평온할 수 있다니. 여기서는 시간을 밥그릇으로 퍼낸다고 하는데 그 표현이 딱 들어맞는 하루하루란다. 기온이 내려가면 맨 먼저 네 기침이 걱정된다. 네가 병균을 데리고 사는 것인지 병균이 너를 데리고 사는 것인지. 나는 너로 인해 세상에 그렇게 많은 종류의 약과 병이 있음을 알았어⋯⋯─

그는 삼 년 동안 제법 많은 양의 편지를 보내왔다. 여학교 시절 '국군장병 아저씨께'하며 써 보냈던 위문편지의 답장처럼 한결같은 내용의 편지는 담담하게 그가 군대라는 정형화된 단체의 일원으로 흡수되고 있음을 그리고 있었다.

언젠가 그는 편지에 철모를 눌러쓰고 완전군장을 갖춘 사진을 동봉했는데 그는 입을 크게 벌리고 웃고 있었다. 그가 웃을 적이면 잘게 접혀지는 콧잔등의 주름이 카메라 렌즈에 잡히지 않았음이 아쉬웠지만 오랜만에 대하는 그의 웃음은 밝고 풋풋했다. 나는 그가 무사히 삼년의 군대생활을 마치고 건강한 모습으로 내 앞에 나타나리라고 믿었다. 그 날이 오면, 내게 청혼을 하겠지.

그러나 그는 삼년이 지났는데도 내 앞에 나타나지 않았다. 그의 친구가 그가 영등포쪽 공단 어딘가에 취직해 있다고 알려줬다. 선풍기 날개를 만드는 회사라고 했다. 내가 찾아갔을 때 그는 회사

130

에도 자취방에도 없었다. 그는 회사에서 해고되었고 전국에 지명 수배되어있었다.

빈 자취방 쪽마루 밑의 불기 없는 연탄화덕 위에 공책 몇 쪽이 타다가 만 채로 얹혀있었다.

— 사사로운 정은 버려야 한다. 실수든 고의이든 행동의 문제성이 노출되는 동지는 철저히 격리해야 한다. 배우자는 동지적으로 결합될 수 있는 상대를 택해야 한다. 나는 노동자로서 노동자의 이름과 계급성을 가지고 투쟁할 것이다. 또한 학생 출신으로서 목적의식이 있는 정치투쟁에 앞장 설 것이다. 법이 옳지 않다고 민중들에게 말하는 것은 위험하다. 왜냐하면 민중들은 그것이 옳다고 믿기 때문에만 법에 복종하는 것이니까. 마치 윗사람이 옳아서가 아니라 윗사람이기에 복종해야 하듯이 법도 법이기 때문에 복종해야 한다는 말도 민중에게는 아울러 해 줄 필요가 있는 것도 이 때문이다. 이렇게 해서 민중에게 이 점을 이해시켜 이것이 정의의 올바른 뜻임을 이해시킬 수 있다면 온갖 반란은 막아진다.— 팡세. 오오, 파스칼, 악법은 법이 아니다. 악법은 범해서 뜯어 고쳐야만 한다. 민중의 입장과 관점에서 법은 재편집되어야 한다. 자주를 기초로, 민주를 중심으로, 통일을 향하여 나아가자. 고양이 목에 방울을 다는 역을 나는 기꺼이 맡을 것이다.—

불쏘시개용으로 모아두었던 종이더미에서 그의 신념이 너덜거리고 있었다.

형민은 증발하듯 사라져 버렸다. 그를 찾을 수가 없었다. 그는 경찰의 수사망을 피해 그리고 나를 피해 어디론가 숨바꼭질 하듯이 숨어버렸다.

승객들이 이물 쪽으로 몰려왔다.

"아가씨. 거 안 내릴라믄 좀 비켜서슈."

발이 달린 라면 상자였다. 뭍에서 생필품을 실어 나르는 모양으로 사내는 라면 상자를 네 개나 포개어 들고 있었다. 나는 라면 상자에 떠밀려 배에서 내렸다. 해풍이 치맛자락을 감아 종아리를 찰싹찰싹 때렸다.

섬은 예전에 내가 한번 와봤던 곳이라고는 믿기지 않으리만치 달라져 있었다. 시멘트로 지은 이층의 마을 회관이 낯설고 옥상에 버티고 있는 확성기와 국기게양대의 태극기가 도시의 그것과 다름이 없었다. 번듯한 양옥집에 민박이라고 걸린 간판도 생소했다.

나는 민박집에서 일주일을 묵었다. 잠을 잤고 들여다 주는 밥을 먹었고 방문을 열고 바다를 보았다.

일주일 내내 바다는 웅웅 울었다. 열에 들떠 고통스런 신음을 내뱉듯 바다는 몸살을 앓았다. 마치 진통이 시작되는 만삭의 임산부처럼 안간힘을 쓰며 청동빛 몸체를 뒤척였다. 나는 가슴에 베개를 고이고 마을 뒤 쪽에 껑충하게 늘어선 늙은 소나무의 휜 가지를 훑고 지나가는 바람소리, 기슭을 헐어내는 파도의 혓바닥소리를 들었다.

돌아가자. 이런 무의미한 여행일랑 집어치우자. 가서 상혁의 좋은 아내가 되자. 지친 몸으로 보금자리를 찾아 올 상혁을 위해 된장찌개를 끓이자. 볼이 붉은 개구쟁이 아들을 낳아야지. 아이는 우유가 아닌 모유를 먹이고. 소설은 집어치우자. 소설이야말로 내게 있어서 구원이 아니라 사치스런 객기가 아니겠는가.

섬에 묵은 지 일주일째 되던 날. 바다는 아지랑이를 피워 올렸다. 발이 가는 명주실이 올올이 풀려 하늘로 올라갔다. 파릇하게 새순이 돋는 잔디밭처럼 바다는 풀빛이었다. 북쪽 수평선 너머로 아스라이 떠있는 뭍이 나를 불렀다. 돌아오라고.

나는 돌아왔다. 한 꺼풀 껍데기를 벗어던진 듯 후련했다. 세상은 활기차게 변해있었고 나는 다시 태어난 듯 새로웠다. 나는 미련 없이 내 분신이었던 소설을 태웠다. 그리고 친지들의 축복 속에서 예정대로 상혁과 결혼식을 올렸다. 형민은 씻은 듯이 내게서 물러갔다. 나는 아이도 낳아 기르며 충분히 행복했다. 삶은 기대보다 훨씬 아름다웠다. 나는 아주 건강해져서 감기 따위는 겁내지 않았다.

삼 개월 전. 형민의 전화 이후 한동안 마음이 심란했지만 곧 잊혔고 일상으로 돌아왔다. 나는 그 동안 그가 무엇을 하며 지냈는지 그때 어떤 급박한 상황에 처해있었는지 관심을 두지 않았다. 내게 소중한 것은 남편과 아이의 건강이었고, 소망은 좀 더 나은 집과 자동차였다. 그밖에는 다 별 의미가 없었다.

형민은 내 삶에 있어서 한 장의 삽화였고 다 지나간 추억의 접혀진 한 페이지에 불과했다. 그러므로 형민을 신문지상에서 다시 조우하리라고는 꿈에도 예견치 못했다.

남편은 항시 하던 대로 토스터에 식빵을 끼워 넣고 빵이 구워지는 동안 잉크 냄새가 선명한 조간신문을 들여다보고 있다. 나는 야채샐러드에 소스를 끼얹어주며 정치면에서 사회면으로 신문을 넘기는 남편의 등 너머로 큰 활자를 훑어본다. 마치 빈집털이를 하러 월장하려는 강도들처럼 손수건이나 마스크로 코와 입을 가린 청년들이 연기가 자욱한 도심의 한복판에서 화염병을 던지는 사진이 손바닥 크기로 실렸고 어제도 아니 그저께도 그랬듯이 그 밑으로 분신자살이 어떻고 하는 기사가 실려 있다. 매일이다시피 똑같은 내용의 신문을 대하는 대부분의 독자들처럼 나 역시 어지간한 충격에는 마모될 대로 마모되어 면역이 생겼다.

"마치 자살특공대 같군."

남편은 탁 소리가 나게 신문을 내려놓으며 토스터 위로 솟아올라와 있는 식빵을 뽑는다. 그가 입은 흰 와이셔츠 못지않게 남편의 손은 희고 곱다. 저렇게 섬약한 손으로 악기를 다룬다거나 그림을 그린다면 어울릴 텐데 남편은 귀족적인 손과는 너무도 동떨어진 신발을 만드는 공장을 운영하고 있다. 물론 그의 아버지로부터 물려받은 사업체이다.

"이번 정부의 마지막 히든카드는 무엇일까."

내가 정치에는 전혀 관심이 없는 줄을 잘 아는 남편은 내게 묻는 다기보다는 혼잣말처럼 운을 뗐다.

나는 그의 말을 귓등으로 흘리며 얼핏 망막에 스쳐간 신문에 한 자로 쓰였던 이름을 떠올렸다. 누릴 향(享)이었던가 형통할 형(亨) 이었던가.

"잠시 회사 문을 닫아야 할까봐."

그는 출근하기 전의 버릇인 골프퍼팅 연습에 열중하고 있다. 흰 공이 녹색의 매트 위를 굴러 홀 안으로 떨어진다.

"이백프로 급여인상에 상여금도 사백프로 이상으로, 그리고 작 업조건 개선. 공장건물을 다시 짓든지. 아니면 공기정화기도 달고 시설을 개선하라는 것이지. 밑창을 붙이는데 쓰는 접착제 냄새가 빠지지 않는다고."

남편은 조금 우울하게 말한다.

나는 문득 공장의 담벼락에 붉은 페인트로 써 있던 구호를 상 기한다.

악덕 업주는 각성하라.

별로 대수로운 일이라고 여기지 않았다. 그런 낙서는 다른 공 장의 담벼락에도 다 같이 널려있었고 농성은 끊임없이 계속되어 왔으니까. 남편은 그런 분쟁에는 이력이 붙어서 능숙하게 대처해 왔다. 다른 동종업자의 눈치도 보아가며 그들이 마무리한 수준과 비슷하게, 노조 측의 제안을 반쯤 받아들여주는 조건으로 해결을 지었다.

"우리 회사 문 닫고 동남아나 돌아올까? 결혼기념일도 다가오
잖아."

닫히는 현관문 틈으로 애써 즐거움으로 가장한 그의 목소리가
날아왔다.

나는 옥상에서 떨어져 죽었다는 노조간부의 이름자를 확인하려
고 다시 신문을 펼쳤다.

남편이 출근하고 난 뒤 나는 습관대로 설탕을 넣지 않은 진한
커피를 한 모금 물고 한껏 게으르게 신문을 펼쳤는데 내 눈을 붙
잡아 끈 것은 한자가 아니라 우표딱지만한 사각의 틀 안에서 웃
고 있는 남자의 얼굴이었다. 형(亨) 자인지 향(享) 자인지 헷갈릴 필
요가 없었다.

그는 석 달 전 지명수배 10년 만에 체포되었고, 구치소에서 단
식 투쟁을 하던 중에 의식을 잃고 쓰러져 병원으로 옮겨졌으며 감
시자가 조는 틈에 병실을 빠져나와 옥상에서 투신했으며, 사망했
다는 기사였다. 그의 이름은 분명 김형민이었다.

형민이 체포되던 순간. 그는 내게 마지막 전화를 했었다. 돌이
켜보니 그랬다.

서서히 시야가 흐려왔다. 물속에 잠긴 달그림자처럼 윤곽이 뭉
개진 형민의 얼굴이 어른거렸다. 형민은 그런 급박한 상황에서 왜
내게 전화를 했을까. 내가 결혼을 하고 아이를 낳고 남편의 단단

136

한 보호막 안에서 안일을 추구하는 동안 그는 무엇을 하며 무엇을 위해 살았을까. 동지로서 결합될 여자를 만났을까. 그리고 무엇을 위해 죽었을까. 이세상의 무언가를 변화시킬 수 있다는 신념으로 자살을 감행한 것일까.

아직도 소설을 쓰고 있니?

그의 마지막 말이 날이 벼려진 칼이 되어 전신을 찔렀다. 가슴 깊은 곳. 그러나 딱히 어디라고 짚어낼 수 없는 심장의 한 귀퉁이가 찢어져서 콸콸 피를 뿜어내는 것 같은 심한 통증이 느껴졌다.

불현듯 벽장 구석에 처박혀 있을 원고지 뭉치가 떠올랐다. 집의 평수를 늘리려고 이사를 할 때마다 고물상에 넘기든지 강냉이하고라도 바꾸어 먹으라며 남편이 성화를 부렸던. 이제는 누렇게 색이 바래고 눅눅한 곳에서 좀 벌레에 갉히고 있을 빈 원고지 뭉치였다.

눈시울이 뜨거워지더니 눈물 한 방울이 볼을 타고 흘러내렸다. 또 한 방울이 손등으로 떨어졌다. 나는 기다란 손톱에 빨강 매니큐어가 칠해진. 이젠 연필을 쥐었던 옹이자국은 남아있지 않은 내 하얀 손에 얼굴을 묻고 북받쳐 오르는 오열을 삼켰다.

# 퐁당퐁당 돌을 던지자

날이 밝고 있다는 자각에 시계소리에 귀를 기울인 것인지, 시계소리에 갓밝이를 의식한 것인지는 확실치 않다. 어느 틈에 예각으로 살아난 아침햇살이 동쪽으로 내달은 마루 끝에서 남실거린다. 니스 칠을 한 마룻바닥은 햇살이 밀려들어 석양 무렵의 바다처럼 반짝인다.

새벽잠이 없는 어머니는 햇볕이 드는 창문가에 정물처럼 앉아 있다. 몸을 반으로 접은 듯 등을 구부리고 앉은 모습이 애잔하다. 짜다만 스웨터는 바늘이 빠져서 올이 풀려있고 털실 뭉치는 제멋대로 엉긴 채로 방안 가득 널려있다. 몇 시인지는 알 수 없지만 시계는 마지막 종소리의 여운을 끌며 잦아들고 있다.

어머니는 멍하니 마당가 대추나무 가지 끝에 시선을 매달아 놓고 있다. 나는 자리도 펴지 않고 잠이 들었나보다. 일어나야한다고 생각은 하면서도 번데기처럼 몸을 오그려서 팔로 가슴을 감싸 안았다. 내가 잠든 틈에 어머니는 연탄구멍을 막았으리라. 혹한에도 연탄구멍을 꽁꽁 틀어막고 살아온 어머니의 타성을 탓할 수는 없다. 어젯밤에는 바람이 심하게 불었다. 역풍이 밀려들어왔다면 불이 꺼졌겠지. 자, 열을 세자. 잠의 늪에 발목이 빠져 한없이 가라앉는 자신에게 최면을 걸 듯 중얼거렸다. 하나, 두울, 세엣, 간신히 가슴팍에 묻었던 고개를 **빼냈다.**

계절 탓인지 눈을 떴다 감았다 할 때마다 눈꺼풀에 잡티라도 낀 듯 서걱거리는 게 영 견딜 수가 없어서 잠시 눈을 붙였는데 어느새 새벽이었다. 동지가 엊그제였는데 왜 밤은 머문 흔적도 없이 지나가 버리는 것일까.

나뭇가지로 조각낸 하늘이 풍경화처럼 창틀에 갇혀 있다. 부챗살처럼 퍼지는 햇살과 앙상한 가지에 위태롭게 앉아있는 참새 한 마리가 풍경화 화면의 전부이다. 공터 너머엔 늪이 있고 그 뒤로는 숲이다. 늪지대를 지나가던 바람이 창문을 핥는다.

"불도 안 켜고 무얼 하세요."

장판지의 두 번째 금까지 밀려온 햇빛이 어머니의 몸을 반으로 자르는 것 같아 나는 손을 휘저어 햇빛을 흩었다.

"불을 쓰나 안 쓰나 안보이긴 마찬가지야. 전기라도 애껴야지."

"그래도, 텔레비전이라도 켜세요."

어머니는 못마땅한 표정으로 나를 돌아보았지만 무릎걸음으로 다가가 텔레비전의 꼭지를 비틀고 천장에서 내려온 형광등을 켜는 줄을 당겼다.

건조하기 이를 데 없는 어머니의 무릎관절에서 뼈들이 요란한 소리를 내며 부딪쳤다. 스웨터에서 빠진 보풀이 방 안을 떠다녔다.

어머니는 속수무책으로 엉켜버린 실타래와 내 얼굴을 번갈아 보고 있다. 나는 실 꾸러미를 챙겨 바구니에 담으며 윗목에 펼쳐져 있는 도안책을 끌어당겼다.

어디까지 했더라, 나는 모눈종이에 그려진 밑그림을 들여다보았다. 아이가 좋아하는 뽀로로였다. 비행사의 옷과 모자를 쓴 뽀로로가 촘촘한 모눈의 그물에 걸려 있었다. 검은 실로 열두 코, 노란 실이 다섯 코, 다시 검은 실이 일곱 코, 그리고 흰 실. 물갈퀴가 달린 노란 펭귄의 발과 흰 배가 까만 바탕에 모습을 드러내는 중이다.

"다 너를 위해서는 잘 된 일이다. 갸가 애물덩어리였다."

어머니가 참지 않고 내뱉을지도 모를 뒷말을 막으려고 나는 텔레비전의 볼륨을 올렸다. 모녀사이의 침묵을 가르며 아나운서의 목소리가 와랑와랑 울었다.

"엄마, 새들은 어디서 잘까?"

귀울림처럼 아이의 목소리가 들려왔다. 옹색하게 이파리 몇 개를 달고 있는 개암나무 꼭대기에서 참새가 날아갔다. 헐벗은 나무 사이를 휘돌아나가는 바람의 옷자락소리, 늪지대 건너 숲에서 날아오르는 새들의 날개 치는 소리가 가슴 한복판을 짓밟으며 지나갔다. 새들은 어디서 잘까. 아이는 어디서 잘까. 황금빛으로 깃털을 물들인 새들의 행렬이 아름답다. 아이의 눈 속에서는 언제나 새가 날았다.

"숲에서, 아마 숲에 집이 있겠지."

나는 바늘 끝에 실을 감아 코를 만들며 중얼거렸다. 각막이 뿌옇게 흐려왔다. 눈뿐만 아니라 요즈음은 팔에서도 허옇게 각질이 일어났다. 머리를 감을 때도 한주먹씩 빠지는 머리카락은 윤기도 없고 끝이 갈라져 있었다.

"세월의 발자국이야."

며칠 전, 어머니는 내 앞이마에서 흰머리를 뽑아주었다.

"엄만, 참 눈도 밝수. 바늘귀도 못 뀐다면서 새치는 어떻게 찾아내우."

나는 괜스레 열 적어서 흰머리를 불빛에 요리조리 비춰 보았다.

텔레비전 화면에는 물기가 맺혀 있다. 뉴스를 전하는 아나운서의 무표정한 얼굴에서 눈물이 흘렀다. 날이 밝았으므로 어머니는 오늘의 일진을 보리라. 군용담요 위에 펼쳐진 화투장의 그림이 현란하다.

"오늘이 며칠이냐."

화투장을 포개던 어머니의 힘없는 물음에 나는 달력을 올려다 본다. 세월 가는 것이야 어머니가 나보다 훨씬 정확하게 헤이고 있다. 또다시 일요일인가. 아까 교회의 종소리를 따라 찬송가를 읊조렸었지.

"아침을 지어야지요."

털목도리를 두르고 토방으로 내려섰다. 연탄아궁이는 우려했던 대로 흰 재의 온기만이 남아있다. 연탄불을 살려야 하나. 나는 연 탄집게를 들고 망설인다. 지금 번개탄을 넣고 새로 불을 붙인다고 해도 아침밥은 짓기 힘들다. 가스레인지의 가스도 떨어졌다. 가 스가게에 전화를 건다면 배달총각은 수금장부를 들고 올 것이다. 오늘 아침도 딱딱한 빵조각으로 때워야 할까보다. 올겨울에는 가 스난로를 장만해야지. 그것도 기관지가 좋지 않은 어머니의 건강 에 도움은 못주겠지만 매일매일 가스중독을 염려해야 하는 연탄 보다야 덜 해롭다.

"아침은 일없다. 이따가 찬밥이나 한 술 더운 물에 말아 먹을란 다."

"배고프지 않으셔요? 엊저녁도 건넜잖아요."

어머니는 무슨 생각엔가 잠겨있다. 잎을 떨어뜨린 나뭇가지 사 이로 가늘게 비켜드는 햇살이 그대로 바늘이 되어 동공을 쏘아서 나는 힘주어 눈을 감았다.

어제는 형석 씨를 만났다. 어느 여성잡지 속에서였다. 일부러 얼굴의 형체를 모자이크로 처리한 뭉개버린 사진이었지만 나는 그를 알아보았다.

〈미문화원 방화사건 주범으로 현상 수배된 박정수(가명), 본지 기자와 단독 인터뷰〉

흐릿한 사진 속에서 그는 보일 듯 말 듯 미소를 물고 있었다.

"사상요? 이념요? 난, 자유로운 나라에서 자유롭게 살고 있습니다."

잡지의 활자들이 그가 남미(南美)의 모처에서 현지의 여인과 결혼하여 평화롭게 살고 있다고 전했다. 형석 씨가 아니겠지. 사진도 확실치 않고 이름도 가명인걸. 다른 사람일 거야. 형석 씨는 적어도 그렇게 변하지는 않았을 거야.

엉긴 실뭉치를 대충 옆으로 밀쳐버리고 화장품이 담긴 바구니를 잡아당겼다. 어머니는 여전히 화투장에 눈을 꽂은 채 혀를 찼다.

"웬일이냐. 일요일에 화장을 다하고."

그새 오늘이 일요일인 것을 또 잊었다. 일요일은 화장을 하지 않아도 되는 날이다.

"원아들은 예쁜 선생님을 좋아해요. 그렇게 맨 얼굴로 출근하지 마세요. 너무 야한 화장도 문제가 되지만 맨 얼굴은 아이들에 대한 성의가 없어 보여요."

미술학원 원장이 그런 언짢음을 표현하기까지는 제법 망설였을 것이다. 그러나 아이들의 겨울방학까지는 며칠 남지 않았다. 그래도 꽃나라 미술학원에서는 봄 학기부터 지금까지 거의 일 년을 버텼으니 한 학기 만에 쫓겨난 다른 학원들에 비해 많이 참아준 셈이다. 이번에도 자모들의 항의였을까, 학기도중에 교사를 교체할 수 없다고 버텨주었을 원장의 배려를 고마워해야 한다. 더구나 일 년도 못 채운 직장에서 퇴직금도 얹어준다지 않는가. 물론 동정 이상의 감정이 아니라 해도 죄명이야 어찌되었건 실형을 살고 나온 여자를 미취학 아동을 지도하는 교사로 받아들이기는 쉽지 않겠지.

"정신을 엇다 두고 있냐. 비약에 풍약을 했다. 오십을 다오."

어머니가 화투장을 펼친다. 담배의 불똥이 튀어 군데군데 검은 점이 찍혀있는 군용담요 위에 단풍잎이 어지럽게 흩어진다. 새삼스럽게 나는 칙칙한 국방색위에 원색으로 펼쳐진 화투장을 바라보며 누가 단풍잎을 놓고 근심이라고 했던가 하는 생각을 한다. 비는 손님이라고 했던가.

"내가 일백 이십, 본을 하고 이십을 더 땄다."

재떨이에서 반 동강짜리 꽁초를 골라내며 어머니가 채근했다. 나는 재빨리 성냥을 그어 내밀었다. 천장에는 한쪽 귀퉁이가 꺼멓게 죽은 형광등이 걸려있음에도 성냥불에 주위가 밝아질 만큼 방안은 어두웠다.

"비가 오려나 봐요. 빨래를 걷어야겠어요. 고추장 항아리 뚜껑도 덮고."

나는 어머니 앞으로 마지막 남은 오백 원 두 닢을 밀어놓았다.

"빵집을 한 대더라. 삼 년 전에 상처를 했고. 너만 좋다면 당장이라도."

어머니는 진작부터 별러왔던 티를 숨기려고 시큰둥하게 말하며 끝에 후유, 하는 한숨을 매단다. 나는 못들은 척 일어났다. 오래 책상다리를 하고 앉아 있었던 탓인지 무릎이 잘 펴지지 않는다. 어느새 잿빛으로 흐려진 하늘은 금방 소나기라도 쏟아 낼 듯 먹장구름을 가득 안고 있다.

"어딜 나가니. 그 꼴을 하고. 나는 토방 밑으로 내려갈 일만 있어도 머리를 매만졌다."

뒷손질로 방문을 닫으며 기둥에 걸린 거울에 비친 내 모습을 훔쳐본다. 손수건으로 동여맨 칙칙한 검은머리, 화장기도 없는 맨얼굴에 눈두덩은 두껍게 부어 두 눈을 덮을 듯이 내려와 마치 가면을 쓴 것 같다. 참으로 오랜만이야, 라고 나는 눈 밑의 기미를 들여다보며 중얼거리다가 반쯤 흘러내린 손수건을 풀어 머리채를 다시 묶었다.

상류 쪽에는 소나기가 내렸는지 개천의 물소리가 심상치가 않다. 지난 장마에 반으로 잘린 나무다리는 여전히 물에 잠겨있겠지.

"이젠 단념할 때도 되었다."

열린 문으로 한숨이 섞인 담배연기가 새어나왔다. 단념이라니요, 애초에 기대라도 했었던가요, 나는 목구멍으로 기어 올라오는 말을 간신히 집어넣고 대신 저, 나가요, 라고 말한다. 어머니는 아무 대꾸가 없다.

마당가 후박나무 가지가 바람에 후드득 몸을 떤다. 이웃과 경계한 담도 허물어진 그대로 방치되어 있다. 지붕을 잇고 남은 슬레이트 조각으로 막아 놓기는 했지만 그 틈으로 이웃집의 뒤뜰이 보인다. 개구멍을 통해 이웃집 아이는 우리 집을 곧잘 들락거렸지. 그 아이가 타고 놀던 세발자전거가 뒤뜰에서 벌겋게 녹이 슨 지도 오래되었다. 아이는 어디로 갔을까. 붉은 벽돌을 빻아 소꿉놀이를 하던. 그 애의 이름이 뭐였더라. 손등에 불에 덴 자국이 흉측하게 남아있던 계집애.

담벼락에 기대어 층층이 쌓아놓은 연탄재가 먼지를 일으키며 키대로 쓰러진다. 대궁만 남아 말라비틀어진 일년생 화초들이 마치 쓰레기더미처럼 지저분하다. 꽃은 다시 대지에서 수액을 빨아올린 날을 기다리는가. 황폐한 내 뜰에는 아마 다시는 꽃이 피지 못할 것이다. 토끼만한 쥐가 담 그늘을 따라 달려간다.

"쥐약을 놓든지 해야지 원."

어머니는 방안에서도 쥐의 발자국 소리까지 놓치지 않는다. 구름은 그새 한발이나 내려왔다. 후련하게 한바탕 쏟아져 주었으면. 힘껏 잡아 다니면 하늘자락이 찢겨 폭포 같은 물줄기를 퍼부어 줄 것 같아 나는 아직 덜 마른 빨래를 힘주어 닦아챘다.

"왜, 어먼디다 화풀이냐. 후딱 들어와 다리나 좀 주물러다오. 날이 굳으니까 삭신이 다 쑤시는구나."

어머니는 미리 내일의 일수 패를 떼어보고 있다. 꺼멓게 담뱃진이 스민 어머니의 손이 마흔 여덟 장의 화투를 골고루 섞어 네 장씩 네 줄로 엎어놓는다. 나는 화투의 뒷장만으로도 그게 무엇인지 맞출 수 있다. 낡을 대로 낡은 화투는 각장마다 특별한 흠집이나 있다. 반으로 꺾어진 패를 간신히 펴놓은 목단 띠. 귀퉁이에 손톱으로 금을 그어놓은 새가 나는 매화. 눈이 어두운 어머니야 패를 가리지 못하지만 나는 어머니와의 내기에서 내 마음대로 이기고 질 수 있다. 나는 어머니가 눈치를 채지 못하게 적절한 시기에 승패를 조절한다.

"말씀 드렸잖아요. 저녁에는 대학 입시생들을 봐줘야 한다구요. 그리고⋯⋯."

"아직도 운동인지 뭔지 하는 그놈 친구들과 어울리냐. 아이도 보내버렸겠다. 구만 리 같은 네 앞길을 생각해서라도⋯⋯."

내 말이 채 맺어지기도 전에 어머니의 푸념이 뒤따라왔다.


인기척이 먼저였을까, 캔버스 위의 그림자가 먼저였을까. 아니 멀건 시선을 창밖으로 띄워놓고 헛된 상념에 잠겨있는 척 했지만 나는 낡은 철제 계단이 삐거덕거리기를 기다렸다. 곧 윗저고리를 어깨에 걸친 채 한쪽 어깨를 기둥에 기대어 출입문을 막고 있는 민호 씨의 모습이 서서히 캔버스에 채워졌다. 며칠째 마주하고 있는 캔버스는 아직 깨끗한 백지인데 그의 음영이 산란하게 출렁거린다. 열린 창으로 비껴 든 햇빛이 제법 깊숙이 들어와 실내의 어둠을 잠식하고 있다. 사선으로 눕는 햇빛은 캔버스의 끝까지 기어오를 심산인가 보다.

잔등을 타고 올라와 뒷목에 사정없이 꽂히는 그의 따가운 시선을 느끼면서도 꼼짝할 수가 없다. 나는 언제인가처럼 그가 다가와 뒤에서 끌어안는 환상에 사로잡힌다. 그때도 술 냄새가 먼저였다. 그리고 뒤따라 그림자가 너울처럼 덮여왔다.

"네 목을 보면 노천명의 시가 떠올라. 사슴이."

그는 한창 작업에 몰두해 있던 내 허리를 뒤에서 껴안으며 귓속에 뜨겁고 축축한 입김을 불어넣었다. 그러나 오늘은 빨판처럼 달라붙는 시선이 목에서 꼬물거릴 뿐 그의 움직임은 감지되지 않는다. 간헐적으로 들려오는 결이 높은 숨소리가 잠시 끊긴다. 가려던 참이었어요, 라고 말하려는데 그의 목소리가 울린다.

"부탁이 있는데."

평소의 그답지 않은 어조에 나는 비로소 그를 돌아본다. 오늘따라 그의 키가 왜 이리 높아 보이는 것일까. 역광인데도 그의 얼굴은 취기에 벌겋게 달아있다. 범선의 돛처럼 커튼을 부풀리며 바람이 민호 씨의 체취를 실어왔다. 아아, 달착지근한 술의 냄새. 그의 체취는 언제나 술과 섞여있다. 나는 문득 심한 갈증이 일어 입술을 핥는다.

"그림을 그려 줘."

뜻밖이었다. 그가 그림을 부탁하다니. 나는 그가 나에게 얼마나 모멸의 언사를 서슴지 않았던가를 떠올렸다. 무슨 그림을요, 하려다 말고 나는 문득 그가 나를 놀리고 있음을 깨닫는다. 지금 그는 형석 씨의 얘기를 하려고 운을 뗀 것이다. 그는 어디선가 형석 씨의 소식을 들었나보다. 어떻게 알았을까. 그건 형석 씨로 하여금 내 운명을 돌려놓게 만든 첫마디였는데. 나는 숨을 멈추고 지난번 술자리에서 민호 씨에게 무슨 엉뚱한 주사를 늘어놓았는가 곱씹어 본다.

"우유값은 벌어야 하잖아?"

지난번 그가 그런 말을 했을 때 나는 화실 안에 다른 사람이 있는지 둘러보았다. 설마 나에게 퍼붓는 악담은 아니겠지. 지나가는 말이 아니라면 그건 대단한 욕설이다. 전적으로 내 손길이 필요한, 그러나 남에게 양자로 보낸 아이가 있다는 사실을 그는 알고 있을 텐데. 그러나 그 다음은 좀 더 심했다.

"사실화(寫實畵)가 낫지 않겠어? 불가능한 추상화보다는. 포스터도 그렸다면서."

아무리 갑작스런 공격이었다고는 하지만 어금니에 질긴 물질을 끼워 놓고 짓씹듯이 이기죽거리는 그에게 나는 들고 있던 붓을 던지는 몸짓이라도 했어야 했다. 그러나 그날 나는 전혀 예기치 못했던 복병을 만나 기습을 당한 것처럼 꼼짝 못하고 얼어 있다가 도망치듯 화실을 나와 버리고 말았다. 허지만 오늘은 어떤 말을 하든지 그저 한번 노려보고 콧방귀나 뀌어주며 무시해버리자고 각오한 터였다. 그게 진의가 아닐지라도 그의 그런 식 행동을 이해할 만큼 친숙해졌다고 할까. 그날 그에게서 그런 모욕적인 언사를 들었을 때 나는 망설임도 없이 그를 비겁자라고 몰아 세웠다. 지금 그가 던지는 말의 날은 많이 무디어진 편이다. 숨 돌릴 틈도 주지 않고 맹렬하게 공격해오던 그의 폭력적인 말에 얼마나 가슴을 베였던가. 맞아. 그는 내가 그림을 중단하기를 바란다. 모든 아픈 추억으로부터 벗어나기 위해서라도 내가 그림과 멀어지기를 바란다. 손을 씻고 핸드백을 챙길 때까지도 그는 출입문을 막고 있었다.

"가 볼게요."

비켜주지 않는다면 그의 발을 넘어가야 한다. 발을 더 넓게 벌려 문을 막지는 않을까. 실수인척 내게 무너져 오지나 않을까. 나는 지난번 그의 더운 숨결이 떠올라 얼굴이 붉어졌다. 그러나 멈칫거리는 나를 위해 그는 자리를 틔워준다. 나는 목례를 보내고 그의 앞을 천천히 지나쳤다. 어깨에 걸친 그의 옷자락이 볼을 스쳤던가. 아니 바람일까. 순간 밤꽃이 만발한 밤나무 숲에서 길을 잃은 듯 정신이 혼미해졌다. 그의 가슴으로 쓰러질 것 같은 몸을 가까스로 다잡았다.

한낮에도 햇빛 한 점 들지 않는 어둑한 복도를 걸었다. 그가 낡은 건물의 철제계단을 밟는 울림을 통해 내 기분을 그대로 읽어

버릴까봐 애써 스타카토로 끊어지는 걸음을 걸었다. 건물을 빠져
나오자 다리에서 힘이 빠져나가며 무릎이 꺾였다. 하마터면 발을
헛디뎌 경사가 진 길에서 굴러 떨어질 뻔했다. 돌아보지 말자. 절
대로. 나는 이를 악물고 앞만 보고 걸었다.

그래, 내 아이는 팽개쳐버리고 누굴 가르친다고.

피식 웃음이 터져 나왔다. 발뿌리에 걸리는 신문지 조각을 걷어
찼다. 아이는 전자오락이 너무 재미있다고 전화 속에서 웃었다.
엄마가 보고 싶지 않니? 분명 아이는 괜찮아, 라고 말했다. 노래
를 불러봐, 무슨 노래, 아무거나, 아이 싫어…… 아이의 청량한 목
소리, 즐거움이 포만한 맑고 또랑또랑한 목소리가 주는 배신감을
이기지 못하고 나는 일주일을 앓았다.

대문간에 앉아 해바라기를 하던 아이의 모습이 눈에 선하게 잡
혀왔다. 모체에서부터 뒤틀린 신체를 지니고 태어난 아이였다. 아
이는 화투를 가지고 놀거나 그림 하나 없는 전화번호부를 하루 종
일 뒤적였다. 아니면 물을 가지고 놀았다. 컵이건 대야건 웅덩이
에 고인물이건 간에 아이는 자기의 모습이 비치는 물이면 진력내
지 않고 들여다보았다.

아이는 뱃속에서부터 어딘가 그르쳤다. 모체가 받은 고통이 백
분의 일이라도 아이에게 전해졌다면 절대로 온전할 수가 없었겠
지. 의사는 명쾌하게 아이의 병명을 골라주었다. 막연하게 다가오
던 불안이 확실한 실체로 아이의 진료카드에 기록되었다. 절망이

전염되어 태어난 아이의 병명은 자폐증이었다.

깨알 같은 글씨만 벌레처럼 박혀있는 전화번호부를 온종일 들여다보는 아이를 누가 정상이라고 한단 말인가. 아이는 전화번호부 속에 산이 있다고 했다. 새가 노래를 한다고 했다. 엄마가 울고 있다고 했다. 아이는 노래도 곧잘 불렀다.

퐁당퐁당 돌을 던지자. 누나 몰래 돌을 던지자.

"당신의 걸음은 거북이더라구."

뿌옇게 흐려진 시야에 숨을 몰아쉬며 달려오는 민호 씨가 나타났다. 비가 오는 줄도 몰랐는데 그는 앞머리가 하얗게 센 것처럼 작은 주렴 물방울이 조롱조롱 매달려 있었다. 그가 싱긋 웃으며 내 팔을 잡았다.

"오늘같이 비가 오면 술이 고프지 않아?"

그는 아까와는 사뭇 다른 표정이었다. 잡힌 팔에서 그의 체온이 전해졌다. 나는 입술을 꼭꼭 씹으며 그에게 증오의 칼날을 세우던 방금 전과는 달리 내리 깔은 눈을 흘겼다.

농도를 엷게 한 수채화처럼 거리는 젖어있다. 장사를 준비하는 포장마차에서 풍겨오는 시큼한 냄새, 막 불을 지핀 연탄에서 피어오르는 연탄가스가 눅눅하게 발목을 휘어 감는다.

"자아, 우산."

그는 커튼 틈으로 당신의 모습을 좇고 있었어, 출입문으로 당신이 나갈 때까지 숫자를 세고 있었어, 라고 말하지 않았다. 나도 당

신이 나를 붙잡아 주지 않았다면 이대로 영원히 걸어가려 했어요,
라고 말하지 않았다.

그가 살이 꺾인 우산을 내밀었다. 내게 우산을 맡기고 빗속을 휘
청휘청 걷는 그의 긴 다리를 따라 걸었다.

"우산 속으로 들어와요."

갑자기 거세어져서 어깨를 다 적시고 등판으로 흐르는 빗발 속
으로 목소리가 스며들어 못 들은 것 같았다. 그는 뒤통수만을 보
여주며 내가 따라오는지는 아랑곳 하지 않고 서둘러 걸었다. 그의
깔끔한 뒤통수는 처음부터 외로워보였다. 그는 술집들을 흘끔거
리며 걸음을 빨리 했다. 나는 그를 따라잡기 위해 종종걸음 쳤다.
나도 키가 컸더라면 그와 천천히 나란히 걸을 수 있을 텐데. 표면
이 울퉁불퉁 고르지 못한 길을 밑창이 닳은 구두로는 빨리 걷기가
힘들었다. 그가 길옆 술집의 유리문을 밀며 내게 따라 들어오라는
신호를 보냈다. 고개를 젓는 내게 그가 검지를 세우며 딱 한 잔이
라는 시늉을 했다. 그와는 술자리는 딱 한 잔이라는 다짐으로 시
작 되지만 한 번도 한 잔으로 끝나지 않았다. 이차 삼차로 이어진
술자리는 그의 술버릇이라기보다는 의기투합이라는 편이 맞다.

첫날 나는 물주머니처럼 술에 젖어서 횡설수설 내 기분대로 지
껄이며 울었다. 그래도 그가 태워준 택시에 실려 간신히 집으로 왔
다. 두 번째는 그와 내가 똑같이 취해 팔짱을 끼고 거리를 헤매다
가 어느 공원의 벤치에서 짧은 입맞춤을 나누었다.

알고 있어요. 당신이 내게 베푸는 호의가 연민에서 비롯되었음을.

땅거미도 내리지 않은 거리는 아직 술꾼들의 시간이 아니었다. 술집 안에는 아무도 없었다. 그가 머리를 흔들어 물기를 털어내며 벽에 붙은 차림표를 올려다본다. 주인여자가 오이와 당근을 진열장의 도장들처럼 나란히 뉘어 담은 접시와 된장이 담긴 종지를 내려놓았다.

"당신과 나와 우리의 동지가 늘 마시던."

그는 말을 끊고 벽에 붙은 술 광고 사진을 가리킨다. 슬리퍼를 끌며 주방으로 들어간 주인여자가 이내 양은쟁반에 서리방울이 맺혀 있는 소주 한 병과 유리잔을 얹어가지고 왔다.

"오늘은 제발 좀 울지 마."

그가 오이를 깨물며 한쪽 눈을 찡긋한다. 술잔을 마주할 때만 그의 얼굴은 생기로 빛난다. 전작이 있는 그의 얼굴에서는 전에 없던 야취도 풍긴다.

"술 마실 땐 다른 생각은 하지 말기."

그는 갈급한 듯 재빨리 한잔을 따라 마시고는 내 손을 찾아 빈 잔을 쥐어준다. 투명한 액체가 넘칠 듯 손바닥 안에 고인다. 손금으로 나뉜 액체는 차고 맑다. 소주가 물보다 맑다는 사실은 그가 알려줬다. 내 눈물은 소주보다 탁하고 진하다.

"술을 보면 즐거워요."

내 말에 그가 허청웃음을 웃다가 고개를 앞으로 쑥 **빼**내어 귓속에 혀를 밀어 넣을 듯이 속삭인다.

"그건 당신의 눈물이야."

입술에 거스러미가 일어 술이 닿자마자 불을 핥은 듯 뜨거웠다. 첫잔은 날이 선 작은 침처럼 목구멍을 자극한다. 산패한 과일 향 같은 그의 체취와 술 냄새가 오관으로 스며든다.

세 번째 날도 그랬던가. 술이 취하면 우리는 늘 똑같은 얘기를 나누었다. 우리의 동지였던 형석 씨에 대해. 민호 씨는 내게 가망도 없는 기다림을 포기하라고 눈물을 글썽이며 말했다. 아녜요, 난, 그가 돌아오리라고 꿈에도 생각해 본 적이 없어요. 그는 형석 씨의 근황을 알고 있을까. 나는 아이에 대해서도 얘기했다. 그도 나만큼 취했으므로 내가 술에 취해 무슨 넋두리를 풀어놓았는지 잊었을 것이다.

그의 어깨에 기대 잠이 들었는가 싶었는데, 정신을 차렸을 때는 어느 냄새나는 이불 밑이었다. 손수건만한 창으로 먼지 속을 통과하는 햇빛과 세숫물 버리는 소리와 된장국이 끓는 냄새가 새어 들어오던 여관방이었다. 그는 긴 몸을 새우처럼 말고 윗목에서 잠들어 있었고, 나는 무릎에 고개를 파묻은 채 옆으로 쓰러져 있었다. 엷게 스며드는 연탄가스에 머리가 지끈거리고 볼에 말라붙은 눈물자국의 남은 소금기가 볼을 쓸었다. 스타킹이 금이 간 것 외에는 단추하나 끌러지지 않은 내 차림이 의아했다.

상념은 시간을 채찍질하는지 어느새 유리문 밖은 먹빛이었고 문이 열릴 때마다 빗소리가 따라 들어온다. 사람들은 우산에서 흘러내리는 물을 바닥에 뚝뚝 떨어뜨리며 들어선다.

머릿속이 술로 씻기면 서러운 눈물이 고인다. 눈을 크게 떠서 눈물을 삭히려는데 그만 술잔으로 한 방울이 떨어져 버린다. 눈물은 이내 술과 섞여 흔적도 없다. 나는 단숨에 술을 입안에 털어 넣었다. 손바닥에 흘러넘친 술과 눈물도 혀로 핥았다. 알싸했고 찝찔했다. 피곤했고 나른했다. 두 손에 얼굴을 묻고 소리 내어 울고 싶다. 아니 누군가 넓은 가슴에 기대어 울고 싶다. 자꾸 눈물이 돌아 시야가 뿌연하다. 이제 민호 씨 앞에선 그만 울어야 하는데. 형석 씨가 찾아왔던. 폭우가 쏟아지던 그 밤이 흐릿한 망막 위로 가득 다가왔다.

형석 씨는 마치 사냥꾼에 쫓기는 상처 난 짐승처럼 내 자취방으로 찾아왔었다. 그가 굳이 설명하지 않아도 나는 그의 고뇌와 번민을 미루어 짐작하고 있었다. 나는 단지 하룻밤이었지만 그를 숨겨주었다. 돌아나갈 길이 차단된 미로에 갇힌 그는 절망적이었다. 나는 그즈음 찻집이나 음식점의 벽에서 현상수배자로 나붙은 그의 사진을 보았다. 학적부에 붙어있던 사진인 듯 멋지게 보이려고 밝은 미소를 문 그의 얼굴이 살인강도 용의자들의 찌푸린 얼굴과 화투 패처럼 줄맞춰 붙어 있었다. 하늘이 쪼개진 듯 물기둥이 땅을 팠고 그의 불안에 떠는 눈빛이 원하는 것은 쉼터였다.

내가 그를 사랑했던가. 아니면 그가 나를…… 우정만으로 남녀의 결합이 가능한가. 그가 나를 원한다고 생각했다. 내가 먼저 그를 가슴에 안았다. 유혹도 강요도 쾌락도 없었다. 나로서는 피를 흘리는 여린 짐승을 위하여 약을 발라준 정도의 호의, 그리고 그의 갈급한 영혼을 위하여 물 한 모금을 적선한 정도에 지나지 않았다. 비록 우정뿐이었다고 해도 그런 상황에서 섹스 이상의 절실한 위무가 있을까. 나는 눈가에서 귓불로 흐른 눈물의 흔적이 남아있는 그의 잠든 얼굴을, 희뿜한 달빛 속에서 내려다보며 그를 사랑한다고 생각했다. 그가 내 곁을 떠나 다시는 돌아오지 않을 지라도 이 순간만을 정직하게 사랑한다고 되뇌었다.

그는 가위에 눌려 몇 번이나 비명을 지르며 깨어났고 어둠속에서 그를 지키고 있는 내 얼굴을 발견하고는 편안한 잠 속으로 빠져들었다. 그는 갈 것이다. 어디론가. 도피처가 정해지지는 않았을지라도 그는 여기에 남아있지 못한다. 그는 날이 밝으면 떠나야 한다. 나는 그가 어디로 가는지, 돌아올 수 있는지, 알지 못한다. 모르는 편이 낫다.

그와 함께 보낸 하룻밤은 나에게 새로운 슬픔의 시작이 되리라. 나는 그의 출현이 안쓰럽게 느껴져서 울었다. 그의 것이었지만 이제는 나누어야 할 불행의 예감에 몸을 떨었다. 외적인 불행과 나를 완전한 고통으로 몰아넣을 검은 함정이 두려워서 울었다. 날이 새기 전에 그는 떠나갔다. 신새벽의 거리로 스며드는 뒷모습에서 그가 다시는 내 곁으로 돌아오지 않으리라는 것을 확신했다. 비가 개어 하늘은 청명했고 너무도 조용해서 낯선 아침이었다.

주인여자가 쓰러진 빈 술병을 주워가고 새 술병을 내왔다. 술을 따르는 민호 씨가 손을 떨었다. 나는 그의 손에서 술병을 뺏어 내 잔에 따랐다. 내 손도 떨고 있음인지 술은 술잔을 타고 넘었다. 그의 얼굴이 앞으로 숙여졌다. 그의 이마가 머리카락 사이에서 희게 빛났다. 그의 손목에도 내 손목에도 시계는 없었다. 기둥에 걸린 것은 분명 벽시계였지만 눈의 초점을 맞추어 시각을 읽을 수가 없었다. 시계바늘이 세 개인지 네 개인지 헤아려지지 않았다. 시간이 무슨 의미가 있으랴. 밤은 깊었다. 이미 새벽인지도 모르지. 술집 안에는 아무도 없었다.

"여기서 잘 수는 없잖아."

그가 창백한 얼굴로 웃었다. 그가 내 겨드랑이에 팔을 끼웠다.

"형석 씨가 미국을 거쳐 브라질로 밀항한 것까지는 나도 알고 있었어요."

나는 간지러워 끼득끼득 웃었다.

"그 뒷일은……."

그의 팔이 여전히 겨드랑이에서 꼼지락거렸다.

"알면 무얼해요."

거리의 네온사인도 꺼졌다. 교회의 십자가와 지도상에서는 온천을 나타내는 여관의 간판만이 별도 없는 하늘에서 찬연하게 빛났다. 굉음을 지르며 질주하던 택시가 우리 옆에서 급정차를 했다. 그가 손사래를 쳐서 택시를 쫓았다.

"어떤 그림이었더라. 먹으로 그려줬어요 머리에 띠를 두른 젊은 남자가 한손엔 낫을 들고 다른 손은 주먹을 하늘 높이 치켜든 포스터였죠. 형석 씨는 도망치고 난 체포되고, 구치소에서 나왔을 땐 이미 만삭이었죠."

술 취한 연인 한 쌍이 비틀거리며 스쳐갔다. 골목이 꺾이는 모퉁이에서 그들은 서로 끌어안은 채 벽에 기대어 서있다. 가로등 불빛이 두 연인의 몸짓을 실루엣으로 비쳐준다.

"칫. 가로등 주제에 별처럼 반짝이려고 해. 우린 갑시다."

남자의 바지춤으로 파고드는 여자의 손을 바라보던 그가 내 손목을 왁살스레 틀어준다. 자꾸 우리 곁에서 멈추는 택시를 손사래를 쳐서 쫓으며 네온사인을 향해 걷는다. 교회의 십자가를 지나치니까 여관의 온천표지가 나타나고 다시 십자가, 온천, 온천, 온천이 이어진다. 눈 속으로 파고드는 빗물을 훑어 뿌리다가 술집에 우산을 두고 왔다는, 비가 오는데 우산을 잃어버리는 바보도 있구나, 하고 나는 픽 웃는다. 네온사인 불빛 밑으로 지나가던 빗방울이 입속으로 들어온다.

"그래요. 어디든 가요."

그에게 잡힌 손을 빼내어 팔짱을 끼었다.

어디선가 아주 먼 곳에서 아이의 노래 소리가 들려왔다. 나는 입

속으로 아이의 노래를 따라 불렀다.

풍당풍당 돌을 던지자. 누나 몰래 돌을 던지자. 냇물아 퍼져
라……

# 병풍 속의 새

횡단보도 건너편의 신호등에 빨간 불이 들어오는 것을 보고서
야 그는 걸음을 멈추었다. 아니 무작정 앞만 보고 걷고 있었는데,

"아저씨, 빨간 불이에요."

라고 아주 어린 목소리가 그의 행동을 제지했다는 편이 옳다.

하루에도 수없이 횡단보도를 건너는 그의 뇌리에 빨간색의 신
호는 서시오, 피……, 하는 위험의 전조현상으로 충분히 각인되었
으나 그날따라 평소의 그런 훈련된 사고의 조임 나사가 느슨하
게 풀어져 버린 것 같다. 그도 아니면 일정하게 조율되어있던 신

경이 기타의 줄처럼 너무 조여져 탱, 하는 소리와 함께 끊어져 버린 것이다.

그때서야 그는 왼손으로 어떤 무게를 느꼈으며 검은 가방을 들고 있음을 인지했다. 그런 자각은 왼쪽 어깨에서부터 손마디까지 저리게 하는 통증을 일으켰다. 뻐근한 목을 한 바퀴 휘돌렸다. 목뼈가 우두둑 꺾이는 소리를 냈다. 어깻죽지에 달려있는 팔이 무거웠다. 관자놀이가 이상스럽게 뛰었다. 신열이 오르고 피로감이 몰려왔다. 환절기면 그런 전령을 앞세워 들이닥치는 감기의 예감이었다. 그는 자신의 예감에 배반당한 기억이 없다. 그런 예후는 항시 적중했고 오늘의 신호는 더 없이 확실했다.

하나 둘 네온사인의 불빛이 들어왔다. 건물마다 사람들이 꾸역꾸역 밀려 나왔다. 누적된 피곤을 어깨에 걸머진 샐러리맨들이 삼삼오오 떼를 지어 어디론가 몰려갔다. 행인들 사이에 섞여 있는 그는 제삼자였다.

지하도가 거대한 아가리를 벌리고 있었다. 그는 원격조정 당하는 로봇처럼 기계적으로 빨려들어 갔다. 햇빛이 차단된 그곳은 시간의 사각지대였다. 그는 시각을 가늠할 길이 없었다. 천정에도 상가의 벽에도 전등이 불빛을 내뿜었으므로 주위는 한낮의 밖보다 밝았다. 그는 하릴없이 상가의 쇼윈도를 들여다보았다. 벽은 저마다 고유한 시간을 가진 시계들로 도배되어 있었다. 커다란 추를 분주히 움직이는데도 분침이 3에서 4까지 가는 시간은 손목시계와 똑같다는 사실이 새삼스럽게 신기했다. 시각을 알리는 숫자가 적히지 않은 문자판에서도 바늘은 꾸준히 행진한다. 축적된 에너지가 고갈될 때까지 바늘은 돌고 또 돈다. 돈다는 자체가 목적이므로 전력 질주를 한다 해도 결과는 마찬가지이다. 어떤 시계는 거꾸로 돈다. 모든 나사는 시계바늘 방향으로 돌리면 잠긴다고 그는 중학교 교과서에서 읽었다. 그는 그 사실을 진리라고 믿었는데 아닌가보다. 하긴 강물도 때로는 역류한다. 그의 고향에서는 산에서 해가 떠서 바다 속으로 잠겼지만 바다에서 해가 떠서 산으로 지는 곳도 있다.

혼돈되는 시간과 점점 사람의 밀도가 높아지는 거리의 틈바구니에서 방황해야 할 이유는 없었다. 그곳은 만원이었고 닫혀 있는 공간이었다. 빨리 출구를 찾아야 했다. 그것은 명령이었다.

그는 자신이 맡은 배역을 알지 못했다. 막이 내리면 거울 앞에서 화장을 씻어내고 허위의 의상을 벗어던지고 무대에서 내려오면 끝이 나리라. 그는 심술궂고 집요한 관중의 탐색을 막듯이 팔을 올려 얼굴을 가렸다. 그러나 빛은 막을 수가 없다. 눈을 감았지만 어둠과 밝음은 식별된다. 휘황한 조명 불빛이 손가락 사이에서 분산된다. 거미줄처럼 방사선으로 퍼져 나가는 빛의 가지에 그는 포획된 곤충처럼 걸렸다.

"어디로 가야 하나, 나는 어디에서 왔나."

그는 하늘을 우러르며 막연하게 지껄였다. 그 물음이 그에게 창처럼 박혔다. 그는 자신이 보이지 않는 줄에 묶인 꼭두각시이며 누군가에게 조종당하고 있다는 느낌에서 한순간도 자유로웠던 적이 없다. 탈출시도를 비웃으며 그는 시나브로 악력을 가해오는 힘과 사투를 벌인다.

그는 노트 한 귀퉁이건 백지이건 연필을 잡으면 으레 그렇게 적고는 했었다. 목적지를 정하고 버스에 올랐을 때도 그는 항용 그렇게 되뇌고는 했었다. 세상에 태어나기 이전, 어머니의 자궁 속에 자리 잡기 이전의 일을 기억해 낸다면 어떻게 될 것인가. 전생이란 존재하는 것인가. 모든 인간은 전생에서부터 시작된다. 그러나 자신이 경험한 과거도 정확하게 유추해 내는 것이 불가능한데 하물며 전생을 기억하는 사람이 있을까 그렇다면 현실 역시 무의미할지도 모른다. 그는 미래는, 이라고 중얼거린다. 쓸데없는 사유를 거두자. 그래, 삶에 대한 진지한 응시는 어리석은 짓이다. 피부를 스쳐지나가는 시간, 지구의 자전운행도 감지하지 못하는 사람들과의 공존이란 견디기가 어렵다. 그는 시간의 바다에서 익사한 채로 표류하는 자신의 시체를 상상한다.

몇 시나 되었을까. 그는 자신이 수십 개의 시계를 지나쳐 왔지만 문자판과 바늘이 돌아가는 모양만을 감상했을 뿐 정작 시각은 읽지 않았다. 그는 시계를 찾기 위해 사방을 훑어보았다. 모래알맹이라도 끼인 듯 눈꺼풀이 올려지지 않았다. 눈을 몇 번 더 깜빡였다. 초점이 맞지 않는 현미경 렌즈 밑의 피사체처럼 윤곽이 흐려진 사물들이 모였다가 흩어지고 또다시 모였다. 흐린 시야 뒤편에 섬처럼 전화 부스가 떠 있었다. 나란히 서 있는 다섯 개의 유리 상자는 만원이었다.

"먼저 쓰세요. 통화중이라서."

동전지갑을 든 여자가 송수화기를 건네주었다. 그는 건네받은 송수화기를 망연히 바라보았다. 연희의 전화번호가 떠오르지 않았다. 엉겁결에 131을 눌렀다. 자취방을 나서다가 무언가를 잊고 있다는 느낌이 들면 다시 돌아와 눌러보던 녹음된 일기예보가 흘러나오는 전화번호였다. 일기예보를 들으며 그는 서류봉투를 재점검하고 그래도 허전한 손에 우산을 들어야 할지 말아야 할지 한동안 망설이고는 했다. 건조한 남자의 목소리가 오늘의 날씨, 내일, 그리고 모레의 날씨까지 들려주었다. 새롭게 오늘의 날씨가 되풀이 되어 흘러나올 때서야 겨우 연희의 전화번호가 떠올랐다. 수화기를 어깨에 걸쳐놓고 담배를 물었다. 착신음이 떨어지는 소리가 멀리서 공허하게 울려왔다. 태수 씨? 웬일이야. 지금은 바빠. 이따가 가게로 올래? 나, 요즘 나이트에서 노래를 불러. 다음 달이면 음반이 나올 거야. 끊어진 음절들 사이로 그녀를 둘러싼 잡음이 끼어들었다. 잠꼬대 같은 사내의 목소리가 들렸던가. 라디오의 음악이었나. 그는 급하게 수화기를 내려놓았다.

누가 그의 앞을 가로막으며 무언가를 불쑥 내밀었다. 받아보니 '급히 돈 쓰실 분 일숫돈 빌려드립니다'라는 문구와 전화번호가 인쇄되어 있는 종이쪽지였다. 쓰레기통을 찾았지만 눈에 띄지 않았다. 발밑에는 구겨진 종잇조각이 함부로 널려서 행인의 발에 밟히고 있었다. 그도 슬그머니 땅바닥에 종이를 버렸다. 세 걸음도 걷기 전에 누군가가 또 그의 손에 무언가를 쥐어주었다. 지하철 노선이 그려진 그림 밑으로 '예수를 믿고 구원을 얻으시오'라고 쓰인 카드였다. 구원을 얻는다는 말은 무슨 뜻일까. 시(詩)가 자신을 구원했다는 친구도 있었다. 예수는 시인가. 누구나 꼭 얻어야 할 것이라면 내 몫으로 남겨진 구원은 없을 것이다. 내 인생 항로에 구원이라는 기착지는 없다. 내 삶은 그저 상처투성이인 채로 존재한다. 그는 그대로 '구원'을 던져버릴까 하다가 접어서 호주머니에 집어넣었다.

상가가 끝나는 곳은 다시 계단이었는데 계단은 스스로 올라가고 있었다. 그는 난간을 잡고 계단에 올라섰다. 움직이는 계단이 그를 내려놓은 곳은 아까 그가 서 있던 길 건너편이었다. 그는 건물의 그늘로 들어갔다. 가방을 내려놓고 왼손을 펴서 들여다보았다. 땀이 고여 있다. 허벅지에 손을 문질러 닦고 다시 손금을 본다. 손바닥에서 실지렁이가 몇 마리 꿈틀거린다. 그는 그것이 낡을 대로 낡은 바지에서 보풀이 묻어온 줄 알았는데 자세히 보니 마른 때가 밀려 일어난 것이었다. 그는 두 손을 비벼서 지렁이를 털었다. 손은 또 하나의 얼굴처럼 험상궂은 표정을 지었다.

손수건을 꺼내 땀을 닦았다. 조심스럽게 콧잔등과 목 언저리를 눌렀다. 흰 손수건은 금세 때 국물로 얼룩졌다. 손수건을 바지 뒷주머니에 쑤셔 놓고 돌아서다가 난데없는 검은 얼굴과 부딪쳤다. 검은 얼굴은 그를 향해 손짓을 섞어가며 무어라고 의사를 전달했다. 그는 검은 얼굴이 쉴 새 없이 쏘아대는 말의 화살을 받아보려고 귀를 기울였지만 아무 말도 들리지 않았다. 검은 얼굴과 그를 유리가 가로막았다. 그는 검게 착색된 대형 통유리를 끼운 찻집 앞에 서 있었다. 그늘진 밖보다 실내가 밝은 탓으로 검은 얼굴의 사내는 수족관 안의 금붕어처럼 행인들의 관상감이었다. 검은 얼굴이 애타게 뜻을 전하고자 하는 대상도 그가 아니었다. 검은 얼굴은 마주 앉은 여자를 향해 진지한 열변을 토하는 중이었다. 입모양이 꼭 메기 같군. 그는 치올라오는 웃음을 참지 않았다. 검은 얼굴은 앞에 놓인 유리잔을 들어 빙빙 돌리다가 한 모금 마셨고 입술에 묻은 액체를 혀로 핥았다. 목울대가 오르락내리락 경망스레 떨었다. 다시 탁자에 얌전히 놓인 유리잔을 보자 그는 갑자기 갈증이 일었다.

며칠 전 일식집 다다미방에서 사장은 손수 청주를 따라 주었다. 사장은 병풍을 등지고 앉아 있다가 문을 열고 들어오는 그를 보자 대뜸 술부터 권했다.

"왜놈의 술잔은 간사하기가 짝이 없어. 자, 이번엔 우리 대포로 돌리자구."

그는 사장이 따라 주는 청주를 단숨에 들이켰다.

"저어, 딴 사람을……."

취기가 올라 혀가 말을 듣지 않았다.

"뭐, 딴 아가씨? 자네 여자 보는 눈이 여간 아니구만. 이봐 마담."

사장이 박수를 쳐 마담을 불렀다. 옆에 앉았던 여자가 붉은 살코기 한 점을 턱 밑에 대령하고 있다가 냉큼 그의 입 속에 들이밀었다.

"그게 아니라, 전, 못합니다."

그러나 입 안을 채운 살코기와 함께 그 말도 목구멍으로 넘어갔다.

"아이, 저도 한잔 주세요."

여자가 그의 겨드랑이 밑으로 파고 들었다.

"이군, 뭐 하나, 한잔 따라 주라고. 그리고 자네, 피리를 잘 분다면서. 그 날라리 한 곡조 뽑아봐."

병풍 속의 새들이 후루룩 날아갔다. 여자의 치맛자락이 꽃처럼 벌어졌고 여자는 날라리 소리를 내며 웃었다. 꽃은 방바닥에 널려있는 화투짝에도 있었다. 팔공산의 달과 병풍 속의 달과 사장의 대머리가 모두 보름달이었다. 사장의 대머리가 가장 기름지게 빛났다.

"무얼 꾸물거리고 있지?"

그는 놀라 고개를 들었다. 사장의 손은 여자의 치마 속으로 파고 들었다. 사장은 게슴츠레 실눈을 뜨고 손끝에 닿는 감각을 즐기고 있다. 내지르고 싶은 교성을 참는 여자의 얼굴이 어릿광대의 그것 같다. 그는 자기 자신 속에서 울렸던 음향이었는지 의심해 본다. 똑같은 소리가 반복되고 있다. 분홍색의 전등이 흔들리는 것인지 자신의 뇌수가 출렁거리는 것인지 혼란스럽다. 그러나 자신이 사장의 명령을 끝내는 거역하지 못 한다는 것을 알았다.

"아주 완벽해. 제아무리 칼 같은 세무쟁이라도 이쯤이면 찾아내지 못할 거야."

그가 조작한 장부를 훑어본 사장은 아주 만족하게 웃었다. 그도 사장에게 비굴하게 웃어 주었다. 공범으로서의 은밀한 웃음, 그것은 그의 버릇이기도 하다. 자신의 약점이 노출되었을 때, 그러나 그 약점은 자신은 알고 있지만 상대방은 눈치를 채지 못했을 때 그는 은밀하고 비굴하게 웃는다. 그리고 충직한 개가 주인을 올려다보듯 사장의 금테안경 뒤의 눈알을 우러러 본다. 그러나 주인을 올려다보는 개의 눈에도 의혹이 있음을 주인은 안다.

"1박 2일의 휴가요. 어디든 다녀오시오. 당신은 이틀 동안 이 가방을 안전하게 지키기만 하면 되는 것이오."

세무사찰반이 들이닥칠 것이라는 정보를 미리 입수한 사장은 금고 깊숙이 감추어 두었던 장부 한 뭉텅이를 내주며 그의 등을 밀었다.

그는 다시 속히 허허해짐을 느꼈다. 공복임을 자각할 때마다 그는 싸움, 전쟁을 떠올렸다. 뱃속을 채우기 위한 음식물과의 싸움. 그러나 허겁지겁 뱃속에 음식을 우겨 넣고 나면 머릿속은 그만큼 더 비었다. 그리고 포만 뒤에 찾아오는 졸음이 무엇보다도 싫었다. 그는 맑은 정신으로 깨어 있고 싶었다.

그는 찻집으로 들어가는 대신 찻집 건물과 그 옆 건물 사이의 비좁은 통로를 막아 입구를 낸 구멍가게로 들어갔다. 쇼케이스 안의 갖가지 음료수를 보고 또 망설였다. 콜라, 사이다, 환타, 오렌지주스, 파인주스, 포도주스, 살구주스, 무가당, 저가당, 천연과즙 50퍼센트, 100퍼센트 알맹이가 씹히는 주스, 이온음료, 초코우유, 딸기우유…… 누군가가 나서서 그 중의 하나를 집어 내민다면 군소리 없이 받아 마시련만 그 많은 음료 중에서 하나를 선택하는 것도 고역이었다. 냉장고의 유리문을 열고 나란히 들어선 깡통을 손끝으로 두드려 보다가 주인의 짜증스런 표정을 읽고 맨 앞에 서 있는 깡통을 꺼냈다. 우선 깡통의 마개를 따고 목구멍에 내용물을 들이 부었다. 탄산의 쏘는 맛과 우유의 부드러운 맛과 인공 감미료의 들척지근한 단맛이 묘하게 섞인, 우유도 탄산음료도 아닌 액체가 식도를 타고 내려갔다. 입 안의 감미가 남아 개운치가 않았다.

"빨리 가라구."

사장은 곁에 없는데 자꾸만 재촉하는 소리가 들렸다. 그는 그 소리에 떠밀려 횡단보도 쪽으로 걸어갔다. 그를 제지하던 어린 소녀도 이미 그곳에 없었다. 그는 한 발을 보도블록 에 다른 한 발은 신호만 바뀌면 뛰어들 자세로 앞으로 내민 채로 멈추었다. 그와 마찬가지로 다른 행인들도 인도에 걸린 신호들을 주시하는 것이 아니라 교차로 한복판에 매달린 신호등을 노려보고 서 있다가 초록색이 노란색으로 바뀌자마자 차도로 뛰어들어 그를 향해 질주해왔다. 그도 그들을 향해 쳐들어갔다. 교차로 한복판에서 그의 패거리와 반대편에서 질주해오던 무리들이 부딪쳤지만 아무도 그의 가방을 건드리지 않았다. 그는 새삼 왼손에서 무게를 느꼈고 여행가방은 그로 하여금 행선지를 상기시켜 주었다. 여행가방을 든 사람이 가야 할 곳은 역이나 고속버스 대합실이리라.

그는 가끔 자신을 여행자라고 생각했다. 언제부터인지는 알 수 없다. 일상적인 업무를 처리하던 중에도 문득 주위의 사물이 낯설어지며 기차 시간에 쫓기듯 자주 시계를 들여다보며 허둥댔다. 다시는 되돌아오지 않을 것처럼. 여기는 단지 잠시 머물다 가는 여행지일 뿐이며 출발시간이 임박했으므로 서둘러야 한다는 강박감에 그는 책상서랍을 정리하고 열쇠꾸러미를 챙겼다. 가끔은 '비가 왔으면 더 좋겠군'이라고 중얼거리며 먼 산을 바라보았다. 경우에 따라서는 그 착각을 의심의 여지가 없는 현실로 받아들이고 작별의 인사를 챙길 틈도 없이 기차역으로 총총히 달려갔다. 그러나 막상 기차역에 도착하여 소화물 보관함의 열쇠를 찾으려고 주머니를 뒤지다가 적잖이 당황했다.

나는 여기에 무엇을 맡겨 놓았던가. 나는 어디에서 왔으며 어디로 가려 하는가. 그는 대합실의 삐거덕거리는 의자에 앉아 멍하니 상념에 잠겼다.

술이 취해 잠든 날이면 더 그랬다. 어쩌다 막차라도 놓치면 여관방 신세를 진다. 새벽녘 숙취 뒤의 갈증으로 뒤척이다가 담배꽁초가 넘쳐나는 재떨이에서 풍기는 니코틴 냄새를 맡다보면 자신이 아득히 멀리 떨어졌다는 외로움을 느낀다. 싸늘하게 식은 방바닥. 그것은 시골의 간이역사에 놓여 있는 나무벤치를 떠올리게 했고 지독히도 춥고 암울했던 여행이라기보다 가출이었다는 편이 옳을 그의 첫 번째 떠남까지 그의 의식을 끌고 갔다.

그의 유년의 기억은 바다로부터 시작되었다. 바다는 하늘과 함께 그에게는 생명체였다. 하늘과 바다의 빛은 같았고 넓고 광활한 점도 같았다. 명멸하는 별과 반짝이는 모래알도 같았다. 안개가 자욱한 밤이면 바다와 하늘은 한 몸으로 어우러져 울부짖었다. 그는 스멀스멀 발목을 휘감는 안개의 밭으로 홀린 듯이 달려갔다. 하늘에 짓눌린 바다는 거대한 몸을 뒤척이며 무언가를 알렸다. 희미한 달빛 속에서 허옇게 부서지는 파도는 그를 후려치는 채찍이었다. 파도는 퍼런 송곳니로 인광을 뿜으며 끊임없는 생의 의지를 표현했다. 그는 미친 바다와 하늘의 향연이 끝나는 새벽까지 모래톱에 서서 피리를 불었다.

그가 도시를 처음 만난 것은 중학교 3학년 때였다. 그 해 수학여행길에서 그는 잿빛의 거대한 도시와 마주쳤다. 커다란 충격이었다. 그는 비로소 자신의 좁은 울타리를 의식했다. 족쇄처럼 그를 옭아매는 바다를 떠나야 한다고 자각했다.

그는 고여 있는 물처럼 침체되고, 할 일이라고는 어머니를 도와 갯벌에서 조개를 줍거나 척박한 땅을 파는 농사일밖에 없는 무미건조한 시골을 무작정 떠나고 싶었다. 그는 미지의 세계에 대한 무한한 동경심을 가지고 있었지만 그렇다고 그 동경을 스스로 실행할 만한 모험심은 없었다. 그는 세계 지도를 펴 놓고 그 위에 누워 천정을 바라보면서 갈 수 없고 가보지 못한 곳에 대한 꿈을 꾸었다. 그는 몽상가였다.

고등학교 진학이 좌절되고 나자 그가 내릴 수 있는 결단은 상경뿐이었다. 야반도주를 하듯이 밤기차에 몸을 실었다. 어머니는 오래전부터 그의 음모를 눈치 채고 있었음이 분명하였다. 하지만 아들의 앞날에 아무런 빛도 되어 줄 수 없었던 어머니는 그가 떠나던 날 부엌에서 행주치마에 눈물만 찍으셨다.

연희와 동행할 계획은 전혀 없었다.

"같이 안 갈래? 넌 피리 부는 악사가 되고, 난 노래하는 가수가 되고."

가출 계획을 세우던 그에게 연희는 은밀하게 말했다. 그러나 연희의 가출은 그와는 무관했다. 막연하게나마 당장 자기 한 몸뚱이 누일 곳도 없는 현실이 펼쳐진다는 두려움도 있었으려니와 겨우 열일곱 살이었던 그가 또래의 계집애와 줄행랑을 친다는 일은 상상할 수도 없었다. 그는 대합실에서 우연히 연희를 만났고 같은 열차를 타게 되었다. 기차에 타서 자리를 발견하고 앉았을 때까지 그는 연희가 그와 같은 기차를 탄 줄 몰랐다. 나중에 올라와 빈 자리를 찾으려고 두리번거리는 연희에게 자리를 내주고 그가 통로에 섰을 때 밤기차의 차창에 어리던 자신의 얼굴. 그리고 경직되어 있던 연희의 얼굴에서 그는 칡넝쿨처럼 얽히는 공동체의 운명을 읽었다.

연희는 무당의 딸이었다. 동네에 떠도는 소문대로라면 절에 버려진 갓난아이를 무당인 연희의 어머니가 주워 길렀다. 연희는 눈밑이 파스르름하고 살결이 박하분처럼 하얗게 빛났다. 연희는 가수가 되고 싶다고 했다. 시골 마을에 곡마단이 한 차례 휩쓸고 지나간 후면 연희의 곡예가 시작되었다. 연희는 곡마단의 가수가 부르던 노래를 몸짓 하나 틀리지 않고 재현해 냈다. 가끔은 자기 엄마의 입술연지를 바르고 머리에 리본을 달고 춤을 추었다. 원숭이의 재주넘는 모습과 곡예의 사이사이에서 튀어나와 약을 팔던 약장수의 대사까지 흉내 내었다. 그런 재능은 선천적으로 타고 나지 않으면 불가능하리라. 곡마단을 따라 경상도 어딘가까지 도망간 연희를 무당엄마가 붙잡아 온 적도 있었다.

서울은 확실히 그에게는 외지였다. 생면부지의. 그가 아는 사람도 그를 알아 볼 사람도 없는 완벽하게 낯선 도시였다. 모든 것이 그가 상상하던 세계와는 달랐다. 구두닦이, 야바위꾼의 바람잡이,

껌팔이, 암표장사 등, 그는 그 나이 소년이 전전할 수 있는 직업은 두루 섭렵하였다. 그러나 세상은 열심히 일해도 가난할 수밖에 없는 자를 언제나 태만한 자로 취급하였다. 그는 정직했지만 늘 의심의 대상이었고 사소한 소매치기 사건만 발생해도 파출소로부터 호출을 당했다. 젊다는 것은 무한한 가능성이었지만, 그리고 그는 젊다기보다 어렸지만 아무도 그의 가능성을 기대해 주지 않았다. 그가 감수해야 했던 성실과 정직에의 의심 그리고 도무지 희망을 걸어 볼 수 없는 미래는 패배와 절망이었으며 굴욕이었다. 지금 돌이켜 본다면 전과기록이 붙지 않고 야간 상고나마 마칠 수 있었던 것은 행운의 여신의 덕이었다고 단정할 만큼 그는 범죄의 언저리에서 살았다.

그는 징집영장을 받고서야 서울을 떠났다. 도중에 어머니가 계신 고향으로 방학 때마다 내려가긴 했었지만 그때 이미 그곳은 고향이 아니었다. 그는 서울의 골방으로 빨리 돌아가야 한다는 강박증에 허둥대며 겨우 이틀 밤을 자고 돌아왔다. 그러나 텅 빈 자취방으로 돌아와 쥐 오줌으로 얼룩진 천장을 바라보고 누우면 또다시 어디로인가 되돌아가야 한다고 생각하고 허둥지둥 짐을 꾸렸다. 그는 세상 어딘가에 자신만을 위한 안락한 보금자리가 고스란히 남겨져있다고 믿었다.

그는 담배에 불을 붙이며 기차 시간표를 올려다보았다. 둥그런 천장 한가운데 전등이 매달려 있다. 벽과 바닥은 구석구석 빛이 미치지 못하고 어둠의 덩어리들이 뭉쳐 있다. 어둠 뭉치는 마치 무영등처럼 사물의 그림자란 그림자는 모두 빼앗아 갔다. 그는 자신의 그림자를 찾기 위해 한 바퀴 제자리에서 돌았다. 멀미 같은 메스꺼움이 올라왔다.

그의 앞으로는 사람들의 행렬이 길게 띠를 이루고 있다. 대부분의 사람들은 한 손에는 지폐 몇 장을 다른 손에는 여행 가방을 들고 있다. 띠는 그의 앞뿐이 아니었다. 그의 왼쪽도 오른쪽도 그를 포위하듯이 이미 그의 뒤로도 사람들이 거의 비슷한 표정들로 열차 시간표를 올려다보고 있다. 서울의 사람들이 일시에 기차를 타고 떠나 이 거대한 도시를 텅 비게 만들 것처럼 긴장된 얼굴들로서 있다. 기차표를 파는 사람, 매점을 하는 상인, 구두닦이 소년 몇을 남겨둔 채 공룡의 뱃속 같은 도시는 폐허가 되어버릴 것인가.

그는 뒤의 사람에게 밀려 점점 앞으로 나아갔다. 반원으로 뚫린 유리 건너편에서 제복의 사내가 기계적인 손놀림으로 차표를 한 장씩 밀어주고 있다. 이윽고 차례가 왔을 때 그는 앞사람하고 일행인데요, 라고 말했다. 표를 끊고 그에게 자리를 비켜주던 긴 머리의 여자가 이상한 듯 그를 잠깐 돌아보았지만 그는 개의하지 않았다. 제복의 사내가 잠깐 무표정을 풀고 여자와 그를 번갈아보다가, 다 알고 있다는 투로 한쪽 눈을 찡긋하며 차표 한 장을 밀어주었다. 그는 황급히 앞사람을 따라서 개찰구를 빠져나왔다. 그리고 자동적으로 컨베이어 벨트 위에 올라앉은 짐짝처럼 기차에 탔다.

역사의 수은등 아래에서 여자가 웃고 있다. 여자는 부챗살처럼 손가락을 펴서 흔들고 있다. 여자는 배를 잔뜩 내밀고 있다. 아니 배를 내민 것이 아니라 만삭의 몸이었다. 연희, 그는 소리치며 손을 뻗었다. 그러나 손은 견고한 유리벽에 부딪혔고 손끝에 강한 통증이 전해왔다. 의자 등받이 뒤쪽에서 창밖으로 상반신을 내민 사내가 여자를 향해 손나팔을 만들어 소리쳤다.

"여보, 편지할게. 어머님께도…… 아이들이……."

덜커덩거리는 기차 바퀴의 진동이 사내의 목소리를 삼켰다. 연희의 환영이 사라진 자리에서 사내의 아내는 부른 배를 자랑이라도 하려는 듯 허리에 손을 걸치고 배를 한껏 앞으로 밀어내고 있었다.

서울에서 다시 만났던 연희의 변한 모습이 떠올랐다. 뒷골목 선술집에서였다. 등을 맞대고 앉은 술집 작부의 젓가락 장단에 맞춘 노래가 귀에 익다 싶었다. 알코올의 유혹은 사뭇 강렬했지만 주머니 속의 동전으로는 어림도 없었으므로 술잔 바닥에 깔린 마지막 술을 입 안에 머금고 나가려던 참이었다.

"태수 씨 아냐?"

치마 끝자락을 겨드랑이에 끼운 연희가 서 있었다. 컴컴한 골목의 전신주에 기대어 서서 무엇이 즐거운지 연신 싱글벙글 웃고 있었다. 자세히 보니 입 안 가득 무엇을 물고 있었는데 그 모양이 그녀가 웃고 있다고 느끼게 한 것이었다. 그녀가 손에 들고 있는 사과가 베어나간 자국이 그녀 입 안의 것을 알려주었다. 입가에 묻은 즙을 팔소매로 훔치고 다른 팔로 그의 혁대를 낚아챘다.

"한잔 더 해. 난 아까 태수 씨가 들어올 때부터 보고 있었어."

그는 완력에 끌려 그녀의 가슴팍으로 엎어질 뻔했는데, 몸을 지탱하려고 짚은 것이 그녀의 배였다. 그는 손바닥에 닿은 것이 여자의 배라고 느끼기 전에 여자의 뱃속에서 꿈틀하는 물체를 먼저 감지했다. 놀랍게도 그녀는 임신 중이었다. 그녀는 비명을 지르며 얼굴을 감싸 안고 고꾸라졌다. 잠시 후 그녀가 고통스런 눈으로 올려다보았다. 그는 한 여자의 얼굴이 순식간에 그렇게 다른 얼굴로 변할 수 있다는 게 신기했다. 가면을 쓴 듯 아니 가면을 벗은 듯 그녀의 얼굴은 조금 전의 그것이 아니었다. 그녀는 반으로 접어 웅크리고 있던 몸을 서서히 일으켰다. 전의 얼굴은 두 손 안에 남겨 두었다. 그는 그녀의 손 안에 허물처럼 남아 있을 얼굴을 보는 것이 두려웠다.

"미, 미안해."

그는 당황하여 그녀를 부축했다.

"진통이 와."

연희가 얼굴을 일그러뜨리며 그의 바짓가랑이를 잡았다. 그녀를 병원으로 업어 나르고 졸지에 보호자가 되어 지장을 누를 때까지 그는 무엇이 어떻게 돌아가는지 몰랐다. 많은 사람들이 있었고 얼굴은 사람의 수보다 훨씬 많았다. 세상에 얼굴이라는 것이 얼마나 많은지 의식적으로 찾아본 적은 없지만 누구나 적어도 두 개 이상의 얼굴을 가지고 있다. 겉으로 드러난 가면 뒤에는 천사 같은 혹은 악마 같은 얼굴이 숨어있다.

그날 이후로 그는 손수건만한 창으로 저녁나절의 힘없는 햇빛이 들어오는 시늉만 하다가 없어져 버리는 두 평 남짓한 연희의 방에 갇혔다. 찻길보다 일 미터 가량 땅 밑으로 들어간 방바닥은 자동차가 지나갈 때마다 조금씩 금이 갔다. 자동차는 그를 깔아뭉개며 질주했다. 악몽에 시달리는 밤일수록 그리고 불면의 퀭한 눈으로 지새우는 밤일수록 새벽은 더디게 왔다.

닭을 잡아 파는 음식점이 곁에 있어서 그 방은 유난히 파리가 많았다. 그는 하루 종일 파리를 잡았다. 파리채를 휘두른 손목이 시큰거리면 한 여름에도 이불을 뒤집어쓰고 잠을 잤다. 가을이 깊어져서 갑자기 기온이 떨어지면 닭집의 파리들이 모두 방 안으로 이사를 했다. 아랫목은 엉덩이를 붙일 만큼만 온기가 있었다. 그는 갈색으로 변하고 면적이 늘어나 쭈글쭈글해진 비닐장판 위에 움직이지 않고 며칠씩 앉아 있었다. 파리는 몸이 바삭바삭하게 말라서 자기의 날갯짓에도 놀랐다. 날지 못하는 파리라도 그가 예상했던 것보다는 오래 목숨을 유지했다. 가끔 자기가 살아 있음을 확인하듯 웅웅거리며 등을 땅에 대고 돌았다. 어떤 놈은 자살하려는 듯이 벽에 세차게 머리를 부딪치고는 했다.

그는 늘 혼자 있음이 두려웠다. 고독이 무서워서 자살하고 싶었다. 그러나 자살의 유혹을 이기려는 자신과의 격렬한 싸움은 자신의 존재를 확인하려는 지난한 노력이었다. 번번이 좌절되었던 현실을 벗어나려는 피곤한 시도, 비상 의지의 꺾임이었다. 현실은 극복의 대상이 아니라 초월의 대상이었다. 현실에서 도피하지 않으려면 무엇에선가 삶의 이유를 찾아야 했다. 삶의 이유. 그는 그것을 어디서고 찾을 수가 없었다. 그는 살아있음을 확인하려고 코에 손바닥을 가져다 대고 숨이 따뜻한가를 확인했고 바깥세상의 소리들에 귀를 기울였다. 하수도에 물을 버리는 소리, 시멘트 바닥을 긁는 슬리퍼 소리, 자동차의 신경질적인 경적소리, 그리고 메마르고 황폐한, 혹은 우울하고 음산한 바람 소리를 들으며 하루하루의 시간을 죽였다.

어디로 갈까. 그는 소리를 내어 중얼거렸다. 차표의 목적지를 확인하지 못했다. 그러나 표를 다시 꺼내지는 않았다. 아무데나 옆자리의 여자가 내리는 곳에서 내리면 그만이었다. 그는 등받이에 몸을 묻고 눈을 감았다.

"한 잔 하실래요?"

옆자리의 여자가 그에게 종이컵을 내민다. 그의 앞에서 표를 끊던 긴 머리의 여자다. 컵 가장자리에 빨간 입술연지가 묻어있다. 여자의 손톱은 매니큐어가 반쯤 벗겨졌고 차체의 요동이 아니더라도 눈에 띄게 손을 떨었다. 눈자위는 검은 마스카라가 번져 얼룩져 있다.

"고향으로 돌아가는 길이에요."

그녀는 묻지도 않은 말에 대답을 하고 자작으로 술을 따라 홀
짝 들이켰다. 여자는 시들하게 풀린 눈을 차창 밖으로 던지며 한
숨을 쉬었다.

기차가 잠시 멈춘 곳은 시골의 간이역인 모양이었다. 역사 처마
에 달아 놓은 전등불이 마치 고향 바다 한가운데 떠 있는 집어등
처럼 안개 속에서 부유했다.

"놀라워. 당신은 뜨겁고 차가워. 내가 사람을 잘 본 거야. 우리
만큼 정직하게 세금을 내는 업체도 드물어. 이런 순진한 유희쯤은
마음을 쉬게 하는 데 도움이 되지."

사장의 목소리가 귓속에서 응응 울었다. 그는 주위를 두리번거
렸다. 건너편에 앉은 사내와 눈이 마주쳤는데 사내는 얼른 신문으
로 얼굴을 가렸다. 문득 자기를 쫓는 추적자가 있을지 모른다는 우
려에 휩싸였다. 등골이 오싹하며 등허리로 식은땀이 흘렀다. 사내
는 그가 역에 들어올 때도 그의 곁을 맴돌았다. 그는 바닥에 떨어
진 물건을 줍는 시늉을 하며 사내를 살폈다. 사내는 태연하게 신
문에 시선을 박았다. 기차는 다시 출발했고 검은 가방은 시렁 위
에서 흔들리고 있다. 가방을 시렁에 올려놓았다는 사실이 심히 마
음에 걸렸지만 이제 어쩔 도리가 없다.

"아까부터 정신을 놓고 계신 것 같네요."

미리 외워 놓은 대사처럼 여자는 빠르게 말하고는 낮게 웃었다.

그녀의 웃음은 의외로 갓난아이처럼 천진했다. 그는 남은 술을 입 안에 털었다. 무언가 그럴듯한 변명을 해야 한다고 생각하면서도 마땅한 말이 떠올라 주지 않아서 그는 어색하게 입술 끝을 옆으로 당기며 목울대에 감겨 있는 넥타이를 느슨하게 풀었다.

"선생님은 도망자 같아요."

여자가 바람 새는 소리로 말했다. 장난기가 섞여 있었다. 그는 멍청하게 하품을 하면서 여자의 얼굴을 들여다보았다. 여자의 얼굴에는 짙은 절망이 배어 있었다. 신산하게 살아온. 그러나 거기서 더 나아져야겠다는 희망을 버린 체념의 빛이 서려 있었다.

"아닙니다. 그냥, 여행…… 휴가를 받았어요. 저는 초행입니다 만…… 거기가 고향이신…… 가요?"

여자가 시선을 내리 깐다. 여자의 구두는 코가 벗겨지고 흙이 묻어 더럽다. 여자의 구두와 나란히 있는 그의 구두도 더럽다. 그는 정말로 여자와 일행 같았다. 여자가 내릴 곳은 모르지만 어디까지든 어깨를 맞대고 가야 할 것이므로, 그는 여자와 일행이라고 단정했다.

"그런 셈이에요. 버스로 갈아타고 한참 더 들어가야 해요."

담배에 불을 붙이는 일이 쉽지가 않다. 성냥 개피 세 개를 버렸을 때 여자가 라이터를 내밀었다. 담배 끝의 희미한 빨간 불빛은 불안하고 고단한 그에게 작은 위안처럼 따뜻했다. 몇 시나 되었을까. 이미 밤은 깊었으리라.

지방 공연을 이유로 일주일을 외박하고 들어온 날 연희는 가방을 쌌다.

　"날더러 허스키한 보이스가 칼러풀하대요. 바이브레이션 처리만 잘하면 대성하겠대요. 그분이 날 도와주겠다고 했어요."

　경대 거울 건너편에서 속눈썹을 붙이던 연희가 뒷손질로 사진 한 뭉텅이를 그에게 밀어 주었다. 가부키 배우처럼 기괴하게 흰 얼굴의 여자가 검은 핫도그를 먹어치우기 위해 덤벼들고 있는 사진이었다. 여자는 무대화장을 하고 현란한 조명 밑에서 검은 마이크를 들고 열창을 하고 있는 연희였다.

　찢긴 비닐벽지 틈에 끼어 있는, 잦은 염색으로 끝이 상한 붉은 머리카락을 바퀴벌레가 넘어갔다. 전세 보증금을 그녀가, 아니 연희가 '그분'이라고 부르는 공단으로 만든 블라우스를 입은 사내가 빼갔으므로 그는 당장 갈 곳이 없었다. 그녀의 옷이 걸려 있던 자리만이 희미하게 벽지의 무늬가 남아있다. 그는 벽에 발을 젖버듬히 기대고 누워 이제는 어디로 갈 것인가를 고민했다. 짐이라야 낡은 옷가지와 책 보따리, 그리고 피리뿐이었지만.

　그는 어려서 삼촌에게 피리 만드는 법을 배웠다. 곧고 마디 사이가 긴 대나무를 고르기 위해 대숲을 헤치고 다녔다. 죽순 때부터 곧추 자라는 놈을 점찍어 두었다가 알맞은 굵기로 자랄 때까지 기다린다. 적당한 놈이 발견되면 베어서 그늘에서 말린다. 작업은 주로 밤에 한다. 숯불을 피우고 송곳을 빨갛게 달구어 여덟 개의 구멍을 뚫는다. 피리의 소리는 구멍을 뚫는 작업에 얼마나 정성을 기울이느냐에 달려있다. 송곳으로 뚫은 구멍을 손칼로 키우는 것인데 구멍의 크기와 간격은 소리의 높낮이를 좌우한다. 불에 데고 손칼에 베어서 피를 흘리며 만들고 부수고 또 만드는 작업을 계속했지만 한 번도 흡족한 피리가 만들어진 적은 없었다. 눈으로 보기에는 다 똑같은 피리였지만 귀에서는 받아들이지 않았다. 기분 나쁘도록 미세한 음의 차이가 그를 안타깝게 만들었다. 피리를 물에 담갔다가 불면 희한하게도 구곡간장을 녹일 듯 애달픈 소리가 탄생했다. 그러나 물에 불은 피리는 손때가 오르기도 전에 금이 갔다.

마을 앞으로는 광활한 바다가 펼쳐져 있고 뒤로는 대나무가 빼곡히 들어찬 숲이 마을을 감싸고 있었다. 대숲을 지나면 아담한 구루뫼 동산이 조개껍데기 마냥 엎드려 있다. 그 뒤로는 나무들이 울창하게 우거진 봉명산이다.

그는 학교에서 돌아오면 산으로 올라갔다. 잔디밭에 엎디어서 바다를 바라보고 팔베개를 하고 유구하게 푸른 하늘을 우러러 보았다. 피부를 부드럽게 찔러오는 봄의 햇살은 간지러웠고 바늘 끝처럼 뾰족한 여름의 햇살은 아프고 따가웠다. 울울한 나무 사이로 내비치는 하늘이 좋았고 금빛으로 반짝이는 바다는 더욱 좋았다. 대숲을 돌아 나온 바람이 머리카락을 스쳐 지나가면 그는 괜히 마음이 쓸쓸해졌다. 머릿속에 갖가지 물음들이 꼬리를 물고 떠올랐다가 스러졌다. 노을이 지고 땅거미가 사방에서 포위하듯 조여 오

184

는 어둠은 불안의 다른 이름이었다.

봉명산에는 절이 있다. 그 절을 지나 더 깊은 산으로 들어가면 암자가 있는데 그곳에는 동네 사람들이 땡초라고 부르는 거지중이 살았다. 연희는 곧잘 그 땡초에게 심부름을 갔다. 예로부터 명당자리로 소문이 난 동남향의 구루뫼 동산에는 상석과 비석으로 위엄을 갖추고 봉분도 우람하게 올린 묘도 있었지만 흙무더기인지 무덤인지 구별이 안 되게 퇴락한 무덤이 더 많았다. 그는 연희와 흙무더기 근처에서 칡뿌리를 캐어먹곤 했다.

보름달이 떠올라 비수 같은 대나무 잎이 달을 벨 듯이 그림자가 지는 밤이면 그는 피리를 불었다. 피리가락이 대숲을 휘도는 바람소리와 어우러질 즈음이면 댓잎을 지르밟는 연희의 조심스런 발소리가 다가왔다.

"어젯밤에 너네 엄마가 여기 비석 밑에서 땡초랑 나란히 앉아 있는 걸 봤어."

그는 봉분의 뗏장을 깔고 앉아 연희의 손을 더듬었다.

"먹어봐. 묘똥 근처에서 캐낸 칡이 더 맛있어."

손등으로 흘러내리는 칡즙을 핥으며 연희가 무심한 척했다. 그녀의 새빨간 혀가 눈앞에서 아른아른했다.

문득 연희의 아이가 생각났다. 연희는 미혼모들을 수용하여 출산과 양육을 책임지는 자선단체에 있다가 제 발로 걸어 나왔는데 결국은 자신이 쓴 각서의 내용대로 아이를 포기했다. 아이는 미혼모의 아이만을 임시로 맡아 기르는 집에 맡겨져 있다가 유럽 쪽으로 입양되어 갔다는 소문을 들었다. 젖을 빨 아이는 없는데 그녀의 유방에는 젖이 가득 고였다.

"젖을 짜서 수챗구멍에 버리면 다시는 젖이 안 나온대. 굴뚝에 버려야 한다던데……."

그녀는 노랗게 기름이 엉긴 젖을 굴뚝에 버리기 위해 대야에 모아 놓았다가 결국은 수챗구멍에 버렸다. 그러나 연희는 새로운 아이를 가질 수 없었다.

갑자기 바람이 그의 얼굴을 할퀴었고 금속성 음향이 귀청을 뚫었다. 그는 눈을 뜨고 벌떡 일어섰다. 앞자리의 여자가 시렁에서 짐을 내리려 했다.

"여기가 어딥니까?"

"다 왔잖아요."

그녀의 눈이 취기로 번들거렸다. 의자 밑에서 술병들이 굴러다녔다. 헝클어진 머리를 손가락으로 빗어 올리며 그녀가 출구 쪽으로 걸어갔다. 그는 황망히 그녀의 뒤를 따랐다. 내리는 사람은 그녀와 그, 단 둘이었다. 역 광장에 깔려 있는 어둠의 입자 사이에는 안개의 결정이 촘촘히 박혀 있다. 역사를 빠져나간 그녀는 걸음을 멈추고 뒤를 돌아보았다. 그녀의 하반신이 안개 속에 묻혀 있다. 마치 거무칙칙한 늪을 헤엄쳐 나가는 것처럼 그녀의 뒷모습이 서서히 시야에서 사라지려 했다.

"집으로 가십니까?"

여자는 천천히 고개를 젓더니 다소 과장된 몸짓으로 몸을 반으로 꺾어 작별 인사를 했다. 그녀가 총총 걸음으로 빈 광장을 가로질러 갔다. 가로등인지 새벽별인지 안개 저편에서 불빛 하나가 지친 듯이 졸고 있었다.

"날이 밝으려면 멀었어요. 버스가 오기까지라도…… 차라도 한잔하면서…… 아니면 요기라도……."

갑자기 다급해진 그는 앞뒤가릴 겨를도 없이 그녀의 뒤통수에 대고 우물쭈물 부연했다. 그녀가 걸음을 늦추더니 드디어 멈추었다. 그리고는 고개를 돌려 그를 똑바로 올려다보았다. 그녀는 펄럭거리는 코트자락을 잡아 단추를 채우고 목을 움츠려 깃 속에 묻었다. 발 옆에 내려놓았던 비닐가방을 들고 여자가 앞장섰다. 으스스한 한기가 들었다.

"벌써 겨울인가 봐요."

그녀가 움츠렸던 목을 빼어내며 한숨처럼 중얼거렸다. 뜻밖으로 그녀의 목은 길었고 어둠 속에서도 하얗게 빛났다.

선창이었다. 바다는 붉은 기운을 품고 있었다. 바닷물에 잠긴 햇덩이가 물에 녹는 듯이 수평선이 자글자글 끓어올랐다. 붉은 색이 점차 강해지며 빠른 속도로 바다를 물들였다. 비릿한 바람이 포구의 끝에서부터 어둠을 걷어왔다. 그가 버리고 온 바다가 거기 있었다.

그는 순간 검은 가방을 상기했다. 손이 홀가분했다. 그는 아무 것도 들고 있지 않았다. 가방은 기차의 시렁 위에서 흔들리고 있을 터였다. 호주머니를 뒤져 보았다. 피리도 없다. 어디에 빠뜨렸는지 기억나지 않는다. 건너편에 앉아서 신문을 읽고 있던 사내가 생각났다.

"겨울이 와도 돌아갈 둥지가 없는 사람은 어떻게 하죠?"

그녀가 단조의 노래처럼 우울하게 말했다. 여자는 몽유병자 같은 시선으로 해를 응시했다.

해변을 물들이며 부챗살처럼 퍼져오는 붉은 햇살을 맞으며 서 있는 그는 마치 외과 수술을 받으려고 마취에 젖어 수술대 위에 누워 있는 기분이었다. 아마 칼을 잡은 손은 숙련되고 정확할 것이다. 기존의 고통을 잊기 위하여 한순간 아주 짧은 수술의 고통을 참아낸다면 두 가지 고통을 모두 떨칠 수 있다. 피리도 가방도 암울한 과거 속으로 떨어져 나가리라. 잔가지를 치고 뻗어나가던 상념이 서서히 하나의 덩어리로 집약되었다.

"고향도 가족도 반길 친구도 없는 사람은 말예요."

적막한 바닥에 젖은 목소리가 떨어졌다. 그녀는 깊은 상처에서 배어나오는 지혈이 안 되는 피처럼 무슨 말인가를 끊임없이 중얼거리고 있었다.

# 암탉이 울면

　어머니의 부음을 전하는 오빠의 전화를 받았을 때 나는 텔레비전 앞에서 까무룩 초저녁잠에 빠져드는 중이었다. 주인공이 자살하는 장면이었는데 커브가 심한 산길에서 바다로 추락하는 자동차를 보며 저런 장면을 촬영하다가 노굿 사인이 나면 자동차를 끌어올려 새로이 촬영을 하는 걸까 대충 넘어가는 걸까 아니면 실물을 축소한 자동차 모형으로 시청자를 속이는 것일까, 하는 상상을 하며 선잠 속을 헤매고 있었다. 아이들이 어지르고 간 공부방도 치워야 하겠고, 딸아이가 저녁을 챙겨먹은 그릇의 설거지도 해야 하는데, 하는 잔걱정들을 하면서도 물먹은 솜처럼 늘어지는 몸을 추스르지 못하고 소파에 누워있었다.

삼류대학은커녕 전문대 합격의 희망도 보이지 않는 고3 아이들을 붙잡고 씨름하기란 쉬운 일이 아니었다. 철저한 소모전이었다. 작년에는 내가 잘 지도했다기보다는 제 발로 우수한 아이들이 찾아와 주었다. 두 팀 여덟 명 중에서 여섯 명이 전기 대학에, 한명이 후기에 붙어주었던 까닭으로 나는 졸지에 능력이 있는 선생이라는 인정을 받아 돈 보따리를 들고 몰려온 학부형들에게 잡혔다.

하지만 지금 맡고 있는 아이들에게는 거의 희망이 없다. 술과 담배와 여자를 알아버린 열여덟 살의 사내들이라는 표현이 옳으리라. 내 집에서 과외공부를 끝낸 아이들이 가는 곳은 독서실이다. 아이들 집에서 딸려 보낸 자가용 운전기사의 임무는 아이들을 독서실 문 앞에 내려주는 것으로 끝이 난다. 기사가 돌아가기가 무섭게 아이들은 책가방은 독서실에 팽개쳐두고 밤거리로 뛰쳐나간다. 아이들이 무슨 짓을 하고 다니는지 부모들도 짐작은 한다. 아이들은 예습도 복습도 안 해오고 수업 중에도 온통 잡념에 빠져있거나 졸고 있기 일쑤이다. 하지만 나는 그런 아이들을 지도하는 일에 이력도 요령도 붙었다. 최선을 다 하는 노력은 무의미하지만 생계를 위하여 수업을 이끌어가고 있다.

"어머니께서 돌아가셨단다. 내려오너라."

오빠는 평소와 별반 다름이 없는 억양으로 담담하게 말했다.

"이번엔 정말이죠?"

덜 달아난 졸음기가 목덜미를 묵직하게 눌렀다.

"그래, 한 시간 전이다."

"임종은 오빠가 지키셨수?"

달포 전에 위독하시다는 연락을 받고 동생네랑 야단법석을 떨며 시골엘 내려갔을 때 서울에서 출발한 우리보다 더 늦게 나타났던 오빠였기에 한번 빈정대본 말이다. 헐레벌떡 들어서던 오빠의 옷차림이라니. 나중에야 알았지만 오빠는 골프를 치다가 불려오는 길이었단다.

"그럼 장손인 내가 안 지키면……."

지난번 전화와는 사뭇 다른 당당한 어조였다.

그때가 어머니의 임종에 대비한 세 번째 예행연습이었고 아주 숨이 넘어가는가 싶었는데 기적적으로 다음날 소생하셨다.

"알았어요. 현주랑 곧 갈게요."

말이 끝나기도 전에 전화선이 끊기는 소리를 들으며 나는 이제 겨우 가셨군, 이라고 중얼거렸다.

"할머니가 돌아가셨대?"

별로 놀람이 없는 목소리가 먼저 방문 틈으로 새어나왔다. 부스럭부스럭 책상을 정리하는 소리가 텔레비전의 영화가 끝날 때까지 이어지고, 그러고도 한참이나 지나서야 현주가 제 방에서 나왔다.

"나, 뭐 입고 가야 하는 거야. 옷이 없잖아."

외가의 어른들과 친교는 거의 없었다고 해도 현주의 옷 타령은 좀 지나치다.

"할머니가 돌아가셨다는데, 옷 걱정부터 하니?"

힐난을 하면서도 현주의 그러한 태도는 내 가정교육 때문이라고 생각한다. 은연중에 내비치는 외가에 대한 나의 원망이 현주에게까지 전염된 탓이리라.

어머니의 죽음은 반년 전부터 예고되어 있었다. 수의며 장의사며 장지는 이미 준비가 완료되었고 돌아가시고 일 년 후에 올리기로 계획한 상석과 비석까지 석수장이에게 다 맞춰놓았다.

물론 연로하신데서 온 병이기는 하지만 어머니의 병명은 위암이었다. 마지막 생명의 초읽기에 들어간 지도 오래되었다. 육 개월 전 그저 소화불량은 아닌 듯싶다고 서울의 종합병원에서 정밀 진단을 받았을 때 전문의는 시한부 생명임을 선고했다. 그래도 수술은 받아야 하지 않겠느냐는 가족들에게 마취과 전문의는 수술을 거부했다. 연세가 높아서 수술 후 마취에서 깨어날 체력이 남아있지 않다는 전문의의 판단이 거부의 이유였다. 진통제만이 처방의 전부였다. 복수가 찬다는 보고를 받은 전문의는 많이 잡아야 삼 개월이라고, 현대의학으로는 더 이상 어떻게 해볼 처치법이 없다고, 고개를 저었다. 그 삼 개월에서 이 개월을 겨우 채웠다.

나는 제대로 작동되지 않는 리모컨을 탁자 위에 던져놓고 일어나서 텔레비전의 스위치를 눌러 껐다.

"그래, 한 시간 전에. 여러 군데 연락할 곳이 많으신가봐. 바빠 끊으셨어. 외삼촌이."

"딸은 자식도 아니라면서. 난, 뭐 손주 취급도 안하는데. 저번에 내려갔을 때 할머니는 나를 혜경인 줄 아셨단 말이야. 기말시험도 며칠 안 남았는데 외손녀도 가야하나?"

외손녀의 '외'자를 힘주어 발음하는 딸아이는 기말시험과 할머니의 죽음을 저울에 달아보고 있다.

"너 공부 잘한다고 얼마나 예뻐하시는데. 할머니가 의식이 흐려져서 널 못 알아보신 거라고 몇 번이나 설명해야 알아듣겠니."

"공부 잘 한다고 예뻐하셨나? 미워하셨지."

공부 잘해서 기대를 걸었던 딸인 내가 지지리도 못난 모습으로 살아가게 되자 어머니의 한은 공부 잘하는 현주에게까지 옮겨 붙었다.

"아빠한테는……."

머리다발을 틀어 올리며 현주는 애매한 웃음을 지었다. 딸아이가 억지웃음을 지을 때는 꼭 제 아빠를 닮았다.

"니가 연락하고 싶으면……."

연락을 해야 하나. 딸과는 남남이 된 사위도 장모의 장례식에 참석을 해야 하나. 현주아빠와의 연락이 끊긴지가 오 년째인가 육 년째인가.

"난 엄마를 보고 있으면 정말로 여자가 공부를 열심히 한다는 게 부질없다는 생각이 들어."

엉뚱한 방향으로 말끝을 낚아채는 딸아이에게 나는 더 이상 대답할 말이 없다. 샐쭉하게 올려 뜬 눈으로 나를 훑어보던 딸아이가 제 방문을 닫는다.

어렸을 적부터 나는 신동소리를 들으며 자랐다. 두 살 위의 오빠가 할아버지 앞에서 한문을 배울 때 토방에서 흙장난만 하던 나는 장지문 틈으로 날아오는 할아버지의 목소리만 듣고 천자문을 익혀버렸다고 한다. 또 오빠의 책상 앞에 붙여놓은 구구단표를 몇 번 훑어보았더니 다 외워졌다면서 종아리를 맞아가며 구구단을 암기하던 오빠에게 훈수를 하더라는 것이다. 그 외에도 내가 보여준 영특함은 그것이 우물 안 개구리격의 신동탄생일지라도 어머니로 하여금 내게 공부를 시켜야겠다는 결심을 안겨준 계기가 되었다.

어머니의 기대대로 나는 똑똑한 아이라는 소리를 귀가 아플 만큼 들어가며 성적표를 '수수수'로 메우고 초등학교를 마쳤다. 그리고 손에 꼽히는 등수 안으로 그 소도시의 여학교엘 들어갔다. 그런 나를 두고 주위에선 대견해하면서도 계집애로 태어난 게 아깝다고 혀를 찼다.

어머니는 시골구석에서 썩고 있는 딸이 가엾게 느껴졌고, 대처로 보낸다면 더 많은 가능성이 있으리라고 점쳤다. 그래서 그 뒷받침의 하나로 나에게 과외수업을 받게 했다. 자신이 지도한 학생이 고교시험에서 낙방을 하면 무슨 수를 써서든지, 일테면 개구멍받이 보결로라도 넣어준다는 책임과외였으므로 그 과외선생의 수하에 드는 것도 하늘의 별 따기였다. 과외선생님은 예비시험을 치러서 일류고교에 합격할 만한 실력이 있는 학생 몇 명만을 추렸는데 내가 그 정예부대에 뽑히자 어머니는 당상을 떼어놓았다고 기뻐하셨다. 선발된 정예부대원은 네 명이었고 모두 그 지방에서는 힘깨나 행사한다는 유지의 자식들이었다.

어머니가 가게가 휘청거릴 정도로 힘에 부치는 과외 수업료를 지불해가며 나의 대처 행에 대해 적극 지원하신 이유는, 짐작하건데 지금도 일류로 꼽히는 대학을 졸업하신 어머니가 당신의 꺾인 꿈을 딸인 나를 통해 실현해 보고자 함이었다.

그 시절 나는 인생의 가치관이나 미래에 대한 설계가 정립되어 있지는 않았으리라. 어머니의 부추김에서 연유했겠지만 나는 서울로 아니 서울보다 더 넓고 앞선 문명이 있는 도회로 가고 싶었다.

내가 시골의 여중에 다닐 때 서울에서 전학 온 애가 두 명이 있었는데 그 애들이 전하는 바로는 서울은 별천지였다. 그 애들은 말끝마다 이런 촌구석에, 혹은 시골 애들은 아무래도 안 돼, 라며 거침없는 조롱을 날렸다. 그 조롱에 이의를 제기하는 애는 없었다. 나는 더 더욱 시골구석이 싫어졌다.

며칠 전인가 딸아이가 학교에서 무슨 설문지를 받아왔다. 취미란에 무엇이라 적을까 고심하던 딸아이가 고개를 갸우뚱하면서 나를 올려다보았다.

"엄마, 취미를 공부라고 적으면 안 되는 거야?"

생각해보니 딸아이의 취미는 공부, 그 이외에는 없다.

언젠가 딸아이와 함께 시골에 가던 길이었다. 연휴였으므로 고속도로는 점점 저속도로가 되다가 아예 주차장이 되어버렸다. 무료해서 손톱을 물어뜯고 있던 딸아이가 말했다.

"이럴 줄 알았으면 수학문제집을 가져올 것을 그랬어. 차가 움직일 때 책을 보면 골치가 아프지만 이렇게 심심할 때는 계산 문제를 풀어야 머릿속이 맑아지거든."

희한하게도 딸아이는 영어단어 암기가 재미 있고 수학문제 풀기는 더 재미있고 역사의 연대표 암송은 신이 난다고 했다. 대신에 그림도 못 그렸고 노래도 못 불렀고 줄넘기도 못했다.

내가 딸아이만 했을 때도 그랬다. 나는 음치에다가 목청도 탁했다. 키도 작고 몸집도 왜소했으므로 모든 운동에 부진했다. 미술 시간은 두통의 연속이었다. 나는 예능이란 재능이 없으면 가망도 없음을 일찍이 깨달았다.

음악이나 미술의 이론은 만점을 받을 자신이 있었지만 노래는 아무리 연습을 해봐야 중간에도 못 미쳤고 그림이나 운동도 마찬가지였다. 아무런 연습이 없어도 시야에 들어오는 사물을 근사하게 그려내는 능력이 있는 아이와 어떻게 그림 그리기 시합을 할 것이며, 타고난 길고 튼튼한 다리로 나보다 두 배나 빨리 달리는 아이와 어떻게 달리기 경쟁을 한단 말인가. 하지만 공부는 달랐다.

196

내가 노력한 만큼 아니 그 이상의 성과가 내게 돌아와 주었다. 친구와 똑같이 두 시간을 책상 앞에 앉아있었다면, 내 성적이 언제나 우월했다. 그게 내 재능이었고 취미였다. 나는 취미로 즐거이 공부했고 어머니는 그런 딸의 뒤를 기꺼이 밀고자 하셨다.

어쨌거나 나는 할머니의 막강한 반대를 무릅쓰고 과외를 시작했다. 학교가 파하면 과외선생님의 집으로 갔다. 우리의 정예부대는 남학생이 셋, 여학생이 나 하나였다.

진우는 그 중의 하나였다.

지난저녁의 시험문제를 복습하고 나면 저녁상이 들어왔고 숭늉으로 입을 헹굴 짬도 없이 암기과목에 들볶였다. 한창 사춘기의 고비에 와있었지만 나는 거울을 볼 시간도 머리를 빗을 겨를도 없었다.

하지만 그런 쉴 사이 없이 몰리는 상황에서도 이성에게로 향한 눈은 뜨게 되나보다. 나는 선생님 몰래, 다른 남자애들 몰래 진우와 눈을 맞추게 되었다. 두 평 남짓한 방에 둥그런 책상을 펴놓고 선생님과 네 명의 학생이 둘러앉았으니 당연히 옆 사람의 무릎이 닿았다. 오른쪽이 선생님의 무릎이었고 왼쪽이 진우였다. 처음엔 무릎이 닿을세라 한껏 몸을 오그렸는데 공부에 열중하게 되면 나도 모르게 긴장이 풀렸다. 그러다가 어느 틈에 붙어있는 진우의 허벅지를 의식하고는 기겁을 하여 옮겨 앉고는 했다. 하지만 차츰 만성이 되었다고나 할까. 아니 나는 그 감촉을 즐기게 되었다. 진우도 나와 다르지 않았다. 그 애도 나처럼 어쩔 줄 몰라 얼굴이 빨개져서 온 신경을 다리에 모으고 움츠리더니 점차로 아무렇지도 않게 된 것 같았다.

따분한 역사시간에는 장난의 도가 심해졌다. 선생님이 고려왕조의 연대표를 외우라는 명령을 내리고 잠깐 자리를 비웠다. 아이들이란 선생님의 눈앞에서 사라지기만 하면 떠들기 마련이다. 그 순간이 거의 찰나라고해도 압박과 설움에서 해방된 듯 마구 낄낄거려야 한다.

"나 저번 일요일에 영화 봤어."

선생님이 꼬리가 달렸다면 미처 다 빠져나가지도 않았을, 문이 탁 닫히는 소리와 함께 상제가 우리의 머리통을 한곳으로 모았다.

"너, 난 학생입장 절대불가라고 딱지 맞았는데. 야, 재주 좋다."

"얌마, 너야 초등학생 같지만 난 군인아저씨인 줄 알거든. 이것봐라, 코밑에 수염도 안 보이냐?"

상제가 인중에 거뭇거뭇 돋아난 털을 들이대며 뽐냈다. 사실 상제는 키도 크고 덩치도 우람한데 비해 성태는 키도 작고 마른 몸집이라 둘은 연배가 같아 보이지 않았다.

다른 때 같으면 이쯤에서 진우가 한마디 가세한다. 헌데 조용했다. 그 애는 아주 모범생처럼 지그시 눈을 감고 입으로는 연대표를 되뇌고 있었다. 별스런 일이었다. 진우는 선생님의 매를 무서워하는 아이는 아니었다. 손바닥을 한 대 더 맞는 한이 있어도 그

198

런 잡담에서 빠지지 않았다.

"우와, 진우 염불하는 것 봐라."

성태가 진우의 평소와 다른 태도를 꼬투리 잡았다. 그러나 진우
는 공동의 대화에 휩쓸리지 않았다.

"근데 되게 멋져. 그 프랑스 남녀 배우가 오토바이를 타고……."

상제가 동작까지를 곁들여 막 언성을 높이려는 순간 갑자기 얼
어붙은 듯 시선이 한곳에서 멈추었다. 미간을 접은 선생님의 얼굴
과 손에 들려진 회초리. 일순 찾아온 정적. 우리는 진우와 똑같은
모양새로 몸을 앞뒤로 흔들어가며 암기를 하는 척했다.

나는 그때까지 왜 진우의 손이 내 무릎 위로 건너와 있음을 감
지하지 못했을까. 두툼한 겨울바지와 껴입은 내복 때문이었을까.
그 애는 암기를 하는 척하면서 손은 책상 밑의 내 무릎 위에서 꼼
지락거리고 있었다. 진우가 왼손잡이인 줄은 그때 알았다. 그 애
는 필기도중에도 왼손으로는 열심히 필기를 하면서 오른 손으로
는 내 허벅지를 더듬었다. 옆 눈으로 흘겨본 그 애의 얼굴은 천연
덕스럽게 무표정했다. 얘 좀 보래요, 라고 외쳐서 망신을 주고 싶
었지만, 목소리는 입 밖으로 나갈 뜻이 없었다.

급기야는 진우의 땀으로 젖은 손바닥의 감촉도 느끼게 되었지
만 나는 모른 척 가만히 있었다. 그 후로 그 애는 손을 쳐내며 엉
큼하다는 무언의 뜻을 전하는 내 눈총을 받고도 그냥 씨익 웃어넘
겼고, 나도 따라 웃어버렸다.

입시를 대비한 모의고사를 치르던 날이었다. 점수를 매긴 답안지를 나누어 주었는데 내 점수는 기대에 못 미쳤다. 시험 성적순위는 언제나 어긋나지 않았다. 진우가 일등이었고 내가 이등이었는데 점수가 무려 오 점이나 차이가 났다. 능력의 한계를 인정해야 하나. 어느 구석에건 나보다 더 뛰어난 복병은 숨어있었다.

울음이 터져 나오려는 걸 간신히 참고 화장실에 간다고 방을 나왔다. 공부에만 열중하느라 계절이 바뀐 것도 몰랐나보다. 가을인 줄 알았는데 계절은 어느새 겨울의 한가운데 와있었다. 마당은 싸락눈이 쌓여 온 세상이 희게 빛났다. 마치 수묵화처럼 사물의 농담만이 어렴풋이 드러났다. 장독대와 우물의 가장자리와 잔가지가 기괴하게 흔들리는 대추나무가 하얀 눈 더께를 쓰고 있었다. 대추나무 가지 사이로 보름의 달빛이 젖처럼 흘러내렸다.

나는 토방에 걸터앉아 더는 참지 못하고 울음을 터트렸다. 숨죽여 울었다. 문득 고개를 들어 하늘을 올려다보다가 내 어깨 위에 익숙한 체온의 손이 올려져있음을 의식했다.

"우리 열심히 하자."

토방을 내려가서 마당 한가운데까지 길게 늘어난 그림자가 말했다. 출렁이는 겨울바람에 헹구어지는 그 애의 목소리는 맑고 울림이 좋았다. 우리는 그 순간까지 제대로 대화를 나누어 본 적이 없었다. 선생님의 질문에 대답을 하는 그 애의 목소리를 내가 못 들었을 리는 없었지만 지금의 목소리는 그때와는 사뭇 달랐다. 나는 울음을 멈추고 입술을 깨물었다.

"변소 간다던 애들이 달걀귀신에게 홀렸냐? 안 들어오고 뭐한대?"

방문이 벌컥 열리는 서슬에 소스라치게 놀라 그 애는 손을 걷어갔다. 우리는 태연하게 방으로 들어갔고 아무 일도 없었던 듯이 국어교과서의 시를 소리 높여 읽었다.

춘향이가 열여섯에 몽룡을 만났다던가. 나는 그때 열여섯 살이었다. 이미 열다섯에 초경을 경험했고 아직 몽우리도 풀리지 않은 젖이었지만 브래지어도 입고 다녔다. 고추장종지를 엎어놓은 것보다도 덜 융기한 가슴팍을 굳이 브래지어로 감쌀 필요는 없었지만 그 나이의 소녀들은 브래지어의 착용여부로 어린애와 여인을 갈랐기 때문에 여인이 되고 싶어 안달을 하던 나는 차마 어머니에게 말도 못하고 참고서를 산다고 속여 타낸 돈으로 그것을 구입했다.

같은 또래의 까까머리 머슴애보다는 총각선생님을 흠모해서 A라거나 L 따위의 이니셜로 띄우지도 못할 연애편지를 일기장에 써대던 시기이기도 했다.

검은 테 안경알 너머의 눈매가 서늘한 국어선생은 여학생들의 흠모의 표적이어서 그의 책상 위의 화병에는 꽃이 떨어질 날이 없었다. 그가 폐병환자이며 요양 차 시골학교를 지원했다는 소문이 날개를 달고 날아다녔지만 인기의 아성은 무너지지 않았다. 나도 국어선생님을 좋아했던가. 그것은 잘 모르겠다. 짝사랑의 신열을 앓는 아이들의 틈에서 나는 그네들의 사춘기 돌림병을 그저 수수 방관했던 국외자였다.

그런 무관심은 내 늦은 성장에 원인이 있다. 나는 나이에 비해 육체적으로건 정신적으로건 성장이 늦었다. 교정의 등나무 벤치에 앉아 시를 읽고 있는 친구들 옆에서 고무줄놀이를 했고 선생님에게 혼이 나면서도 앞이마의 애교머리를 비다듬는 친구들을 보고서야 버짐 핀 내 얼굴을 좀 가꿔야겠다는 생각을 했다.

진우가 내게 이성으로 다가온 것은 그가 떠나고도 제법 세월이 흐른 다음이었다.

진우는 서울로 진학을 했고 나는 떠나지 못했다.

할머니의 결사적인 반대 때문이었다.

"말만한 계집애를 눈 감으며 코 베어간다는 서울에 어떻게 혼자 보낸다는 말이냐. 에미야, 너 정신이 있는 거냐."

할머니는 며느리를 꾸짖었다. 어머니와 나의 간곡한 애소에도 할머니는 물러서지 않았고, 대학은 서울로 보내도 좋다는 할머니의 한발 양보에 나는 그냥 시골구석에 주저앉을 수밖에 없었다.

아들도 아닌 딸에게 과외공부를 시킨다는 것에서부터 할머니와 어머니의 마찰은 잦았다. 더구나 아들인 오빠는 그냥 그 도시의 고교에 다니고 있는데 딸을 단신으로 대처로 내보내겠다는 어머니의 결정에 할머니가 펄쩍 뛸만했다. 그러나 뒤집어 생각하자

202

면 삼대독자의 집에 태어난 장손이고 맏상제인 오빠는 집을 떠날 수 없는 처지였다.

태어나면서부터 할머니의 무릎에서 내려앉을 날이 없이 자란 오빠는 유교적 전통에 절어있는 사대부의 집에서 아들과 딸과의 구별이 그러하듯 고추를 달지 못하고 태어난 나와는 신분이 달랐다. 적어도 할머니가 돌아가시기 전까지는 그랬다. 아랫목에서 아버지와 오빠가 같이 받은 밥상이 윗목으로 물려나야 다른 식구들이 수저를 잡을 수 있었다. 학교가 파하고 집에 돌아와서 받는 대우도 사뭇 달랐다. 할머니는 오빠가 돌아올 시간이면 동구 밖에 나가 기다리고 있다가 책가방을 받아들고 앞서 들어와서는 손발을 씻을 물을 대령했으며 오빠만을 위해 감추어 두었던 군것질거리를 내놓고는 했었다. 오빠가 할머니 방에서 누룽지나 고구마 등을 행여 동생들한테 뺏길세라 우물거리는 광경을 나는 자주 목격할 수 있었다. 들킨다고 하더라도 오빠의 누룽지가 내게 넘어올 리는 없겠지만 떼를 쓰는 내가 귀찮기 때문이리라.

나는 어린 시절에도 오빠와의 차별에 대해 줄기차고 당차게 항의했는데 그런 내 행동을 할머니는 '계집애가 버릇없이'라는 말로 일축해버렸다.

그러나 어머니는 달랐다. 독실한 천주교도였던 어머니는 일찍부터 수녀가 되고자 했다. 무릇 배내 신앙에서부터 시작된 어머니의 신심은 성장기를 거치면서 더욱 굳어져서 자연스레 자신은 수녀가 되기 위해 태어난, 부름을 받은 주님의 딸이라고 여기게 되었다.

어머니가 같은 반의 급우였던 아버지의 끈질긴 청혼을 받아들일 수밖에 없었던 사건은 육이오 전쟁이었다. 강원도가 고향인 어머니가 서울에서 대학을 마치고 교편을 잡고 있던 중에 전쟁이 발발했다. 그때 어머니는 신부이신 외삼촌의 배려로 수녀원에서 머물고 있었다. 피난갈 곳이 없던 어머니께 아버지가 찾아왔다.

"알다시피 지금 전쟁이 일어났소. 지금 연락이 두절되면 다시 만남을 기약할 수가 없소. 나는 고향으로 내려가야 하오. 같이 갑시다."

수녀원의 수녀들도 가족과 피난을 떠나거나 남아서 교회를 지키겠다는 사람들로 나뉘어 있었다. 양단간에 결정을 내려야 했다. 앞날은 불투명했다. 모두들 남으로 피난을 떠나는 마당에 혼자서 북의 고향으로 돌아갈 수도 없었다. 안 따라 나설 수가 없었다.

지금도 어머니와 아버지가 언쟁을 벌일 때면 두 분은 똑같이 육이오 전쟁을 원망하신다.

"육이오만 아니었으면 난 당신하고 절대로 안 맺어졌을 것이오. 저런 고집이 있다는 것을 왜 몰랐을까."

"그러기에 말이오. 가만 놔뒀으면 수녀가 되었겠죠. 그때 교구에서 프랑스로 유학을 보내주기로 한 걸 당신도 알죠?"

"인공치하에서 살아남을 자신은 있었던 거요?"

아버지와 어머니의 말다툼은 육이오, 수녀, 유학이라는 언급에 이르러서야 끝나고는 했지만 결코 나처럼 이혼하지는 않았다.

하여간에 보름을 걸어서 도착한 곳이 시집간 고모가 계시는 전라도 이리였고, 일주일 후에 아버지와 어머니는 부부가 되어 할머니 앞에 나타났다.

아무리 전쟁의 와중이었다고는 해도 부모의 승낙도 없이 제멋대로 밀고 들어온 며느리를 할머니는 달가워하지 않았다. 그 이듬해 가을, 겨우 독자로 가문을 이어가던 집안에 첫아들을 안겨줌으로써 어머니는 조금쯤 며느리로 인정을 받았다고나 할까.

그런 만큼 어머니의 사회적 가치관이나 인생관은 확실히 앞선 면이 있었다. 어머니는 딸인 나를 앉혀놓고 여자도 공부만 잘하면 판검사도 외교관도 정치가도 될 수 있다고 역설하였다. 그런 어머니의 교육에 절은 나는, '여자가 언문이나 깨치면 되었지, 암탉이 울면 집안이 망해'하시는 할머니에게 철이 들면서부터 노골적인 적의를 드러냈다.

아버지가 그렇게 성장기를 보냈듯이 종가집의 장손인, 과보호의 두꺼운 울타리에 갇혀있었던 오빠는 중학교에 들어갈 때까지 시장에서 물건을 사는 법도 몰랐다. 내게는 약국에서 약을 지어오라고 시켰고 시장에 가서 자질구레한 물건을 사오라고 심부름을 보냈지만 오빠는 공책 하나도 자기 손으로 사는 법이 없었다. 도시락을 잊고 간 내가 굶는 것은 대수로운 일이 아니었지만 도시락을 가져간 오빠가 밥을 남겨오기라도 할라치면 할머니는 보약을 지으러 한약방으로 달려가셨다.

오빠는 떠날 수 없는 몸이었다. 설령 오빠 스스로가 떠나겠다고 주장하더라도 오빠를 받들어 모실 사람이 따라가지 않는 한 어림도 없는 일이었다. 행여 타고 가던 기차가 탈선하지 않을까, 버스에 치이지 않을까, 밤길에 깡패를 만나지 않을까, 누가 머리감을 때 비누와 수건을 챙겨줄까, 이런 이유 때문에라도 할머니는 오빠를 품에서 풀어주지 않았다.

오빠가 감기라도 걸리면 할머니는 이마 위의 물수건을 갈아대느라 밤을 밝혔다. 그 시절 그러한 아들과 딸의 차별에 대해 세상의 모든 딸들이 아주 당연하게 받아들였음에도 불구하고 나는 늘 불만이었다.

그 시절 내가 할머니에게 대드는 말은 '오빠와 똑같이'였다. 내가 오빠와 똑같은 대우를 받지 못하는 원인은 할머니 때문이라고 믿었다. 할머니만 안 계신다면, 만일 어머니가 어머니의 방식대로 집안의 질서를 잡는다면 오빠와 나는 동등해질 수 있지 않을까.

닭을 삶아도 여자는 풍이 생긴다고 겨우 국물이나 마시게 하고, 시루떡을 앉혀도 여자는 좋은 데로 시집을 가려면 시룻번을 먹어야 한다고 딱딱하게 굳어 아무 맛도 없는 밀가루 반죽을 떼어주던 할머니였다.

나는 절대로 세뇌되지 않았다. 나는 풍으로 발작을 일으킬망정

닭다리를 먹겠다고 우겼고 시집 따위는 병신에게 가도 좋으니 시루번이 아닌 떡을 먹겠다고 할머니에게 대들었다.

오빠의 생일이었다. 장손인 오빠의 친구들이 초대되었고 부엌에 서는 볶고 끓이고 지지는 음식냄새가 요란했다. 나는 근사한 성찬을 기대했다. 그러나 오빠의 친구들이 돌아 가고난 뒤, 내게 돌아온 밥상은 노란 기름이 동실동실 뜬 닭뼈를 우린 국물뿐이었다. 한창 먹성이 좋은 오빠의 친구들이 식탁을 깨끗이 청소했다고 해도 그건 부당했다.

철이 들면서 공부에 악착을 떨게 된 탓은 순전히 오빠와의 경쟁심리였다. 내 적수는 같은 반의 친구들이 아니라 오빠였다. 그리고 나는 떠나고 싶었다. 오빠와 할머니로부터.

아무리 '오빠와 똑같이'를 부르짖어도 통하지 않는 할머니였지만 그래도 내 시험지에만은 칭찬을 아끼지 않았다. 격려는 아니었다. 돋보기를 끼고 성적표를 들여다보시는 할머니의 주름진 얼굴에 핀 웃음꽃은 잠시 뒤면 사라졌다.

"잘했구나. 노래도 잘하고 뜀박질도 잘했다면 전교 일등이 문제없겠구나."

그러나 그 다음 이어지는 할머니의 말씀에 내 속은 뒤틀렸다.

"똑똑한 기집, 팔자가 드세단다. 여자는 시집 잘 가는 게 최고여."

할머니의 그런 우려는 할머니의 올케인 고모할머니를 비꼬는 뜻이기도 했다. 내게는 전설 같은 일화를 달고 다니는 고모할머니가 계셨다. 오라버니인 할아버지를 따라 서당에 다녔다는 고모할머니는 공부방에는 발을 들여놓지도 못하고 마당구석에서 학동들이 공부하는 동안 소꿉장난을 하거나 해바라기를 하며 할아버지의 공부가 파하기를 기다렸다는데, 할아버지보다 천자문을 먼저떼고 혼자서 사서오경까지 읽더니, 부모가 짝지어준 배필을 버리고 일본으로 건너갔다고 했다. 어른들이 무심코 흘리는 말 중에서 고모할머니에 대한 이야기는 늘 고약한 냄새를 풍겼다. 일본으로 귀화한 고모할머니는 일본인과 결혼했다가 다시 이혼했고 어디선가 딸을 하나 기르며 살고 있는데 그 삶이 허랑방탕하다고 전했다.

할머니는 내 성적표를 언제나 고모할머니와 빗대었다.

"느이 고모할머니 어렸을 적 별명이 똑똑이였단다. 남자들하고 말씨름을 해도 지는 일이 없었고, 집안에서 그렇게 말렸는데도 혼자 일본으로 건너가서 신식공부도 했고, 부인이 있는 남자하고 연애를 해서 애를 낳더니, 지금은 어디서 무얼 하는지 여하튼 여자 팔자가……."

할머니는 고모할머니의 삶을 내가 답습할 것이라는 암시를 남겼다. 나는 할머니의 그런 우려의 탄식을 턱으로도 듣지 않았다. 구닥다리 케케묵은 할머니에 대한 반항에서라도 보란 듯이 새로운 시대의 새로운 여성이 되리라 결심했다. 나는 서울로 가야만 했다.

서울을 떠올릴 때면 어김없이 진우가 그 끝에 있었다. 내 희망의 종착점에서 깃발처럼 손짓하며 나를 불렀다.

여고에 다니면서 진우를 우연히 보았다. 서점이 연이어 있는 사거리는 그 도시에서 가장 번화한 곳이다. 진우는 방학을 맞아 잠시 집으로 다니러 온 듯싶었다. 길 건너편에서 나는 서점으로 들어가는 그애를 먼눈으로 보았다. 그새 한 뼘은 커버린 듯 헌칠했고 흰 얼굴이 돋보였다. 따라 들어갈까, 가서 나도 책을 고르는 척 그 애의 옆을 어정거려볼까. 망설이는 사이 그 애는 책을 옆구리에 끼고 나왔다. 거리를 비질하던 회오리바람이 종잇조각을 날려 그 애의 흰 얼굴을 가렸다. 대형트럭이 시야를 차단했고 그 뒤로 시내버스가 따라갔다. 승강장의 철주에 기대어 책의 겉장을 펼치던 그 애가 고개를 들었다. 그 애의 시선이 내 쪽으로 날아왔다. 그 애의 시선 끝에는 촉이 있나보다. 촉이 꽂힌 이마가 따끔따끔했다. 그 애의 얼굴이 붉어졌던가. 손을 흔들어볼까. 그러나 나를 건성으로 훑고 지나간 그 애의 시선은 우체국과 은행의 간판으로 옮겨가고 있었다. 그저 거리의 사물을 휘둘러보는 건조한 눈길이었다. 연이어 버스가 지나갔고 그 애도 없어졌다. 눈이 오려는지 하늘은 잿빛으로 구겨져 있었다.

그날 그 애는 저 갈 길로 갔다. 나도 그 찰나에 시선의 얽힘으로 얼굴 한번 달구고 나뉘어 왔다. 나는 혹시 그 애가 전화를 걸어 올지도 모른다는 허망한 기대로 방학 내내 전화기 옆에 붙어 살았다. 다른 식구들에게 걸려온 전화나 건네주며 개학하는 전날까지 울릴 듯 침묵하는 전화기를 노려보며 지냈다.

대학입시 때 나는 처음으로 서울의 땅을 밟았다. 물론 할머니는 여전히 반대했지만 담임선생까지 나선 설득에 할머니는 결국 백기를 들었다. 나는 내가 원하는 대학교 원하는 학과에 어려움 없이 진학했다. 나는 단과대학 수석입학이나 안 되면 과수석이라도 노렸는데 겨우 과차석 입학이었다. 장학금도 없었고 기숙사비 감면의 혜택도 없어서 서운했지만 일단 탈출은 성공한 셈이었다.

나의 대학합격소식을 들은 할머니는 마치 세상의 종말이라도 온 듯이 한탄했다.

"좋은데 시집가기는 글렀구나. 대처에 홀로 내돌린 계집애가 무사할 수 있겠냐. 똑똑한 며느리가 들어와서 집안이 망하는구나."

구들장이 무너지게 한숨을 지으며 조상님 뵐 낯이 없다고 했다. 하지만 할머니는 점점 힘없는 뒷방 노인네로 물러앉고 있었다. 할머니의 그런 몰락이 내게는 더할 나위 없이 반가웠다.

진우는 자연스럽게 만나졌다. 같은 과의 선배가 서울에 올라온 고향출신 대학생들의 미팅을 주선했는데 깡그리 모아봐야 스무 명도 안 되었던 터라 진우도 나도 그 자리에 불려나가게 되었다. 그는 나와 짝이 되지는 않았지만 내게 알은 체를 하며 집안의 안부 따위도 묻고 같이 과외공부를 했던 친구들의 동태도 들려주었다.

"성태가 널 한번 만났으면 하더라. 사실은 성태가 널 많이 좋아했어."

210

나는 오직 진우를 다시 만나고 싶은 마음에서 다음을 기약했다.
다음번에 진우는 성태를 데리고 나왔다. 또 자기의 파트너라며 여
자를 달고 나왔다. 서울에서 태어나 서울에서 자란 전형적인 서
울내기였다.

"효빈이라구 해요."

효빈, 그런 세련된 이름도 있다니. 어렸을 적 내 이름은 점순이
였다. 엉덩이의 몽고반점이 유달리 크고 검어서 붙여진 이름이라
고 했다. 점순이, 그리고 효빈, 괜스레 주눅이 들었다.

극장구경도 같이 하고 쫄면도 나누어 먹으며 몇 번인가 넷이서
어울렸다. 진우는 자기 파트너에 대한 얘기를 자주했다. 열아홉 살
밖에 안 된 주제에 효빈이와 결혼할 것이라는 단언까지 했다. 나는
안중에도 없다는 다른 표현이 아니고 무엇이겠는가. 나는 참담한
심정이었지만 그래도 그의 언저리에라도 있고 싶었다.

그러던 진우가 나를 찾아온 날은 장대비가 작살처럼 땅에 꽂히
던 밤이었다. 그는 취해있었고 내가 방문을 열어주자마자 내 몸
위로 쓰러졌다. 그는 단지 실연의 아픔을 위무해줄 우정을 원했
다. 그는 내 가슴에 얼굴을 묻고 흐느끼면서 무려 열다섯 번이나
효빈을 불렀다.

그 후로도 진우는 가끔 나를 찾아와서 그녀의 집에 전화를 걸어
달라는 부탁을 하거나 그녀와 같이 나누었던 얘기를 주절주절 늘
어놓으며 소주병을 땄다.

효빈이 진우를 버린 까닭은 진우네 집안의 몰락이었다. 겉으로야 다른 이유를 끌어다가 절교를 선언했겠지만 적어도 내가 짐작할만한 다른 이유는 없다. 천석꾼이었지만 근동에 호가 난 한량이었던 진우의 아버지는 노름으로 재산을 반 넘어 날리고 친구의 빚보증을 서주는 바람에 가세가 휘청거리게 되었다. 돌아가는 판을 재빠르게 셈하고 있던 기생첩은 다른 사내와 눈이 맞아 한밑천을 잡아 달아났다. 석탄을 캐내면 큰 부자가 된다는 말에 솔깃해서 진우 아버지는 광산을 인수했는데 그 광산은 광맥이 끊어진 폐광이었다. 결국 광부들의 임금마저 체불하고 온 가족이 야반도주를 한 사실은 그 고장의 세 살박이도 알았다.

학비와 하숙비가 끊긴 진우는 학업을 중단했다. 그리고 내 자취방에 눌러앉았다. 공공연한 동거였고 주위에선 우리를 결혼식도 올리지 않고 어울려 사는 못 된 아이들이라고 손가락질했다.

학교에 나가지 않게 된 진우는 사법고시 공부를 시작했다. 허나 사법고시가 그렇게 만만한 시험이던가. 사대 독자이던 그는 군대 징집도 면제받고 오로지 공부에만 매달렸다. 그러나 거듭 낙방의 고배만 마실 뿐이었다. 점점 폭음을 일삼더니 거리를 부랑하는 룸펜이 되어갔다. 진우와의 동거를 시골집에서 눈치 챘고, 사실을 확인하려고 기습 상경한 어머니에게 덜미를 잡혔다. 어머니는 나를 시골로 끌고 가려했지만 이미 나는 임신 중이었다.

진우는 내게 짐이 되는 것이 싫다면서 편지를 써놓고 떠났다.

고시를 준비하는 사람들만 모여 있는 절로 간다고 했다. 나는 그가 돌아오리라고 믿었다. 돌아오겠다는 언약이나 묵계도 없었지만 그가 돌아올 곳은 내 품밖에 없다고 믿었다.

내가 현주를 키우면서 보낸 지난한 세월은 돌이켜 생각하고 싶지도 않다. 할머니의 염려대로 나는 부도덕한 삶을 사는 미혼모가 되어버렸다. 할머니는 눈을 감으면서 계집애를 대처로 내돌려서 망가진 책임을 어머니에게 물었고, 근본적으로 어미를 닮은 나의 기질을 저주했다.

혼인신고를 하고 현주를 호적에 올리게 된 것은 진우의 부모님이 내 자취방에 얹히면서부터였다. 간신히 여고를 마친 진우의 여동생이 영등포에 있는 섬유공장에 취직하여 받는 월급으로 연명을 하던 진우의 부모님이 나를 찾아왔다. 진우의 방황이 마치 내 탓인 양 나를 질타하면서도 며느리인 내가 시부모를 봉양해야 마땅하다고 했다. 진우는 곧 고시에 합격할 터이므로 그때까지만 함께 고생하자고도 했다. 그러나 고생은 완전히 내 몫이었다. 진우의 고시합격을 조금도 의심하지 않는 그들은 미구에 다가올 부귀영화를 계산해서 살았다. 천석꾼으로 누리던 삶의 질을 그대로 유지하고자 했다. 그들의 눈에 비친 나는 진우의 미래를 담보로 고통스런 현재를 투자하고 있는 영악한 여자였다.

진우는 고시에 합격하지도 돌아오지도 않았다. 나는 대학을 졸업하고 교사로 임용되었다.

딸아이가 초등학교엘 들어가던 해, 시골 등기소 말단 공무원이 되어있는 진우를 찾아냈다. 그는 다른 여자의 남편이었고, 두 아이의 아버지였다.

그는 처음부터 나를 사랑하지 않았다. 하지만 진우는 내게 첫 사랑이었고 나는 진우이외에는 누구도 사랑해보지 않았다.

원래 폐가 약했던 진우의 아버지는 현주가 열 살이 되던 해에 폐결핵으로 돌아가셨다. 상주인 진우는 형식적인 장례만 치르고 다시 자기여자의 곁으로 돌아갔다. 그 후로 얼마 안 있어 그의 어머니도 온다간다 말도 없이 홀연히 사라졌다.

같은 학교 교사인 민 선생과의 재혼은 교감선생님의 중매로 이루어졌는데 결혼 한 달도 되지 않아 나는 나의 무모함에 가슴을 쳤다. 중매를 선 교감선생님도 그의 가계에 대해서는 전혀 몰랐다. 그에게는 세 명의 아이가 딸려있었는데 각각 배가 달랐다. 결혼 전 불장난에 의한 아들, 결혼 중에 태어난 딸, 이혼하고 난 후에 밖에서 만들어 온 딸. 그는 그의 배다른 형제를 여럿 만든 그의 아버지의 바람기를 고대로 물려받은 복사판이었다. 그는 나와 결혼 할 당시에도 여자가 있었다. 여자가 나를 찾아옴으로써 그녀의 존재를 알게 되었다.

나는 현주를 데리고 그냥 나왔다. 이혼한 남자와 한 직장에 있을 수가 없어서 학교도 그만두었다. 내가 이렇게 고단하게 인생을 유전하는 동안 친정과는 자연히 멀어졌다. 나는 감히 친정을 찾을 낯이 없었다. 어머니만이 그래도 자식이라고 서울걸음을 할 때면 가끔 나를 찾아주셨지만 나날이 깊어가는 어머니의 주름고랑은 순전히 내 탓인 것만 같아 나도 늘 마음이 아팠다.

"엄마, 난 후회 안 해. 내가 좋아하는 사람하고 살았고 그래서 현주도 생겼고. 결혼식 못 올리고 산 건 어쩔 수 없던 상황이었어. 전쟁 통이었다지만 엄마도 그런 건 사실이잖아. 현주아범만 아니었더라면 내가 엄마가 원하는 딸이 되었을 지도 모르지만. 옛날에도 지금도 나 열심히 살고 있어. 오빠야 말이 좋아 고향을 지키는 종손이지, 솔직히 오빠 같은 백수가 어디 있어?"

나는 지금도 오빠의 직업이 궁금하다. 오빠는 삼사년에 한 번씩 땅을 팔아 사업이라고 벌였다. 전화기 안에 들어가는 부품을 만드는 전자회사를 인수했다가 부도를 냈고, 알루미늄으로 그릇 따위의 집기를 만드는 공장을 친구와 동업으로 세웠지만 친구의 배신으로 쫄딱 망했다. 요즈음은 여행사를 차리겠다고 연일 바쁘게 뛰어다닌다고 한다. 사업을 벌이고 부도를 막을 때마다 오빠는 땅을 처분했는데 그때마다 나는 재산포기각서를 써주어야만 했다.

내가 재산을 포기해야만 하는 이유를 댈 때의 오빠는 정말로 오빠답다.

첫째는, 아무리 세상법이 바뀌었어도 가문의 재산은 장자에게 상속되어야 한다고 아주 자신감에 차서 설명한다. 가문은 장자로 대변되기 때문이라는 그럴싸한 지론이다. 둘째로, 어음을 막지 않으면 부도가 나서 자기가 교도소엘 가게 되는데 선산을 지키고 부모를 봉양하는 장자가 그런 횡액을 당하면 안 되므로 형제 모두가 포기각서를 써주어서 도와야 한다고 으름장을 놓는다. 셋째로, 앞의 두 가지가 좀 지나친 말일지라도, 나는 가문에 먹칠을 한 여자로서 재산에 대한 상속권을 주장할 권한이 없다고 했다.

오빠의 지론은 그렇지만 사실은 다르다. 오빠는 부모에게 얹혀 살았지 부모를 봉양하지도 않았고, 고향을 지키겠다고 약속한 오빠에게 재산관리를 일임한 할아버지의 유지는 땅을 지키라는 뜻이었지 팔아치우라는 뜻이 아니었음을 오빠도 잘 알고 있다.

미혼모인 내가 전세방에서 전셋집으로 옮길 때 그리고 변두리 열일곱 평짜리 아파트를 분양받으면서 돈이 부족해서 은행마다 쫓아다닐 때에도 오빠는 조상이 물려준 땅을 지켜야한다며 처분하지 않았다. 장손이 부도가 나서 교도소에 들어앉는 것과 출가외인이 된 딸의 집평수 늘리는 것은 비교저울에 달 수 없다고 했다.

구입한 지 십년도 넘어 툴툴거리는 자동차를 한밤중에 몰고 갈 생각을 하니 암담했다.

"……아니, 친할머니 말고 외할머니. 그래, 결석으로 처리되지 않게 말이야. 잊지 말고 꼭 선생님께 말씀드려야해."

통화를 짧게 끝내라는 성화에 딸아이는 요건을 다짐하고 전화기를 내려놓았다. 나도 내가 가르치는 아이들 집에 한 사흘 수업을 걸러야 하겠다는 단속을 하려고 전화기를 드는데 또 전화벨이 울렸다.

"돌아가시는 시각까지 얼마나 애달파 하신 줄 알기나 하냐. 네 팔자를 당신님이 망쳤다고. 네가 어머니 명을 단축시켰어."

내 목소리를 확인한 오빠는 수십 번도 더 들은 책망을 또 한 번 퍼부었다.

"잘 알고 있죠. 제가 죄인이에요. 하지만 지금 날더러 어쩌라고요."

"입으로만 죄인. 죄인하지만 어투는 개선장군이로구나. 그만두자. 아깐 경황이 없어서 잊었다. 여긴 급할 게 없으니 지금 출발하지 말고 내일 아침에 동사무소 문 열거든 인감증명서 한 장 끊어 가지고 오너라. 인감도장도 잊지 말고."

내가 무어라고 대답하기도 전에 전화가 끊어졌다. 끊기는 전화선 저 편에 오빠의 갈라진 목소리가 여운을 끌며 남아있다.

가는 도중에 돌아가시면 어떡하나 조바심치며 달려간 세 차례의 귀향 때마다 어머니는 뼈만 남은 앙상한 모습으로 삶의 끈을 놓지 않고 계셨다. 이번에도 지난번처럼 어머니는 촛불처럼 살아계실 것만 같은데 인감증명서를 원하는 오빠의 전화가 어머니의 죽음을 현실로 다가오게 했다. 오빠가 땅을 처분하는 일에 결사반대를 하셨던 어머니였다. 목이 막히며 설움이 복받쳤다.

"엄마, 빨리 가야잖아. 내가 설거지는 마저 마치고 방도 치울게. 엄마도 서둘러."

방바닥에 주저앉아 오열하는 나를 별로 슬픈 기색도 없이 바라보던, 그런 사연이야 알 턱이 없는 딸아이가 고무장갑을 끼며 말했다.

# 부활

    손가락 끝을 날카롭게 파고드는 통증에 퍼뜩 정신이 들었다. 어둡고 망막한 혼미의 늪에서 깨어나자 비로소 사물과 형상이 제자리로 돌아왔다. 아직은 멍한 눈으로 사위를 훑어보았다. 몇 시쯤 되었을까. 방구석에는 어둠이 덩어리져 뭉쳐있고 고개를 숙인 전기스탠드는 빛의 고깔을 달고 있었다. 방안은 고깔의 동그란 밑 부분만큼만 밝았다. 동쪽으로 순수건 만한 작은 창이 하나 있을 뿐인 이 방은 밤이 빨리 찾아든다. 명주천의 올을 세려면 대낮에도 전깃불을 밝혀야 했다. 시계는 어둠 저편의 벽에 걸려있다.

새빨갛게 방울져 배어나오는 핏방울을 입으로 빨며, 문득 바늘에 찔린 것이 몇 번째인가 돌이켜 본다. 흰 명주의 바탕천에 핏방울이 떨어질 때마다 나는 밑그림에도 없는 붉은 꽃 한 송이씩을 더 피우고는 했다.

연필로 본을 떠놓은 새가 핏방울을 쪼고 있다. 새에게도 꿈이 있을까. 꿈꾸는 새의 깃털을 색실로 메우기는 어렵다. 햇빛에 반사되어 오묘하게 빛나는 깃털을 표현할 색실이 마땅치가 않아서 미뤄두었는데. 비상을 꿈꾸는 수틀에 갇힌 새가 애처롭다.

"저길 보세요. 엄마새가 왔어요."

마루 쪽에서 아이의 목소리가 들려왔다. 아이는 언제 들어왔을까.

며칠 전 위층에 사는 아이를 계단에서 마주쳤다.

"새를 기르고 있니?"

아이는 금색 창살이 반짝반짝 빛나는 새장을 들고 있었다.

"아니에요. 난 쥐를 길러요. 하얀 털이 얼마나 이쁘다구요. 이게 내 지니의 집이에요. 지니가 이름이에요. 지금 지니는 내 방 이중 창문 사이에서 살아요."

아이는 새장을 흔들어보였다. 다리를 심하게 저는 아이였다. 계단을 오를 때마다 층계참에서 다리쉼을 하곤 했다. 현관 앞에서 숨을 몰아쉬며 한참을 쉬어가던 아이의 불규칙한 발걸음 소리를 나는 귀를 열어 잡아내고는 했었다.

"지니는 그네도 타니? 만화 영화에 나오는 미키마우스처럼."

나는 그네에 앉아 흔들리는 흰쥐를 머릿속에 그려보았다.

"지니는 탈거예요. 지니는 내가 시키는 짓은 다 하걸랑요."

아이는 자신이 있다는 투였다. 스타카토로 분절되는 단어들이 경쾌하게 흩어졌다.

"우리 집에 새가 알을 낳았어. 보러 올래?"

불규칙하게 계단을 밟던 뒤틀린 다리가 멈춰 섰다.

"정말이에요?"

호기심으로 반짝이는 눈빛이 무구하다.

"하지만 지금은 못가요. 지니가 기다려요."

아이는 미간을 찌푸리며 웃었다. 방금 짓던 자신에 찬 표정은 아니었다.

새벽녘에 한기에 잠이 깨어 이불을 목까지 끌어올리고 머리맡에 놓은 유리컵 안에서 부유하는 먼지의 입자를 세다가 뒷산의 나무 사이를 돌아나가는 휘파람소리 같은 애잔한 새의 울음을 들었다. 어느 먼 나라 이방인이 속삭이는 듯한 지저귐, 아니 누군가의 죽음을 애도하는 진혼곡처럼 새의 울음은 처절했다. 새소리에 이끌려 마루의 커튼을 젖혔을 때, 나는 베란다 타일바닥에서 새알을 발견했다. 아무렇게나 동댕이쳐놓은 빗자루 위에 새알은 굴러 떨어질 듯이 위태롭게 올라앉아 있고, 어디서 물어왔는지 말라비틀어진 난초의 이파리 세장이 삼각형으로 알을 둘러싸고 있었다.

현관문을 잠그지 않았던가. 무슨 상념에 헤매느라 아이가 들어오는 기척도 느끼지 못했을까.

아이의 손끝이 가리키는 뼈만 남은 가지 위에는 나뭇잎처럼 새가 달려있다. 아이의 눈길은 화단에 떨어져 있다. 새는 금방이라도 떨어질 듯이 위태롭게 버티고 있다. 새가 물어온 벌레의 시체들이 땅바닥에 널렸다. 찢어 발겨진 작은 주검들이 바람에 쓸려 어디론가 간다. 새는 부리로 깃털을 다듬는다. 바람자락이 펄럭일 때마다 새의 다리가 가냘프게 흔들린다.

"새가, 떨어지고 있어요."

아이가 낮게 비명을 삼켰다. 그러나 새는 날개를 벌려 가볍게 땅으로 내려앉는다. 화단 구석에서 권태롭게 졸고 있던 강아지가 새를 발견한다. 좋은 장난감을 만난 강아지는 슬그머니 몸을 일으킨다. 강아지가 다가가는 줄도 모르고 새는 땅바닥을 콕콕 쪼고 있다. 탄성이 좋은 강아지의 발이 소리도 없이 새를 향해 간다. 순간 강아지가 새를 향해 달려든다. 깍. 새의 꽁지깃이 강아지에게 물리는 줄 알고 나는 소리를 질렀다. 그러나 새는 어느새 화단의 낮은 철책에 잠깐 높이뛰기를 했다가 나뭇가지로 솟구쳐 오른 뒤였고 모처럼의 장난감을 놓친 강아지는 떨어지는 나뭇잎을 쫓아가며 허공을 향해 크르렁 댔다. 이 모양을 가슴 졸이며 지켜보던 아이는 박수를 치며 즐거워한다.

"제가 둥지를 만들었어요. 여기에 알을 옮겨 놓을래요. 알이 추워 보여요."

아이는 베란다 쪽으로 걸어간다. 안 돼. 말릴 틈도 없이 새알을 덥석 집어 상자 속의 솜 위에 누인다. 아이가 들고 온 상자가 인형의 침대인줄 알았다.

"엄마새는 말이야. 누가 자기 알을 만질 줄 알면……."

경이로이 새알을 내려다보는 아이의 얼굴에 질려 나는 입을 다물었다. 베란다까지 날아왔던 새는 부리에 지푸라기를 문 채로 알 곁을 한참이나 맴돌다가 나뭇가지로 날아가 버린다. 이미 어미 새는 민감한 본능으로 자신의 알에 사람의 지문이 묻었음을 감지했다. 어미 새는 다시 날아오지 않을 것이다. 그러나 아이는 기다리리라. 기다림의 눈빛이 안타깝다.

오늘은 밀린 작품 값을 계산해 달래야지. 하지만 주인 여자의 아늠살이 통통하게 오른 볼이 떠올라 자신이 없어진다. 지난 달치만이라도 해결해달라고 아쉬운 소리를 해야 하나. 지갑 속엔 천 원짜리 지폐 몇 장이 남아 있다. 은수의 제사를 찾아준 사실만으로도 고마워할 은수 어머님이지만 그래도 빈손으로 갈 염치는 없다.

"난, 나가야 해."

거울속의 아이를 살폈다.

"저어기, 나뭇가지에 앉아 있어요. 기다릴 거예요."

아이는 나뭇가지에 박은 시선을 거두지 않고 말했다.

앞 동 건물이 둘로 갈라놓은 하늘에는 손톱 같은 달이 달무리

속에 잠겨 있다. 코트 깃을 세워 턱을 묻으며 하늘을 올려다본다. 비가 오려나.

아파트 마당은 고즈넉하게 가라앉아있다. 잎이 떨어지고 대궁만 남은 금잔화며 봉숭아 등의 한해살이 화초들이 마치 몽당 빗자루를 거꾸로 심어 놓은 것처럼 화단의 앞줄에 가지런히 줄지어 서 있다. 여름내 창틀에 매어놓은 줄을 감고 올라가던 호박의 마른 줄기도 잔바람에 너덜거린다. 겨울이 왔지만 한해살이 꽃들은 조그맣고 딱딱한 씨 속에서 다음 세대의 새로운 봄을 기다리리라.

간혹 불이 밝혀진 창에서 흘러나오는 불빛이 두께를 더해가는 땅거미를 희석해 주고 있다. 아파트의 흰 벽에 반사된 불빛이 희미한 음영을 짓고 있다. 농담으로 일렁이는 앙상한 나뭇가지들의 그림자가 기괴하다.

산꼭대기에 달랑 두 동만 세워진 열두 평짜리 서민 아파트는 이미 재개발이 시작되었다. 지은 지 삼십 년이 다 되었다던가. 반쯤 허물어낸 야산의 중턱에는 쓰레기만 가득하다.

옷 속으로 스며드는 찬 기운에 두 팔로 어깨를 감싸 안는다. 쓰레기더미에서 날아온 비닐봉지가 보도블록을 비질하며 지나간다. 갈기를 세운 바람자락이 음험하다. 나는 코트 속으로 고개를 더 깊이 묻는다.

문득 가스의 밸브를 잠그지 않았다는 염려에 불안해졌다. 혹시 아이가 불장난을 할지도, 수도꼭지가 열려있을지도 모르지. 돌아갈 것인가. 걸음을 멈추고 잠시 망설였다. 언제나 그랬다. 문이 닫히면서 저절로 잠기는 자물쇠와 보조 잠금 장치의 걸쇠가 철커덕 걸리는 소리를 분명히 듣고도 다시 문고리를 돌려보고는 했다. 그리고 계단을 내려오다가도 다시 뛰어올라가 또 한 번 확인해보고는 돌아섰다. 차라리 도둑이 들어 몽땅 가져가 버렸으면. 무엇이 아깝고 무엇이 두려워서 한 발자국 나갈 때도 들어와서도 철저하게 문이 잠겼음을 확인하는지. 집 안에 있을 때는 숨 막히는 답답함에 출구를 찾아 서성이고 문 밖으로 나서면 현관문이 자신을 밀어낸 것만 같아서 다시 들어가고 싶은데.

다시 돌아가기로 한다. 공허하게 울려 퍼지는 발걸음 소리를 들으며 계단을 오른다. 접촉이 불량한 계단 통로의 형광등이 지친 듯이 껌뻑거린다. 현관문에 자물쇠를 찔러 넣으며 방 안의 동정에 귀를 기울인다. 열쇠가 맞물려 돌아가는 금속성 소리가 유난히 크다. 그리고는 다시 정적, 아무 소리도 없다.

가스밸브는 얌전히 잠겨있고 아이는 동그랗게 몸을 말은 채 잠들어 있다. 어디선가 물방울이 떨어지는 소리, 가스의 시큼한 냄새는 맡아지지 않는다. 수도꼭지를 힘껏 비틀어 잠그고 가스밸브를 직각으로 세웠다.

잠든 아이의 얼굴이 평화롭다. 볼에 손끝을 댄다. 젖 냄새를 맡고 젖꼭지를 찾는 갓난아이처럼 아이가 입을 오물거린다. 아이를 안는다. 머리카락 몇 올이 엉겨있는 이마에선 향긋한 아기냄새가 난다. 이불 위에 아이를 내려놓는다. 아이는 뭐라고 중얼거리다가 몸을 새우처럼 오그리며 모로 눕는다.  곧 새근거리는 고른 숨결로 잠 속으로 빠져든다.

　내게도 아이가 있었지. 볼이 붉은 아이를 갖고 싶었다. 가슴에 품고 젖꼭지를 물리고 싶었다. 그러나 내 아이는 제 운명대로 갔다.

　다시 나갈 것인가. 차를 한잔 마시면서 결정하기로 하자. 딱 한잔 분량의 물을 불 위에 얹었다. 차를 끓이려면 중간 밸브를 열어야 하며, 다시 외출하려면 또 다시 잠가야 한다. 손을 거두어들인다. 소리를 죽여 놓은 벽시계가 힘없이 운다. 고개를 돌리는 대신 손목을 들어 시계를 본다. 초침과 분침의 벌어진 각으로 미루어 일곱 시쯤 되었다. 전기코드를 뽑아놓은 냉장고에서 얼음이 녹고 있다.

　빛깔이 없는 어둠 속에 내가 서 있다. 초침소리가 뒷덜미를 움켜잡을 듯이 따라붙는다.  오래된 아파트의 배수관은 낡았다. 어딘가에서 새어 떨어지는 물방울이 시계소리와 박자를 맞춘다. 어둠 속에서 시계의 문자를 더듬으며 담배를 피운다. 가라앉은 공기를 휘저으며 머리를 풀고 올라가는 희푸른 담배 연기, 가슴으로 스며드는 니코틴이 뇌세포를 낱낱으로 분해시키듯 아득한 현기증을 일으킨다. 눈앞이 부옇게 흐려진다. 캄캄한 구멍으로 한없이 추락하는 것만 같다. 땅 속 깊은 곳이 진원인 지진처럼 현기증은 아마 어딘가 바닥이 없는 가슴 저쪽이 근원지이리라. 모르핀 같아. 관자놀이를 누른다. 형용할 수도, 이렇다 할 흥분도 일으키지 않는 생각이 머릿속에 가득하다. 여름날 울울한 숲을 걸을 때처럼 매미의 울음 같은 이명에 귀청이 찢어진다.

어제 저녁에 상현이 왔다. 상현은 내 곁에 누웠고 나는 꿈을 꾸었다. 꿈속의 남자는 얼굴이 없었다. 은수였던가 상현이었던가. 모르겠다. 잿더미 속을 헤매는 것 같던 꿈속에서 둘은 한 사람이기도 했고 둘로 나뉘어 있기도 했다. 꿈은 전화벨의 울림으로 깨어졌다.

"네가 잊었을까봐……."

은수 어머니의 목소리엔 아무런 감정도 담겨 있지 않았다.

"은수 어머니?"

곁에 있던 상현이 짧게 물었다. 꿈의 흔적은 가슴 속에서 진흙반죽처럼 짓이겨져 남아 있었다.

"기일이야. 내일이."

상현의 얼굴색이 변하고 있었다. 그는 황급히 옷을 주워 입었다. 아파트 마당을 가로질러 걸어가는 그의 뒷모습은 점점 길어지는 그의 그림자만큼이나 우울해 보였다.

그가 차지했던 만큼의 빈 공간이 거대하게 부풀어 방 안을 다 채웠다. 자동으로 되풀이되는 전축의 레코더에서는 그가 좋아하는 음악이 지리멸렬하게 돌고 있다. 그가 없는 빈 방에서 그와 같이 듣던 음악이란 아무 의미가 없다. 단지 소음이다. 나는 힘없이 전축을 껐다. 전기 스위치를 올렸다. 어둠 속에 누워 있던 가구들이 생명체인 양 살아나 다가왔다. 반짇고리를 뒤적여 실과 바늘을 꺼내고 수틀을 챙겼다. 수틀 속에 갇힌 새의 심장에는 바늘이 꽂혀 있다. 바늘을 뽑아내고 수틀을 도로 제자리에 둔다. 잠을 청했지만 잠은 이미 달아나 버린 뒤다.

아무런 맥락도 없는 생각들이 머릿속에 가득 찬다. 모서리에 검은 테를 사선으로 두른 사진 안에 은수가 있다고 믿지 않는다. 그는 어디에 있는 걸까. 잡초만 무성한 작은 묘안에도 그는 없다. 오동나무 상자 속의 흰 뼈가 어찌 그일 수 있겠는가. 몇 조각의 흰 뼈에 그의 영혼이 머물지 않을 것이다.

은수와의 첫 만남은 버스 안에서였다. 자리에 앉아 있던 내가 은수의 책가방을 받아 주었는데 도시락 통에서 흘러나온 반찬국물이 치마를 버려놓았다.

"대학생도 도시락을 가지고 다녀요?"

나는 짜증을 내며 그를 올려다보았다. 그는 흔들리는 버스 천장에서 내려진 손잡이에 매달려 다른 손에 쥔 책에 얼굴을 박고 있었다. 어둑한 버스 안에서도 그의 얼굴은 창백하리만치 희었다.

"의대는 수업이 많아요."

그는 계면쩍어하며 뒷주머니에서 손수건을 꺼내 주었다. 버스 안에서 다시 만나게 되었을 때, 그는 손수건을 돌려주셔야죠, 라며 나를 따라 내렸다. 내가 그를 다시 만나기 위해 그날 이후 같은 시각에 같은 노선의 버스를 일부러 탔다는 사실을 그는 알지 못했다.

"요즘도 수를 놓는 여자가 있다니."

그의 이름자가 수놓아진 손수건을 받은 은수는 놀라워했다.

"전통자수도 예술인 걸 모르세요?"

나는 뽐내듯 턱을 치켜들고 말했지만, 생계의 수단인걸요, 라는 뒷말은 접었다.

어머니는 옷 수선집을 하셨다. 어머니는 남은 천 조각으로 조각이불도 만들고 밥상보도 만들고 인형 옷도 만들어주셨다. 어머니께서 만들어주신 내 반짇고리에는 아직도 바늘과 실과 천조각과 수놓은 골무, 바늘이 녹슬지 말라고 머리카락을 집어넣어 만든 바늘꽂이들이 들어 있다. 어머니는 원앙의 날갯짓을 수놓은 베갯모나 손주의 배냇저고리, 코에 색실이 달린 애기버선들도 내 혼숫감으로 마련해 놓으셨다. 나는 어머니에게 수놓는 법을 배웠다.

어머니는 궁중의 침방나인이었다는 외할머니의 양녀였다. 어머니의 박음질 솜씨는 재봉틀로 박아놓은 것만큼이나 바늘땀이 고르고 촘촘했다. 할머니로부터 종아리를 맞으며 익혔다는 궁중 전통자수를 나는 어머니로부터 전수받았다.

"하긴 내가 어렸을 적엔 전등불 밑에서 어머니가 뒤꿈치에 알전구를 끼워놓고 양말을 기웠어."

어린 날의 향수에 젖어 중얼거리는 은수 앞에서, 아직도 전 그렇게 기운 양말을 신어요, 라는 말도 숨겼다. 남루했던 과거에서 이어진 남루한 현재. 그래서 또한 남루하게 다가올 미래는 정말 사양하고 싶었다.

은수의 얼굴은 물속에 잠긴 사물처럼 어른어른하게 밖에 떠오르지 않는다. 아버지의 얼굴처럼. 어린 날 어머니 곁에 누워있던 남자를 본 적이 있다. 남자는 새벽 미명 속으로 어머니가 지은 옷을 입고 사라졌다.

"꿈을 꾼 게로구나. 아직 날이 밝지 않았다. 더 자렴."

머리맡으로 물처럼 밀려들던 찬바람에 깨어 어머니께 물으면 어머니는 이불을 끌어 덮어주며 등을 토닥거려 주시고는 했다.

아버지는 어떤 분이실까. 어머니는 돌아가시는 날까지 아버지에 대해 일러주지 않으셨다. 동네아이들의 놀림처럼 정말로 나는 다리 밑에서 주워온 자식이었는지도 모르겠다.

"돌아가시지 않고서야, 네 아버지, 그분은……"

어머니도 가끔은 바늘에 찔리셨다. 그럴 때면 손가락 끝에서 배어나오는 핏방울을 빨며 아버지의 안부를 궁금해 했다. 어머니의 한숨 끝엔 아버지가 있었다.

아버지가 어머니에게 그랬듯이 은수 역시 덧없는 사랑의 행위 끝에 내게 정자만을 주었다. 그러나 아이는 몸을 갖고 태어났다. 그리고 운명도 물려받았다. 얽힌 생각뭉치에서 빠져나온 사유의 가닥이 혈류를 따라 몸속으로 퍼져나갔다.

오랜만의 외출이어서인지 성긴 머리카락을 헤집고 들어오는 바

람의 끝이 송곳 같다. 야산 중턱의 쓰레기더미를 훑고 온 바람에
는 생선 썩는 냄새가 묻어 있다. 텅 빈 아파트의 마당을 지나 건물
을 휘돌아 나가는 바람은 곧 진한 밤을 몰고 올 것이다.

찬 공기가 폐부 깊숙이 파고 들어왔다. 젖은 손으로 전선을 쥔
것처럼 뒷골이 찌잉 울렸다. 두통은 미열 탓인가. 이제 수를 놓기
도 힘이 든다. 반짇고리만 보아도 관자놀이가 뛴다. 손이 떨려서
실에 바늘을 꿰기도 어렵다. 지난주에는 기념품 가게에 납품한 물
건이 반품되어 돌아왔다.

"요즘은 중국에서 들어온 수예품 때문에……."

아르바이트생은 주인 여자의 말을 미안한 표정으로 전했지만 나
는 이미 각오하고 있었다.

화단을 가로질러 천천히 걸음을 옮겼다. 구두 뒤축이 보도블록
에 닿을 때마다 기분 나쁜 음향으로 울렸다. 고르지 못한 노면 때
문이라고 신경질을 내다가 왼쪽 구두의 징이 떨어져 나갔음을 기
억해냈다. 놀이터의 녹슨 시소가 혼자 삐거덕거리며 오르락내리
락한다. 자전거를 탄 아이가 인사를 하며 지나간다. 브레이크가 걸
리는 소리가 공기 속을 빠져나간다. 아이가 저만큼 아파트 모퉁이
를 꺾어 돌 때야 나는 누군가가 지나갔다는 것을 깨달았다. 아이의
볕에 그은 이마가 잠시 떠오른다. 누구 집 아이였더라.

기념품 가게 앞에 서면 나는 한없이 초라해진다. 두꺼운 유리문
저쪽에서 밤색코트를 입은 여자가 주인 여자와 흥정을 벌이고 있

다. 가게안서는 가스난로가 기운도 좋게 타고 있다. 아직 난로를 피울 절기는 아닌데 올해는 추위가 유난히 빨리 왔다. 가스의 푸른 불꽃은 씩씩하고 용감하다. 그 불꽃의 아름다움은 가슴을 설레게 한다. 투명하고도 염염하게 타오르는 불꽃 속에 누군가의 그림자가 어룽거린다. 흔들리는 불꽃 속에서는 도무지 형체를 잡아낼 수가 없다. 남자의 얼굴이다. 얼굴은 가시거리 밖에 있다. 누구일까. 난로 위의 주전자는 수증기를 밀어 올리며 다글다글 끓고 있다. 증기기관차 같아. 주전자는 기적을 안 울리나. 기적을 울린다면 그 소리를 신호로 당당하게 문을 밀고 들어갈 텐데. 명주수술이 달린 노리개를 포장하는 주인 여자의 손이 더 비대해졌다. 무명지에 낀 반지의 보석알이 토파즈라 했던가. 주인 여자와 반지와 지폐 다발은 잘 어울린다. 밤색코트는 좀처럼 나갈 기색이 없다. 주인 여자와 밤색코트는 무엇이 즐거운지 입을 커다랗게 벌리고 고개를 젖히면서 웃는다. 주인 여자는 어울리지도 않게 수줍은 듯 손으로 입을 가린다. 보석알이 영롱하게 반짝인다. 아르바이트생이 찻잔을 쟁반에 받쳐 내온다. 주인 여자가 손님에게 차를 대접하는 경우는 고가품을 팔았을 때뿐이다. 나는 주인 여자에게 차 대접을 받아본 적이 없다. 아르바이트생의 손에 들린 주전자는 더이상 수증기를 내뿜지 않는다. 기적도 울리지 않는다.

나는 기념품 가게의 문을 미는 대신 손을 들어 택시를 세웠다. 습기를 머금은 바람이 심술궂게 혀를 날름거린다. 차가운 느낌이

232

눈썹 위로 내려앉는다. 그예 비가 오나보다. 구두코에 앉은 먼지가 어느새 비에 젖어 얼룩으로 변했다. 실내경을 만지작거리던 운전수가 뒤를 돌아보며 물었다.

"손님, 어디로 모실까요?"

나는 갑자기 난감해진다.

"연희동요."

딴전을 피우다 급작스런 질문을 받은 아이처럼 엉겁결에 곁으로 지나가는 버스의 옆구리에 적힌 정류장을 소리를 내어 읽는다. 신호대기에서 택시는 좌측 깜빡이를 넣고 꺾어 돈다.

갖가지 네온사인의 현란한 불빛이 쏟아지는 거리는 마치 전위화가가 그린 추상화 같다. 낮 동안 게으르게 엎드려있던 거리가 은실처럼 풀어져 내리는 이슬비 뒤편에서 서서히 활기를 띠며 살아난다. 거리도 물을 마시면 소생하는가. 창틀 위에 얹어놓은 화분에 물을 준 게 언제였던가. 바싹 마른줄기는 이제 물을 흡수할 능력도 없을 것이다. 아니 물을 주는 것을 잊어 꽃을 시들게 한 여자는 이미 꽃을 키울 자격을 상실한 것이다. 사랑이란 사랑하는 대상에 대한 적극적인 배려이다. 이 배려의 결여는 사랑의 결여이다. 나는 사랑할 자격이 없다.

고층건물 꼭대기의 디지털시계는 8시 34분, 파랗게 인광을 내고 있다. 문자는 비에 젖어 낙숫물이 스며있다. 물 먹은 밤거리는 시큼하고 들척지근한 냄새를 풍긴다. 하얗게 흐려진 차창을 닦는다. 손바닥 크기만큼만 투명해진 차창을 통해 밖을 내다본다. 거리는 요지경 속에 들어있다. 요지경 속의 사람들은 무척 바쁘게 움직인다. 차들은 물고기처럼 떼를 지어 한 곳으로 몰려다닌다. 손바닥에 전달되는 유리의 감촉은 싸늘하다. 손금에 고이는 물방울. 유독 생명선이 짧았던 은수의 손금이 생각났다. 손금은 예정된 운명이었나.

두 개의 윈도우 와이퍼가 빗물을 쓸어내리고 있다. 와이퍼는 날아오르려는 새의 날갯짓 같다. 새는 끝내 비상하지 못하고 고통스런 날갯짓으로 퍼득거린다. 나는 내 그림자를 보는 것만 같아 눈을 감는다. 눈꺼풀에 남아 있던 새의 잔영이 가슴으로 파고든다. 새는 아물지 않은 가슴을 쪼아 먹는다. 섬세한 아픔으로 축축하게 전신을 휩싸오는 습기가 문득 알코올을 유혹한다. 어스름이 깔리면 술이 고파진다고 했다. 비가 오는 날은 더욱 그렇다고. 그래서 술꾼들은 이 시간이면 술집을 찾아 거리로 몰려오는 것이라고. 그 말은 상현이 했다.

술은 상현에게서 배웠다. 빈 아파트에 감금된 듯 답답해질 때마다 나는 촛불처럼 상현을 떠올렸다. 언젠가 상현에게 물었다.

"상현 씬 왜 술을 마시지?"

그는 대답하지 않았다. 지난번 그가 왔을 때 내가 말했다.

"술을 보면 괜히 기분이 좋아져."

이번에는 그가 유쾌하게 웃었다. 나는 상현을 위해 술을 준비한다.

지난 은수의 세 번째 기일에 상현과 함께 은수의 묘를 찾았다. 작년까지 비어 있던 은수의 왼쪽과 위쪽의 묘도 어느새 주인이 들어왔다. 왼편의 묘 앞에 세워진 비석에 음각된 날짜는 한 달 전이다. 아직 때가 끼지 않은 흰 비석 위로 조락하는 저녁의 햇살이 졸린 듯 내려앉는다. 은수의 관을 따라 산을 오르던 날처럼 우주의 끝까지 깊이 뚫린 하늘이 황금빛 비늘을 털어내고 있었다.

"은수 씬 덜 심심하겠네. 이웃이 생겨서."

그럴 듯한 말을 하고 싶었는데 머릿속에서 난무하는 생각을 정리할 수가 없다. 여기까지 오는 동안 상현도 내내 입을 다물고 있다. 상현의 깊은 침묵이 가슴을 짓눌러 입을 뗄 수가 없다. 상현은 가파른 산을 오르면서 자꾸만 뒤처지는 내게 잠깐 손을 내주었을 뿐이다. 상현이 길가에서 꺾은 들꽃 한 묶음을 그의 묘 위에 얹었다.

"인간이 광속보다 빠른 기계를 만들어내는 만용을 신이 허락한다면, 오늘의 우리는 어제 죽은 사람을 그제에 가서 만나볼 수가 있어."

그가 밑도 끝도 없는 말을 중얼거린다. 그의 말을 엿듣던 바람이 쉭쉭 웃으며 숲으로 빠져나간다. 그도 말끝에 억지웃음을 매단다. 그의 웃음은 허허롭다. 그가 고심해서 찾아낸 위로의 말은 너무 엉뚱해서 눈물겹다.

"차라리 커다란 새를 타고 날아가 보는 게 어떻겠어. 은수씨를 만나러."

상혁과 나는 마주보고 웃는다. 멀고 먼 세계에 뚝 떨어져버린 느낌이다. 여기가 어디일까. 흰 뼈의 섬, 무인도, 시간과 공간이 사이좋게 공존하는 세계. 이곳에만 오면 왜 의식의 평형감각이 사라져 버릴까. 아무리 퍼 올려도 시간은 손가락 사이로 물이 새듯 사라져버리는데. 모래시계의 모래알 떨어지는 소리가 지축을 울릴 듯이 크다.

먼 하늘가에 노을에 물든 귤빛 구름 한 조각이 한가롭게 떠 있다. 둥그렇게 구름덩어리가 점점 갸름하게 옆으로 늘어나더니 두 조각으로 나뉜다. 저만큼 떨어져 앉은 상현은 담배를 피우고 있다. 점점 길어지는 그의 그림자가 내 발등을 타고 기어오른다. 나는 그가 담배 연기로 만드는 동그라미를 센다.

"은수 부모님이 다녀가셨나 보지?"

은수 묘 앞에는 타다만 향이 놓여 있었다.

"이 사람들은 늙어서 죽었을까. 병으로 죽었을까. 아님 은수씨처럼……"

무릎 위로 눈물이 떨어진다.

은수는 등산길에서 실족했다. 동행이었던 상현이 그렇게 일러줬다. 내가 소식을 듣고 병원에 도착했을 때 은수는 혼수상태였다. 너덜너덜하게 찢긴 살점들은 아직도 따뜻했고 심장의 박동은

236

힘찼다.

"자살할 필요까지 있었을까? 이 선생의 과실은 거의 없었다고 과장님도 그랬어."

"발이 미끄러져서 벼랑으로 굴렀다잖아."

"아냐. 언니. 그날 이후로 이 선생이 얼마나 괴로워했는지 알아? 이 선생이 이틀 밤을 산모 때문에 꼬박 새웠거든. 박 간호사가 세 번이나 콜을 했는데도 안내려오기에 직접 올라가서 깨웠대. 출혈이 심한 환자를 놓고 너무 오래 지체했다는 점은 누구도 부정할 수 없어. 물론 피를 달아서 후송을 시키기는 했지만. 언니는 몰랐어? 그 환자 가족들이 이 선생을 협박한 거. 처음엔 고소한다고 하더니 나중엔 돈으로 해결하자고 했다던데. 얼마라더라, 두 장이라던가, 세 장이라던가."

자동판매기 앞에서 흰 가운을 입은 간호사 둘이 소곤거렸다. 은수의 진료차트에는 두개골 골절, 경추 골절, 그리고 알 수 없는 의학 용어들이 몇 개 더 적혀 있었다. 은수는 응급실에서 수술실을 거쳐 중환자실로 옮겨졌다.

"서구에선 뇌사를 사망으로 인정한다는 것, 알고 있어?"

어느 날 담당 의사를 만나고 온 상현이 말했다. 나는 그가 무슨 말을 하려고 운을 그렇게 떼는지 알고 있었다.

"몰라, 내가 그런 걸 어떻게 알아."

짐짓 딴청을 부렸다. 은수는 분명 살아있었다. 숨을 쉬고 있었으므로, 그리고 레스프레이터를 통해서 음식물을 섭취하고 배설도 했으므로. 어떻게 따뜻한 체온으로 숨 쉬는 육체를 주검이라 단정한단 말인가. 아무리 혼수상태의 식물인간이라지만 아직은 생명체이지 않은가.

"퇴원하래."

상현은 신음을 뱉듯 이지러진 얼굴로 말했다. 눈물샘이 말라버린 줄 알았는데, 또 눈물이 떨어졌다.

"회복될 확률은 일 프로도 안 되었대. 그 일 프로의 확률로 식물인간에서 깨어난다 하더라도 세 살 이하의 지능으로밖에……."

그의 눈에서도 눈물이 떨어졌다. 눈물은 손수건을 흠뻑 적시고도 남았다. 아무도 레스프레이터를 제거하는데 동의하지 않았다. 아무에게도 한 인간으로부터 생명을 빼앗을 권리는, 죽음을 빼앗을 권리는 없지 않은가.

사고가 나고 육 개월 만에 은수는 퇴원했다. 그는 희망과 절망을 영혼과 육체로 나누었다. 은수의 눈은 백내장으로 실명한 노인에게로, 그의 신장은 매일매일 노폐물을 걸러내기 위해 펌프질을 해야 하는 신부전증 환자에게로 갔다. 그의 눈은 환갑이 넘은 육신에서 돋보기도 없이 신문을 보고 있다.

은수의 신장이 떼어지던 날 내 뱃속에서 아이는 심하게 발길질을 했다. 한 생명의 소멸과는 상관없이 새로운 생명의 움틈이 신기했다. 아이는 일곱 달 만에 세상에 나왔다. 조산아는 두 달을 유리상자 안에서 살다가 죽었다. 아이의 머리통은 어른의 주먹보다 작았다. 붉은 주름으로 주글주글한 아이의 얇은 피부는 건드리기만 하면 금방이라도 젖은 종이처럼 찢어질 것 같았다. 아이는 언젠가 생물표본실에서 보았던 포르말린 안에 방부시켜 놓은 동물의 새끼와 흡사했다. 나도 은수도 닮지 않았다. 아이는 인간을 닮지 않았다. 아이는 울지도 않았고 먹지도 못했다. 아이는 절망에 감염되어 있었다.

"신은 천지와 인간을 창조했고 인간은 아이를 창조했어. 신이 인간을 보호하고 사랑하듯이 인간은 자기가 창조한 피조물을 사랑하고 책임질 의무가 있어. 넌, 단지 탯줄을 통해 젖만을 공급했어. 모성은 새로운 생명에게 사랑과 더불어 절망도 전염시키거든. 아이는 모체에서 절망에 감염되었기 때문에 삶에 희망이 없이 태어났어."

상현은 나를 비난했다. 나는 인큐베이터 안의 아이를 매일 들여다보았다. 고통에 버르적거리던 아이의 몸짓이 지금도 선연하다. 나는 아이의 얼굴을 수틀에 옮겨보았다. 무모한 짓이었다. 모태의 절망을 안고 태어난 아이는 내게 다시 절망을 돌려주었다.

모태로부터 밀려나왔으면서도 아이는 새로운 세계에 적응할 아무런 면역성이 없었다. 무균상태의 우주선 안에서 완벽하게 정화된 산소를 마시면서도 아이는 괴롭게 사지를 버르적거렸다. 스포이트로 짜 넣어주는 우유를 받아먹게 되었을 때도 의사는 아이의 미래를 부정했다. 혀와 눈알까지 노래지는 황달 현상이 겹쳤고 가끔은 까무러치기도 했다. 그러다가 아주 깨어나지 못했다. 아이는 모체에서 유리 상자를 거쳐 천국으로 갔다.

"자, 이리 와서 향을 피우고 절을 해."

상현이 손짓했다. 나는 서투른 솜씨로 탄 가리마처럼 구불구불 발 아래 길게 이어진 국도를 내려다보고 있었다. 뿌연 먼지를 꽁무니에 매달은 버스가 산자락을 돌아 공원묘원 입구에 승객을 내려놓고 도망쳤다. 한 손에는 보퉁이를 들고 다른 한 손에는 서너 살이나 먹었음직한 계집애의 손을 잡은 여인이었다. 여인은 미루나무가 늘어선 비포장도로를 지나고 잡초가 무성한 논두렁을 따라서 산을 오르고 있었다. 아낙의 소복차림이 흰나비처럼 하늘하늘 시야에서 사라졌다가 나타났다. 사람의 넋이 흰나비가 된다는데 저 여인은 누구의 넋을 달고 다니나. 햇살을 되받아 쏘는 나비의 날개는 여인의 땀방울인가. 희디흰 소복자락인가.

"상현씨, 은수씨는 이곳에 없어."

들꽃 속에서 잉잉거리던 벌 한 마리가 날아갔다. 상현은 혼자 향을 피우고 술을 쳤다. 잡초를 뽑고 담뱃불을 붙여 묘 앞에 놓았다.

"퇴주, 한 잔 마실래?"

상현이 술잔을 내밀었다. 첫잔의 술맛은 언제나 자별했다. 혀를 달구고 목젖을 찌르고 식도를 떨리게 하며 전신을 해면체처럼 풀어지게 하는 첫잔의 최음작용이 술을 그리게 한다.

"한 잔 더 줘요."

단숨에 둘째 잔을 들이켰다. 혀는 더 이상 달구어지지 않는다. 최음작용도 배가되지 않는다.

"지루해…… 우리…… 내려가."

솟아오르는 오열을 간신히 누르며 일어서서 엉덩이의 마른풀을 뜯었다. 풀 이파리는 포물선을 그으며 산 아래로 날아갔다. 상현의 시선은 먼 들판에서 헤매고 있다. 바람의 발자국을 따라 들풀들이 속살을 내보이며 하얗게 드러눕는다.

"은수는 지금 막 바람에 실려 논두렁을 지나갔어."

이마로 흘러내린 머리카락에 가린 상현의 눈은 붉다. 눈앞이 흐려져서 시선을 하늘의 조각구름에 얹었다. 쓸데없는 눈물이야. 운다고 무엇이 달라지겠어. 이제 꿈에서도 은수씨는 날 찾아주지 않는데. 담배를 피워 물자 취기는 눈가로만 모여들었다. 산길을 내려오면서 흥얼흥얼 노래를 불렀다. 상현은 발을 헛짚어 휘청거리는 나를 부축했다.

"취했나 봐."

눈물과 함께 헛웃음도 터져 나왔다. 상현의 어깨에 기대어 눈을 감고 걸었다. 버스를 타고 아파트 앞에서 내려서도 자는 척 어깨에서 머리를 떼지 않았다.

"은수 씨의 죽음은 상현씨와는 아무런 상관이 없잖아."

그는 고통스럽게 얼굴의 근육을 일그러뜨리고 있다.

"내가 자일을 놓쳤기 때문에……."

그는 은수의 죽음에 자책하고 있었다.

"이제 빈 집에 들어가는 것도 익숙해졌어. 상현씬 그만 돌아가."

그러나 상현은 구멍가게에 들러 소주와 오징어를 샀다. 상현의 팔을 끼고 계단을 올랐다. 바닥 난 술병이 쓰러졌을 때 나는 문을 닫으려는 구멍가게에서 소주를 몇 병 더 가져왔다. 그 다음의 기억은 끊겼다.

그는 숲에 이르는 바람처럼 왔다가 가고는 했다. 상현이 머물다 가는 시간은 두 시간이 못되었다. 그 두 시간을 위하여 일주일을 혹은 한 달을 기다려야했다.

"편지는 하지 마. 할 말은 만나서도 얼마든지 할 수 있잖아."

그는 내가 보낸 한 뭉텅이의 편지를 돌려주며 역정을 냈다. 그러나 그의 목소리는 변함없이 다정했다. 편지를 쓰는 것은, 수를 놓는 것은 살아 있음의 확인이에요. 상현 씨를 만나면 아무 말도 할 수가 없어요. 혀끝까지 차올랐던 말들이 순식간에 사라져버려요. 제발 아무 말도 하지 마세요. 나는 그가 보태려는 말을 알고 있었다. 그의 말없음, 그 침묵이 보여주는 적조함, 의식의 진공상태로 가는 문, 그리고 기다림. 기다림이란 얼마만큼의 인내를 원하는 것일까.

"연희동 어디쯤입니까?"

운전수의 억양에 신경질이 배어있다. 딴 생각에 빠져 있느라 그의 말을 못 들었나보다. 지금쯤 은수의 가족들은 이미 그의 사진 앞에 촛불을 켜고 향을 피웠으리라. 제사란 살아있는 자를 위로하는 의식이다. 깊은 상실감과 허무함이 전신을 휩싸왔다.

지금이라도 택시의 방향을 바꾼다면 그렇게 늦지 않았으리라. 가야 하나.

나는 택시에서 내렸다. 여전히 가랑비가 내리고 있었지만 매캐한 연기가 공중을 떠돌고 있었다. 땅바닥에 널린 찢긴 플랜카드 위에 타이어자국이 선명하게 찍혀 있었다. 카페의 간판들은 돌멩이에 맞아 마마자국 같은 상처가 나 있었다. 머리카락에 물방울을 매달은 남자가 어깨를 움츠리고 지나갔다. 영화관 앞이다. 여자와 남자가 부둥켜안고 있는 포스터 앞에 표를 사려는 사람들의 줄이 길게 이어져있다. 무슨 영화일까. 머리와 가슴을 깨끗이 비우고 눈으로만 볼 수 있는 영화, 코미디 영화, 아니 포르노 영화라면 좋겠어. 나는 줄 끝에 섰다.

포스터에 물방울이 맺히면서 그림의 윤곽도 흘러내렸다. 그림 속에 정지되어 있던 여자가 부드럽게 남자의 팔을 풀고 일어선다. 남자는 돌아눕는다. 여자는 소리 안 나게 발끝으로 걸어 침실에서 나온다. 그리고 얇은 껍질을 벗고 욕실로 들어간다. 거울 앞에 선다. 거울에 비친 여자는 포스터의 여자가 아니다. 너무 낯이 익어 차라리 생경해 보이는 얼굴이다. 앙상하게 드러나는 뼈마디가 보기 싫어 여자는 눈을 감는다. 유방 주위를 눌러 본다. 유두가 살아 있는 듯 꿈틀거린다. 입꼬리를 당겨 웃는다. 눈썹을 손으로 잡아 내려서 우는 표정을 만든다. 세면대에 떨어져 있는 머리카락은 남자의 것이다. 침대에서 삐걱거리는 소리가 난다. 거울속의 얼굴이 갑자기 당황한 표정으로 바뀐다. 샤워를 틀고 변기의 물을 내린다. 몸에 물을 뿌리고 비누질을 한다. 비누거품이 작은 새처럼 어깨에서 재잘거린다. 몸에 물방울이 튄다. 감미로운 물의 애무에 여자는 눈을 감는다. 샤워의 물줄기는 몸을 녹일 듯이 세차다. 허벅다리 안쪽으로 끈끈한 체액이 흘러내린다. 뿌옇게 김이 서린 거울에 남자의 젖은 그림자가 나타난다. 등 뒤에서 뻗어오는 남자의 손. 그의 손이 간지러워 여자는 어깨를 문다. 엷은 비누냄새, 그리고 어젯밤과 변함없는 살 냄새에 여자는 안심한다. 덜 마른 남자의 머리에서 희미한 김이 오른다. 여자는 그의 머리카락에 코를 박는다. 남자가 피우던 담배를 여자에게 건네준다. 베개를 가슴 밑에 고이고 엎드려서 담배를 피운다. 여자는 한 모금 빨아 푸우 불어내고는 재떨이에 눌러 끈다. 그리고 남자의 몸에 오른다.

"아이를 갖고 싶어요."

그러나 남자는 거친 숨결에 섞인 여자의 한숨 같은 소리를 알아듣지 못한다. 남자가 옷을 입는다. 창가에 선 여자를 남자가 뒤에서 껴안고 목덜미에 입술을 누른다. 그리고 여자를 돌려세워 한참이나 얼굴을 들여다본다. 여자는 남자의 넥타이를 바르게 고쳐 매준다. 여자의 볼에 흐르는 눈물. 그러나 여자의 눈물은 남자의 발길을 되돌리지 못한다. 남자가 사라진 텅 빈 거실에 앉아 여자는 신문을 본다. 애써 글자에 눈길을 꽂는다. 눈으로 글자의 이랑을 타고 사진을 훑는다. 그러나 신문을 덮는 순간 그녀는 자신이 읽었던 기사를 하나도 기억하지 못한다. 신문을 펼쳤었다는 사실도 기억하지 못한다. 여자는 다시 잡지를 뒤적인다. 그러다가 서랍을 열고 약병을 꺼낸다. 입에 약을 털어 넣고 잡지로 얼굴을 덮는다. 방 안의 정적을 깨며 전화기가 운다. 수화기를 들자마자 여자의 오열이 전해진다. 음절이 끊긴 알아들을 수 없는 목소리, 다시 오열. 가버린 남자의 아내이다.

영화관 앞의 긴 줄에서 빠져나와 공중전화 부스 안으로 들어간다. 겨울을 재촉하는 빗발이 다시금 듣고 있다. 세찬 빗줄기 건너 길모퉁이의 전봇대를 바라본다. 전봇대의 허리에는 노란 삿갓을 쓴 전등이 매달려 있다. 그 밑에 화살표가 그려지고 '남성고민상담'이라고 쓰인 종이가 붙어 있다. 서로의 허리를 죄어 안은 남녀가 골목의 어둠속으로 사라졌다. 벽에 기대어 젖버듬히 세워놓은 도장가게의 양철 문짝은 금방이라도 쓰러질 것처럼 위태롭다. 길가에 나앉은 스피커는 잡음이 뒤엉킨 뉴스를 전하고 있다. 나는 동전을 들고 선명하게 각인된 전화번호를 입속으로 뇌어본다. 전화를 볼 때마다 반추되는 전화번호가 사라질 리는 없다. 동전을 넣고 숫자판을 누른다. 송화기를 막고 숨을 죽인다. 착신음이 떨어지고 선이 연결되는 순간 신경줄이 오므라진다.

"지금 거신 전화는 결번이오니 다시 확인하시고 걸어주십시오."

다시 동전을 넣고 숫자판을 누른다. 그러나 전화기는 고장 난 전축처럼 건조한 여자의 음성을 되풀이하여 들려준다.

비가 오는데도 하늘에는 양철을 오려붙인 것 같은 달이 떠있다. 아마 가로등인지도 모르겠다. 가로등 주제에 몇 만 광년 떨어진 곳에서 빛나는 별을 넘본다. 지하도입구에서 젊은 청년이 목을 꺾고 토하고 있다. 직여 버릴테다. 도끼로 찍어버릴끼야. 청년은 토하다말고 중얼거리며 뒤를 돌아다본다. 그의 눈빛이 증오와 고통으로 벌겋게 충혈된다.

볼 수도 만질 수도 없는 존재를 믿기는 어렵다. 지금은 기쁨과 슬픔을 함께 나눈다 하더라도 언젠가는 다른 시간과 공간으로 갈라진다는 사실을 인정해야 한다. 남은 것은 끈끈이주걱처럼 한없이 과거로 끌어당기는 추억이라는 환상뿐이다. 추억이란 시간대가 바뀐 고통의 다른 이름이다.

활짝 열린 영화관 문에서 사람들이 쏟아져 나오고 있다.

"주인공을 꼭 죽여야만 했을까? 내가 감독이라면 해피엔딩으로 장식했을 텐데."

머리에 무스를 바른 청년이 팔에 매달린 소녀를 보고 말한다. 소녀는 팝콘을 입에 문 채 킬킬거리며 우산을 편다. 그녀는 네 개의 발이 달린 노란 우산을 따라 횡단보도를 건넌다. 정류장에 버스가 서있다. 우산 두 개가 버스를 향해 달려간다.

물렁물렁한 어둠이 어깨를 짓누른다. 차가운 알맹이가 마구잡이로 얼굴을 때린다. 언제부터인가 비는 진눈깨비로 변했다. 급정거를 한 택시에서 운전수가 창문을 내리고 마지막 행선지를 외쳤다.

도시한복판으로 함부로 쏟아지는 네온의 빛줄기 사이를 걷는다. 하나씩 셔터를 내리는 상가와 포장마차가 어깨를 잇대고 늘어선 후미진 골목과 취객이 토해놓은 오물을 피해 뒷골목을 걷는다. 밤의 환락이 반가운 젊은이들을 따라간다. 그러다가 지친 귀가객의 발길을 따라간다.

문득 새를 기다리다 잠들어 있을 아이가 생각났다.

아이의 꿈속에서 새는 스스로 껍질을 깨드리며 아프게 부활하고 있다. 탄생을 지켜보는 아이의 눈에 촛불처럼 따뜻한 희망이 피어오른다.

젖은 옷으로 스며드는 한기에 어깨를 감싼다. 진눈깨비가 날카로운 부리로 손등을 찔러댄다. 스스로 얽혀서 갈수록 미궁인 길에서 나는 차단된 퇴로를 찾느라 한없이 쳇바퀴를 돈다.